LOCUS

LOCUS

LOCUS

LOCUS

mark

這個系列標記的是一些人、一些事件與活動。

mark 202
從不說謊的男孩
作者：米奇・艾爾邦（Mitch Albom）
譯者：韓絜光
責任編輯：潘乃慧
封面設計：許慈力
校對：葉懿慧
出版者：大塊文化出版股份有限公司
www.locuspublishing.com
台北市105022南京東路四段25號11樓
讀者服務專線：0800-006689
TEL：(02) 87123898　FAX：(02)87123897
郵撥帳號：18955675
戶名：大塊文化出版股份有限公司
法律顧問：董安丹律師、顧慕堯律師

總經銷：大和書報圖書股份有限公司
地址：新北市新莊區五工五路2號
TEL：(02) 89902588　FAX：(02) 22901658

初版一刷：2025年1月
定價：新台幣380元
Printed in Taiwan

從不說謊的男孩

The Little Liar

Mitch Albom

米奇・艾爾邦——著　韓絮光——譯

獻給伊娃與索羅門・奈塞，
還有其他手臂上刻有數字的人們，
以及所有仍在為他們的逝去哀慟的人。

糾纏你的不是記憶。
不是你寫下的文字。
是你忘了的事，不忘記不行的事。
必須用一生不斷努力遺忘的事。

——詹姆斯．芬頓，〈日耳曼輓歌〉

世間事過境遷，唯眞相不會改變。

——民謠歌手，露辛達．威廉斯

The Little Liar

1

一九四三年

「我們被騙了。」

大塊頭男人的聲音低啞。

「騙我們什麼？」

「我們要去的地方。」

「他們不是說要送我們去北方。」

「他們要送我們去死。」

「哪可能！」

「是真的。」大塊頭男人說：「我們到了那裡就會被殺掉。」

「才不會！我們只是接受安置！遷到新的家園！你也聽到月台上那孩子的話了！」

「對啊，新的家園！」另一個聲音附和。

「沒有新的家園。」大塊頭男人說。

火車輪胎發出的一聲尖響中斷了對話。大塊頭男人端詳起遮住車窗的鐵柵，車廂裡昏暗無光，只有這一扇窗。這是一列貨運火車，原本用來載運牲畜，不是載人用的。車廂裡沒有座位，也沒有食物或飲水，連同他有近百人擠在車廂內，就像一塊用人壓成的磚頭。老人家一身西裝，孩子們穿著睡衣。一名年輕的母親把嬰兒懷抱在胸前。只有一個人坐著，是個十來歲的女孩，拉高了裙襬坐在水桶上，給乘客解決內需用的就只有這一口錫水桶。她用雙手摀住了臉。

大塊頭男人看不下去了。他抹掉額頭上的汗水，擠過人牆來到窗邊。

「喂！」

「長長眼！」

「你要去哪裡！」

他伸手摸到鐵柵，粗手指塞進孔縫後，口中一聲悶哼，開始使勁往外拉，臉因為用力而扭曲。

這一節牲口列車上的人見狀都安靜下來。**那個人在做什麼**？**萬一衛兵來了怎麼辦**？車廂角落，一個瘦瘦高高的男孩倚牆而立，看著眼前的發展。他叫塞巴斯汀，在他身旁是他絕大多數的家人：他的母親、他的父親、祖父祖母、兩個妹妹。但眼見那個男人拉扯窗口的鐵柵，他的目光不由自主投向幾步外一個纖瘦的黑髮女孩。

她的名字是芬妮。在這一切麻煩降臨之前，在坦克和士兵還沒有來到，還沒有狂吠的狼犬，還沒有人半夜挨家挨戶敲門、把他的家鄉薩洛尼卡這座城市裡所有的猶太人聚集起來之前，塞巴斯汀相信自己愛這個女孩，如果十四歲的感情稱得上是愛。

他從來沒有坦露這份感情，對她或對任何人都沒說過。但此刻出於某些原因，他感覺心中鼓脹著情感。他默默注視著她，那個大塊頭男人還在扭扯鐵柵，直到鐵柵從牆上鬆脫，最後他用力一拉將它扯開，任由鐵柵落地。空氣竄進敞開的長方框，所有人現在都能看見春日的天空。

大塊頭男人沒有耽擱片刻，他把自己撐向窗口，但開口太小了，他的中廣身軀根本鑽不過去。

他踩回地面，咒罵了幾聲。一陣耳語在車廂裡擴散開來。

「讓嬌小一點的人來。」有人說。

父母們紛紛抓緊自家的孩子。剎那間，誰也沒動。塞巴斯汀緊閉起眼睛，深吸了一口氣，然後抓住芬妮的手臂將她推向前。

「她過得去。」

「塞巴斯汀，不要！」芬妮驚喊。

「她的父母呢？」有人問。

「死了。」某人回答。

「去吧，孩子。」

「動作快，孩子！」

乘客往兩旁挨擠讓芬妮通過，許多人輕輕拍了拍她的背，像是將心願貼在她身上。她來到大塊頭男人跟前，他一把將她舉向窗口。

「腳先出去。」他教她：「落地時，把身體蜷起來向前滾。」

「等等——」

「沒時間了！要走就趁現在！」

芬妮回頭看向塞巴斯汀。他的眼裡湧上淚水。**我們會再見的**，他說，但只讓自己聽見。嘴裡一直喃喃念著禱文的蓄鬍男子湊向前，在芬妮耳邊低語。

「做個好人。」他說：「把這裡發生的事告訴世人。」

她張嘴想要追問，但還沒來得及，大塊頭男人已經將她推出窗口，下一秒她就消失了。

風呼呼吹進車窗。一瞬間，全車的乘客似乎都石化了，像在等著看芬妮又爬回來。眼見沒事發生，大家開始向前推擠。希望的漣漪在車廂內擴散。**我們出得去了！我們可以逃走！**他們爭先恐後相互推擠。

就在此時。

砰！一聲槍響。緊接著傳來更多聲。列車在尖嘯中煞車，車上乘客手忙腳亂想把鐵柵裝回窗口。但運氣不好，卡不回去。列車停止移動後，車門被猛力拉開。陽光照得人睜不開眼，一名矮個子德國軍官矗立在陽光下，高舉著手槍。

「不要動！」軍官嘶吼。

塞巴斯汀看著眾人的手從窗邊垂落，像樹枝一經搖晃，枯葉紛紛飄落。他看看那名軍官，看看周圍的乘客，又看向坐在便桶上哭泣的女孩，他知道他們最後的希望就在剛才熄滅了。那一刻，他詛咒起他唯一不在車上的家人——他的弟弟尼可，他發誓他總有一天會找到尼可，要他為此付出代價，並且永永遠遠不會原諒他。

你可能想知道我是誰

你可以相信接下來聽到的故事。你可以全盤相信，因為是我告訴你的。這個世界上你唯一能信任的人事物，就是我。

有的人會說大自然也可以信任，但我不同意。大自然變幻無常，物種一度興盛，復又滅亡。也有人說信仰可以信任。我就問，哪個信仰？

你說人呢？這個嘛。人只有在各自為己的時候可以信任。一旦受到威脅，人為了生存什麼都能摧毀，尤其最常摧毀我。

但我是你躲不開的影子，是到最後仍會照出你原形的鏡子。活在這世上，你也許能日日閃躲我的凝視，但我向你保證，最後一眼你看到的終究是我。

我是真相／真實。

而這是一個男孩設法詆毀我的故事。

他隱身多年，在大屠殺期間與之後一直在躲藏，改名換姓，改頭換面。但他心中一定曉得，我終究會找到他。

又有誰比我更擅長揪出一個小騙子呢？

「多可愛的男孩！」

請由我為你介紹他，遠在所有謊言發生之前。請盯著這一頁，直到你的目光飄進朦朧的潛意識。有了，看到他了。小尼可．克里斯佩，在希臘薩洛尼卡城的大街上玩耍。這座城市也叫塞薩洛尼基，位於愛琴海岸，歷史可追溯到西元前三百年。在這裡，路面電車和馬車交錯穿梭在古羅馬浴場的遺跡之間，橄欖油市場熙熙攘攘，街頭小販叫賣著今晨船隻入港後才卸下的水果、魚鮮和香料。

這是一九三六年。炎炎夏陽烘烤著白塔旁的鋪石子，這座著名的白塔建於十五世紀，是守望薩洛尼卡海岸的堡壘。附近的公園裡，孩子們開心尖叫玩著「abariza」這種遊戲，兩隊用粉筆在地面畫上方格，然後在方格之間的空地上互相追逐，誰要是被抓到了，就得站進方格裡等待隊友「解救」。

尼可．克里斯佩這一隊，現在只剩下他在場上。年紀比他大的男孩喬奧格正追著他跑。每當喬奧格快要追上的時候，其他被抓到的孩子就會大喊：「尼可，小心！」

尼可咧嘴一笑。他年紀雖小卻身手矯健。他衝向一座路燈，攀住燈柱來個轉身迴旋，像彈弓一樣將自己射出去。喬奧格鼓足了勁擺手猛追。現在全比腳程了。尼可的腳趾剛碰上粉筆框邊緣，喬奧格也往他肩膀上一拍。

「Abariza！」尼可吶喊的瞬間，孩子們作鳥獸散。「Liberté！自由！」

「不對，不行！尼可，是我先抓到你的！」喬奧格出聲抗議：「我先拍到你，你才踩到線的。」

其他孩子停在原地，轉頭看尼可。現在要怎麼算？尼可低頭看了看他的涼鞋，抬起頭看著喬奧格。

「他說得對。」尼可說：「他先抓到我的。」

他的隊友哀聲連連，氣沖沖地走掉。

「吼，尼可。」其中一人悲嘆：「你幹嘛每次非要說實話不可？」

我知道為什麼。

看到仰慕我的人，我總是認得出來。

∞

好了，你可能想問：為什麼要把焦點放在這個小男孩身上？他能有什麼稀奇的？真相可以分享的生命並揭露其在世時光的私密紀錄，不是有億萬個嗎？

我會回答沒有錯，但對於尼可，我會告訴你一個後果重大的故事，一個自此之後始終無人述說的故事。這個故事關乎欺騙，重大的欺騙，但也關乎重大的真相，關乎心碎、戰爭、家族、復仇和愛——歷經無數考驗的那種愛。故事結束以前，甚至有奇蹟似的一刻，與人類無窮盡的諸般軟弱形成鮮明對比。

故事說完以後，你可能會說：「這怎麼可能。」但關於真相有個有趣之處：某件事顯得愈不真實，愈是有人願意相信。

所以，想一想關於尼可．克里斯佩的這件事吧：

他在十一歲以前，從來沒說過謊。

這應該會引起你注意，至少我注意到了。尼可如果從廚房偷拿了甜麵包，只要有人問他，他會馬上承認。他母親如果問：「尼可，你是不是累了？」他會坦白說他累了，即使這樣他就得提早上床睡覺。

在學校假如答不出老師的問題，尼可會坦然說出他沒複習回家功課。其他同學都笑他太誠實，但尼可敬愛的爺爺拉札爾，很早就教他認識我的寶貴價值。尼可才五歲大的時候，他們爺孫倆有一次坐在碼頭邊，遠望海灣對岸雄偉的奧林帕斯山。

「我朋友說山上住了很多神。」尼可說。

「尼可，世上只有一個神。」拉札爾回答：「而祂並不住在山上。」

尼可皺起眉頭。「那我朋友為什麼說有？」

「很多事都有人說。有些是真的，有些是假的。有時一個謊話說久了，別人也就信以為真了。」

「尼可，永遠別當說謊的人。」

「爺爺，我不會的。」

「神一直在天上看著。」

三件關於尼可·克里斯佩的事。

一、他有卓越的語言天賦。

二、他幾乎什麼都畫得出來。

三、他是個相貌迷人的孩子。

故事進展將證明第三點影響深遠。尼可幸運遺傳到他高大、健壯的父親和金髮母親身上的最佳特徵。他父親是一名菸草商人，母親在一間地方劇院志願服務，希望有機會能站上舞台。一個人的容貌特徵不由我決定，但我能告訴你，無論你生來相貌如何，真實會在其上增添光彩。

我有我的風采。

尼可原本就賞心悅目的臉蛋上又露出這樣的風采，就連陌生人也常忍不住停下來欣賞，摸摸他的臉頰或下巴說：「多漂亮的孩子啊。」有時還會補上一句：「他長得不像猶太人。」這點到了開戰之後，也將產生重大的作用。

但除了他的波浪金髮、晶亮的藍眼睛，或者咧開會露出一口耀眼白牙的飽滿嘴唇，陌生人最受到尼可吸引的地方，是他純真的心。他的心中沒有半點陰謀詭計。

他是個可以信任的男孩。

時日一久，街坊鄰居的人開始喚他「奇歐尼」——希臘語的「白雪」，因為他看來是這麼純潔，彷彿不受世俗的欺詐汙染。這樣的生命我怎麼能不記上一筆？真誠好似陽光映照的錫箔銀紙，在這個滿是謊言的世界上閃爍微光。

其他出場人物

現在為了充分敘述尼可的故事，我必須再讓另外三個人物登場，他們在尼可不平凡的人生裡，會不斷與他的軌道交織。

第一個人物是他的哥哥塞巴斯汀，你在火車上已經見過了。塞巴斯汀年長三歲，黑頭髮，個性比尼可嚴肅得多。他盡己所能想當個好兒子，但是對於受盡寵愛的弟弟，也默默懷有長兄的嫉妒。

「為什麼我們現在就得睡覺？」塞巴斯汀會這樣抱怨。

意思是：**尼可憑什麼跟我一起熬夜**？

「為什麼我就得把湯喝完？」

意思是：**尼可憑什麼不必喝完他的湯**？

哥哥稜角剛硬，弟弟玲瓏柔軟；哥哥忸怩敏感，弟弟從容自在。不知道有多少次，在尼可用滑稽的模仿逗樂家人之時，塞巴斯汀會窩在窗邊，書本攤在腿上，臉上眉頭深鎖。

塞巴斯汀和尼可一樣誠實嗎？很可惜，並沒有。他平常就不時撒謊，包括刷牙了沒有，包括是否從父親的抽屜偷拿零錢，包括在猶太會堂有沒有認真聽，還有一次是他進入青春期之後，被問到為什麼在澡間待了這麼久，他也撒了謊。

不過，這位長兄對家人全心奉獻，對他的母親譚娜、他的父親列夫、他的爺爺奶奶拉札爾和伊娃、他的雙胞胎妹妹伊莉莎貝和安娜，以及——是的，真有必要的時候，也包含他的小弟尼可。尼可是他賽跑通過橄欖油市場，或在城市東岸沙灘游向大海的對手。

可是，塞巴斯汀把他最大的奉獻留給了這個名叫芬妮的女孩。

芬妮是小騙子故事裡的第三號人物。在從此改變她人生的那一趟火車行之前，芬妮是個害羞的十二歲女孩，正是少女初長成的階段，身形剛開始發育。橄欖綠色的眼眸光波流轉，寬嘴唇，笑容靦腆，身材纖瘦正待萌芽。烏黑鬈髮披蓋住瘦窄的肩膀。

芬妮的父親是個鰥夫，名叫西蒙．納米亞斯，在埃格納蒂亞街經營藥房。芬妮是他的獨生女，會在店裡協助他整理貨架。塞巴斯汀常常到店裡去，假裝替母親跑腿，實則偷偷希望有機會和芬妮獨處。他們自小就認識，小時候也曾玩在一起，但近幾個月來有了一些轉變。每當她看向他，塞巴斯汀就覺得胃袋翻攪，手心也頻頻冒汗。

可惜芬妮對他沒有相同的愛慕。芬妮的年紀稍小，在學校其實和尼可同班，座位正好就在他後面。她過完十二歲生日的隔天，穿著爸爸買給她當禮物的新洋裝上學，向來誠實的尼可看見後，笑著對她說：「芬妮，妳今天好漂亮。」

從那一刻起，她的心就落在了他身上。

我說過，我有我的風采。

但無所謂。為了把故事的開頭說完，且讓我們回到那列火車上。一九四三年夏天，這列火車從薩洛尼卡轟隆出發，穿過中歐向北行駛。今日很多人不曉得納粹德國為圖謀征服歐洲大陸，曾經入侵希臘，將這個炎熱的國度據為己有。或者也不知道在戰前，薩洛尼卡是歐洲唯一猶太人口占多數的城市——也因此成為納粹與親衛隊眼中肥美的果實。他們在那裡實施了在波蘭、匈牙利、法國和其他許多地方都幹過的事：集中猶太居民，送往屠宰場。

從薩洛尼卡出發的這列火車，終點站是大名鼎鼎的奧許維茲－比克瑙死亡集中營。那個大塊頭男人說對了，但這未能帶給他任何好處。

「不准動！」德國軍官又喊了一遍，同時推開乘客走到窗邊。他的身材矮壯，厚嘴唇，臉部線條剛直，像是沒有半點多餘的皮膚緩和他方突的下巴或明顯的顴骨。他對著地上的窗柵揮了揮手上的槍。

「誰做的？」他問。

眾人都低下頭，沒人說話。德國人撿起窗柵，細看尖利的邊緣，接著抬頭看向蓄鬍男子，那個囑咐芬妮「做個好人」並「把這裡發生的事告訴世人」的那個男人。

「這位先生，是你嗎？」德國人低聲問。

蓄鬍男子還沒來得及回話，德國人已經抄起窗柵揮向他的臉，撕裂他從鼻子到臉頰的皮膚。蓄鬍男子痛得尖叫。

「我再問一遍，是你嗎？」

「不是他拆的！」有個女人尖喊。

德國人順著她的視線，看向站在窗洞旁不發一語的大塊頭男人。

「謝謝。」德國人說。

他舉起手槍，往大塊頭男人的頭開了一槍。

血濺上車廂內壁，大塊頭男人應聲倒下。迴盪的槍響令所有乘客凍結在原地。真相是（我自然知道），以車廂裡的人數來說，是足夠一擁上前，扳倒德國軍官的。但在那個節骨眼，他們看不見我。他們只看得見那個德國人要他們看見的事，那就是他們命運的主人是他，不是他們。

「你們想從窗口逃出去？」他大聲說：「那好，我允許你們一個人出去。誰走好呢？」

他左右轉頭，打量面前一張張憔悴的臉。目光停在抱著寶寶的少婦身上。

「妳，去吧。」

少婦不安地前後張望，小步走向窗口。

「慢著，孩子先給我。」

少婦僵住了。她摟緊胸口的嬰兒。

「沒聽到我的話嗎？」

他舉槍指著她的鼻尖，另一手搶過寶寶。

「現在妳可以走了。動作快。從窗口出去。」

「不，不要。拜託，求你了。」這名母親結結巴巴哀求：「我不想出去，我不想出去……」

「我這是給妳機會走。你們破壞我的窗柵，不就是為了這個？」

「拜託你，不要，拜託，**拜託**。我的寶寶，我的寶寶。」

少婦頹然坐倒在其他被囚禁同伴的腿邊。

「你們猶太人是怎麼回事？你們不是想要這樣嗎，怎麼一下又不要了？」

他嘆口氣。「怎麼辦呢，我說了要放你們一個人走的，我得守信用啊。」

他走向窗邊，手臂向上一甩，把寶寶扔出了窗口。少婦發狂地哀嚎，車上的囚俘無不悚然發抖，只有塞巴斯汀和德國軍官對上目光，久到看見軍官臉上的笑意。

這名軍官叫烏多．葛拉夫。

他是這個故事的第四號人物。

寓言一則

上帝打算造人之際，將高位天使全召集到座前，討論這個想法的優缺點。該不該這麼做？好或不好。

仁慈天使說：「好，請造出人吧。人會布施慈善。」

正義天使說：「好，請造出人吧。人會見義勇為。」

只有真實天使不同意：「不，請別造人吧，人會虛偽說謊。」

後來上帝怎麼做？祂考慮過所有的說法以後，將真實逐出天堂，投向塵世的深淵。

∞

是啊，就像你們的年輕人會說的：痛到不行。

這個故事所言不假。不然我怎麼會在這裡，對你說話？

但我警告上帝，人會行騙欺詐，難道錯了嗎？很顯然我並沒說錯。人經常說謊，尤其是對自己的造物主。

不過，我被逐出天堂的原因備受熱議。有些人認為我被深埋地底，要等到人類提升至最良善的天性之後，才會破土而出。也有人說我是被刻意藏了起來，因為我的德行非人類的能力所能承擔。

我有我自己的理論。我相信我被投向地表，是為了碎成千千萬萬片，每一小片都會找到方法進入一個人的心底。

然後在人心中茁壯。

或死去。

三個時間點

但這些說得夠多了，回到我們的故事來。從一九三〇年代到四〇年代這動盪的十數年間，我們這四位主人公的人生變化迅速。戰爭先是悄悄醞釀，進而滾沸冒泡，終至潑散到世界各地。

請容我介紹三個關鍵的時間點。

你就會明白我的意思。

一九三八年

洋溢節慶氣氛的一晚，薩洛尼卡的韋尼澤洛街上一家忙碌的咖啡館內，「戴冠儀式」正在舉行。依照猶太信仰，這代表父母嫁出家中最小的孩子。兩張長桌上擺滿菜餚，有魚有肉，還有一碟碟乳酪和胡椒。空氣中繚繞菸煙。一支小樂隊彈奏著吉他和希臘布祖基琴。起舞的人們大汗淋漓，洋溢活力。新娘的名字叫比碧，而她驕傲的父母正是拉札爾和伊娃．克里斯佩，尼可的爺爺奶奶。他們兩人結縭多年，而今連頭髮都一起同時發白。他們坐在木椅上被人群高舉，在現場到處舞動。伊娃死命抓緊椅背的橫木，深怕摔下來。拉札爾倒是樂在其中，高舉雙手比著「來、來，再高」的動作。

小尼可這年七歲。他的腳隨音樂跺著節拍。

之後，一家人圍著餐桌，分切果仁蜜餅和浸滿糖漿的胡桃糕。大夥啜飲黑咖啡、抽菸，用多種語言交談。有希臘語、希伯來語，也有拉迪諾語，這是他們這個族群常用的一種猶太西班牙語。孩子們早把甜點吃下肚，不少人就地玩耍起來。

「呼，好累。」比碧說著，拉開椅子坐下。

比碧是家中三個孩子最後步入禮堂的。跳舞讓她熱得滿身是汗，她揩掉額頭的汗水。

「為什麼妳臉上要戴那個？」尼可問。

「這叫面紗。」他爺爺插話：「她之所以戴，是因為她媽媽戴過，她媽媽的媽媽也戴過，一直回溯到古早時代的每個女性都戴過。我們在今天重複做前人幾千年來做過的事，尼可，你知道這會讓我們怎麼樣嗎？」

「很老？」男孩說。

大家都笑了。

「是讓我們彼此相連。」拉札爾說：「經由傳統，你才知道你是誰。」

「我知道我是誰啊！」男孩挺起胸脯大聲說，大拇指指著自己胸口。「我是尼可！」

「你是猶太人。」他爺爺說。

「也是希臘人。」

「首先是猶太人。」

比碧拍了拍新婚丈夫泰德洛斯的手背。

「開心嗎？」她問。

「開心。」他說。

拉札爾大手往桌上一拍，敞懷大笑。

「再來就等著抱孫子了！」

「噢，**爸爸**。」比碧說：「先讓我把新娘禮服脫了吧。」

「好戲都是這樣開場的呀。」拉札爾眨了眨眼。

比碧羞得滿臉通紅。拉札爾抱起尼可坐到自己腿上。尼可兩手托著臉頰。

「再生一個這樣的好不好？」他說：「多漂亮的小男孩。」

塞巴斯汀在桌對面看著這一幕，叉子輕叩餐盤，默默嚥下這個事實——爺爺希望複製的是他弟弟，而不是他。

當晚，一家人在海濱散步。入夜後空氣溫暖，海上吹來柔和的風。芬妮和她爸爸也在海邊，芬妮緩步走在尼可和塞巴斯汀一旁，和他們輪流踢著路面鋪石間的小石子。尼可的媽媽譚娜用嬰兒車推著熟睡的雙胞胎女兒。她抬起頭，看見前方俯望塞邁爾灣的雄偉白塔。

「真是美好的夜晚。」她說。

他們路過一間打烊的商店，櫥窗上張貼著報紙。列夫掃了兩眼報導標題，用手肘推了推他父親。

「爸。」他壓低嗓音說：「你讀到德國境內的情勢了嗎？」

「那個人瘋了。」拉札爾說：「他們很快就會把他拉下台的。」

「但也有可能蔓延開來。」

「你是說到這裡來？我們距離德國很遠。何況薩洛尼卡是一座猶太城市。」

「已經不如從前了。」

「列夫，你擔心太多了。」他指向商店櫥窗。「看看這裡有多少猶太報紙。看看有多少我們的會堂。沒人摧毀得了這些東西。」

列夫回頭望向他踢著石頭的孩子們。希望他父親是對的。一家人在月光下繼續前行，交談的話音在海面上迴盪。

一九四一年

門向內推開。列夫跌跌撞撞走進來，一身軍服滿是塵垢。孩子們衝上前去抱住他的腿和腰，他生硬地走向沙發椅。從海濱那一夜到現在才過了三年，但列夫看上去老了十歲。他形容枯槁，臉上多了風霜，黑髮間冒出好幾綹白髮。曾經強壯的手臂現在枯瘦且處處傷疤。左手上纏繞的繃帶磨損到起了毛邊，血漬已經乾裂。

「你們讓爸爸坐一坐吧。」譚娜說著，吻了吻他的肩膀。「噢，天啊，親愛的上帝，謝謝祢帶他回家。」

列夫像是剛爬上山頂似的吐出一口大氣，癱坐進沙發椅，雙手用力搓臉。拉札爾在他身旁坐下，眼中盈滿淚水。他伸手按著兒子的大腿，列夫抽動一下嘴角。

六個月前，列夫放下菸草生意，加入對抗義大利的戰事。義大利炸毀一艘希臘巡洋艦之後不久，便揮軍入侵希臘。義大利領導人墨索里尼想向德國人展現他們均等的實力，但希臘人強力抵抗，擋下了他的攻勢。希臘當地報紙的頭條只有一個字：

「OCHI！」（不！）

休想，這個國家不會任義大利人宰割——任誰都別想！希臘會為了榮譽而戰！各地的男性紛紛響應從軍，包括許多薩洛尼卡的猶太人，儘管猶太族群裡有很多老人家表示疑惑。

「你沒必要打這場仗。」拉札爾當時對兒子說。

「這是我的國家。」列夫辯駁。

「是你的國家，不是你的同胞。」

「要是我不捍衛我的國家，我的同胞會有什麼下場？」

列夫隔天就志願入伍，搭上滿載猶太男人的電車，急匆匆奔赴戰場。我在歷史上目睹過無數相同的場景，戰爭的興奮鼓脹在男人心中。這種事很少有好下場。

希臘的攻勢起初大獲成功。他們的頑強抵抗逼退了義大利軍，但隨著冬天降臨，作戰條件日益嚴苛，希臘軍的資源逐漸耗盡。男丁不夠，補給也不夠。義大利軍最後還是向強大的德軍求援了，這對希臘士兵來說等於敲響了喪鐘。他們像一群馬兒飛奔進空闊的戰場，才發現周圍全是獅子。

「前線怎麼樣了？」拉札爾問他兒子。

「我們的槍、我們的坦克，全都太老舊。」列夫說，他的聲音沙啞。「我們什麼都遇上了。挨餓、受凍。」

他抬起頭，眼裡寫著懇求。

「爸，到最後我們連子彈都沒了。」

拉札爾問起他們認識的人，其他和列夫一同志願參軍的猶太男人。每一個名字列夫聽了都只是搖頭。譚娜不由自主伸手摀著嘴。

塞巴斯汀在客廳另一頭看著他父親。看見父親這麼孱弱的樣子，某種心情讓這個少年說不出話來。但尼可沒受影響，他走向他爸爸，把自己畫的幾幅歡迎他回家的圖畫拿給他看。列夫接過圖畫，勉強擠出笑容。

「尼可，我不在的時候，你有沒有聽話？」

「沒有百分之百。」尼可說：「我有時候沒聽媽媽的話。沒把飯吃完。老師還說我話太多了。」

列夫疲倦地點點頭。「你要繼續像這樣保持誠實。真實很重要。」

「神一直在看著。」尼可說。

「沒錯。」

「爸爸，我們打贏了嗎？」

列夫違背自己才剛說的話，撒了謊。

「當然了，尼可。」

「我就說吧，塞巴斯汀。」尼可笑著對他哥哥說。

譚娜把孩子帶開。「來吧，尼可，該睡覺了。」她看了看她的丈夫，強忍住淚水。

拉札爾起身走向窗邊，拉下窗簾。

「爸，」列夫的話音細不可聞。「事情就要發生了。德國人，他們要來了。」

拉札爾拉緊窗簾。

「他們不會來，」他說：「他們已經在這裡了。」

一九四二年

炎熱的週六上午，地點在自由廣場，薩洛尼卡最大的集會中心。距離列夫從戰場返家已經一年多。在那之後不久，德軍便開著坦克、騎著摩托車，帶著一隊隊士兵和一支軍樂隊進駐了這座城市。此後，城裡的食物逐漸短缺，商家接連歇業。納粹士兵在街上巡邏，猶太家庭的生活受到極大的限制。商店和餐館的櫥窗紛紛掛起告示：**猶太人禁止入內**。恐懼蔓延於人心。

這一天，七月陽光毒辣。天空不見一片雲。廣場上的情景不僅荒謬，簡直超乎現實。廣場上滿滿站著成排列隊的猶太男人，肩挨著肩立正，總共有九千人，每個人只相隔幾公分的間隙。納粹命令他們在廣場上集合，這座城市現在受到納粹勢力的控制。

「起立，蹲下！起立，蹲下！」軍官大聲喝令。所有的猶太男人平舉雙手半蹲，然後起立，再半蹲，再起立。乍看像在做熱身操，只差這段熱身操沒有盡頭；只要有人停下來休息或累得倒地，就會遭到拳打腳踢，或被狗撕咬。

列夫也在集合的人群當中。他下定決心不能倒下。隨著不斷的蹲下起立，汗水淌滿他全身。他瞥向可俯瞰廣場的一棟房屋陽台。幾名年輕的德國女子在那裡笑著拍照。**她們怎麼笑得出來**？他移開視線。他想到先前的戰爭，想到自己熬過的寒冬。他告訴自己，他現在也撐得過去。此刻他還真希望天冷一些。

「起立，蹲下！起立，蹲下！」

這起事件日後被稱作「黑色安息日」，德國人特意選在這一天，就是為了褻瀆猶太人的聖日，強迫這些原本應該在猶太會堂禮拜的男人，當眾無端受到羞辱。

但殘忍不會毫無來由。這些德國人是想改變我。他們想讓薩洛尼卡的猶太人接受新版本的真相，沒有自由、沒有信仰、沒有希望，只有納粹統治的真相。

列夫告訴自己，他不會輕易屈服。他的肌肉氣力耗盡，不停發抖。他暈得想吐，但沒敢吐出來。他想到他的孩子——兩個女兒伊莉莎貝和安娜，兩個兒子塞巴斯汀和尼可。想到他們，他就能撐下去。

「起立，蹲下！起立，蹲下！」

列夫並不知道就在此時，尼可正往現場走來。他經常在街坊四處閒逛，他母親好幾次警告他不要在路上閒晃，但他還是溜了出來，循著幾條街外就能聽見的騷動走來。

來到人群圍觀的自由廣場，他踮起腳尖想一探究竟。一名德國衛兵注意到他。

「孩子，來這裡。你看不到是不是？」

尼可微微一笑，衛兵於是將他抱起舉高。

「看見沒有？看這些骯髒的猶太人在做什麼。」

尼可茫然不解。他知道自己是猶太人。這名衛兵見他一頭金髮又不害怕的樣子，誤以為他不是。

「他們在做什麼？」尼可問。

「我們說什麼，他們就做什麼。」衛兵笑了笑。「別擔心，他們很快就會走了。」

尼可想問走了是要去哪裡，但衛兵突然繃起戒備。一輛軍用運輸車駛近，副駕駛座坐著一名矮個子軍官。是烏多．葛拉夫。他是這起行動的負責人。

衛兵舉手行禮，烏多點點頭。下一秒，烏多看見尼可，這是他們第一次打照面，但不會是最後一次。他對尼可眨眨眼，尼可勉強也眨了回去。

運輸車向前開走，巡經前方一排又一排疲憊不堪的男人，他們在熾烈的日照下，依然不斷起立蹲下。

謊言如何滋長

有時候我看著人們進食，發覺很有意思。食物是維持生命的要素，所以我原以為人們會選擇對你最有益的食物，但實則你們會選擇味蕾最享受的食物。我看著你們在自助餐廳，這個夾一點、那個挑一些，無視於其他，即使你們明知道其他食物比較健康。

我會注意到這件事，是因為你們對我也一樣。對於事實真相，你們這裡揀一點、那裡挑一些，不討喜的部分則棄之不顧，然後你們的餐盤很快就滿了。但正如同挑食、不吃健康的食物終將朽壞你的身體，挑揀事實真相到頭來會使你的靈魂墮落。

就拿一個男孩舉例吧。一八八九年，他出生於奧地利的大家庭。他的父親三不五時毆打他，學校老師責備他，母親似乎是唯一關心他的人，但在他十八歲時便過世了。他長成性格內斂、乖戾的人。他無所依歸，自視畫家，卻不被藝術界接納。久而久之，他愈發獨來獨往。他稱自己是「孤狼」，並發展出怪罪他人的傾向。**不是我不好，是他們的錯**。自欺欺人的模式從此展開。

當戰爭發起號召時，孤狼志願參軍。他喜歡戰鬥的明確，喜歡由人擇定的事實，因為戰爭中所有的事實真相都經過人為挑選。戰爭唯一為真的事實是不應該有人參與戰爭。

那場戰爭結果悲慘。他的國家投降了，負傷的孤狼躺在醫院，芥子毒氣和恥辱灼燒著他。他無法接受戰敗。這對他來說代表軟弱，他鄙視軟弱，最主要是因為他心中藏有太多軟弱。他的國家領袖同意簽下和平條約的那一刻，他發誓總有一天要推翻他們。

那一天來得很快。

他加入政黨，旋風般登上黨魁高位。他朝天花板開了一槍宣布：「革命今晚開始！」

他踩在謊言的背上，攀上權力高峰。他首先把國家的不幸怪罪於猶太人，他愈是指責他們，地位爬得愈高。**問題出在他們！我們如此受辱是他們害的！**他指控猶太人暗中行使特權、掌握地下影響力，編造出一個瞞天大謊，謊言大到沒有人會懷疑。這項指控套在他自己身上吻合得驚人。他宣稱猶太人是「一種病」，必須根除才能使德國恢復健康。

這樣的謬論為孤狼帶來權力，滔天的權力，密密麻麻的人群在台下為他的演講歡呼。他攀升為總理，然後成為總統，再來是最高元首。他處決政敵。每塗上一層新的成就，他的自卑感就淡去一些。他的餐盤中高高堆滿謊言，在仇恨中滋滋作響。他把這些謊言餵給軍隊，軍隊與日茁壯，聽隨他的話跨越邊境，高舉「Deutschland über alles」（德意志高於一切）這句動聽的標語，期待鎮壓鄰國。

他們為什麼聽從狼的命令？但凡是人，內心深處都知道殘忍對待他人——凌遲他人、殺害他人，既不善良也非正義。他們為何容許這樣的事情發生？

因為他們對自己說了別的故事。他們創造出另一個版本的我，繼而掄起來當斧頭揮舞。

你覺得我為什麼要和其他天使辯駁？跟正義天使？仁慈天使？我是想提醒他們，濫用我的人也會任意橫使其他美德，並且在過程中說服自己秉持的是高尚的情操。

孤狼的詐術力量一天天增強。他創造用語來掩飾他的邪惡。這是個古老的伎倆。誰想替自己圓謊，第一步就是改換語言。

於是他用「解除人民苦難法」之名，授予自己立法權。用「生存空間」使侵略領土有了正當理由。他用「調度」或「移置」等委婉的詞語代替謀殺。還用「最終解決方案」一語修飾他的終極計畫：掃滅歐洲大陸上所有的猶太人口。

他在憤世嫉俗的人、離群寡居的人、憤怒不滿的人、野心勃勃的人，在樂於舉報鄰居的成年人，在有恃無恐、以欺侮別人為樂的青少年當中，找到了忠心的追隨者。

他也在像烏多．葛拉夫這樣有苦難言的迷失靈魂中，找到僕從。烏多的母親捨下他的父親，跟了一個猶太男人。他父親隨後在浴缸裡，用一把小刀了結自己的生命。

赴德國一所大學修習科學的烏多，也像孤狼一樣獨來獨往，成為沒朋友的邊緣人。二十四歲那年，他在公共廣場聽到孤狼的演說。他聽到他在擘畫一個新的帝國，一個德國人主宰的千年帝國。他忽然覺得像是收到專門對他發出的邀請：跟隨這個男人，化解此生悲慘的苦痛吧。

於是，烏多加入了孤狼的勢力。他奉獻於理想，在軍中步步高升，未久便取得親衛隊高級突擊隊領袖（Hauptsturmführer）的階位，是納粹武裝親衛隊的中階指揮官。

之後，在一九四二年夏天，孤狼拔擢烏多，派任他來到薩洛尼卡執行一項駭人的計畫——除盡這座城市內所有猶太居民。而這也帶我們來到了那個炎熱七月上午的自由廣場。烏多第一次見到尼可・克里斯佩，並對他眨了眨眼睛，像是在說一切不會有事。

當然，一切並不會沒事。謊言的盡頭永遠是黑暗。但我們距離這個故事的結局尚遠。

無私的仁慈

一九四二年秋天，拉札爾在一個週日帶著尼可、芬妮和塞巴斯汀到他父母安葬的墓園，地點就在薩洛尼卡東城區的城門外。那在當時是全世界最大的猶太墓園，其中有些墳墓的歷史已有數百年之久。

「爺爺，」他們爬上山坡的時候，尼可問道：「葬在這裡最老的人是誰？」

「爺爺不認識的人。」拉札爾說。

「這裡有些墳墓十七世紀就在了。」塞巴斯汀說。

「真的嗎？」芬妮說。

「真的，我在書上讀到的。」塞巴斯汀說。

「我不想被埋在任何地方。」尼可說。

「我們可以把你扔進海裡。」塞巴斯汀說。

「太壞了吧。」芬妮說。

尼可對她笑了笑。

「我只是開玩笑。」塞巴斯汀說。他感覺自己臉紅得發燙。

他們走在磚造和石鑄墓碑之間，偌大的墓碑排列密集，放眼望去，看得見的地面全被遮蓋。終於，他們找到拉札爾父母的墓位。拉札爾深吸一口氣，閉上雙眼，身體微彎向前開始禱告，一邊捋順鬍子，一邊用希伯來語喃喃自語。

尼可看了一會兒，也跟著閉上眼睛，身子前後搖晃。

「他根本就不知道要念什麼。」塞巴斯汀低聲對芬妮說。

「那他為什麼要模仿？」

「我不知道，他這個人就是這樣。」

禱告結束後，拉札爾跪下來，從口袋掏出一條抹布。他帶著一小壺水，把抹布沾溼，開始擦拭墓碑。

「爺爺，你為什麼要這樣做？」尼可問。

「對你的曾祖父和曾祖母表示尊敬。」

「我能不能幫忙？」

拉札爾撕下抹布一角，尼可接過去後，在墓石前蹲下來。芬妮蹲到他旁邊，塞巴斯汀也跟上前去。轉眼間，四個人都擦起墓碑上的塵土。

「這個呢，」拉札爾輕聲說：「我們叫作chesed shel emet，無私的仁慈。你們知道無私的仁慈是什麼嗎？嗯？孩子們，看過來。」

他們放下抹布。

「即使對方永遠無法回報，仍然為某個人付出，比如為亡者清掃墳墓。這就是無私的仁慈。」

他的嗓音一沉。「能夠獲得回報的時候，行善是很容易的。除了你以外，誰也不知道，但你依然去做那一件好事，這就難多了。」

孩子們拿起抹布繼續擦拭。兩塊墓碑都擦乾淨之後，尼可起身走向一旁的墓碑。

「來吧。」他回頭說。

「去哪裡？」塞巴斯汀納悶。

「我們也應該幫他們的擦一擦。」

塞巴斯汀站直起來，芬妮也起身。三個人很快又把抹布沾溼，一面接一面為陌生人擦起墓碑。拉札爾閉起眼睛，喃喃念起感謝的禱文。

之後，他們在秋日灑落的陽光下散步回家。尼可牽著爺爺的手，芬妮吟起不知名的旋律，塞巴斯汀跟著輕輕哼唱。這將是他們每個人最後一次造訪這座墓園。三個月後，這整個地方悉數遭到摧毀。

首先，他們搶走你的事業……

尼可很喜歡菸草店裡的氣味。他爸爸開的菸草店位在一樓，樓上是家族的菸草出口事業。尼可放學後會跑向店面，一把拉開店門，深深吸進那馥郁的木質香氣。此生往後只要聞到那種氣味，他總會想起他爸爸。

一九四三年一月的某一天，列夫正忙著把一箱新的雪茄擺上貨架，兩個男人這時走進店裡。尼可正在角落裡用計算紙畫卡通，塞巴斯汀則在收銀台後面掃地。

「午安。」列夫開口招呼。

那兩人是希臘人，一個高個子和一個矮胖子。列夫認出高個子是來光顧過的客人，偶爾會來買些菸斗用的昂貴菸草。兩名來客互望了一眼，面色露出困惑。

「有什麼事情嗎？」列夫問。

「抱歉。」高個子說：「只是……我們很意外看到你在這裡。」

「有什麼好意外的？這是我的店呀。」

矮胖子舉起一張紙。

「但不對呀，你看。」他說：「現在不是了。」

列夫上前去細看那張紙。讀到上面的文字，他感覺一股惡寒竄過背脊。

> **猶太財產處置事宜**
>
> 在此敬告，猶太人列夫．克里斯佩於沃茲街十號之店鋪，現讓渡於您。請您即日內前往上述地址，接收上述店鋪。

列夫從頭再讀了一遍。他不確定哪一種痛更椎心——是侵占他的店，還是外來勢力指著他叫「猶太人列夫．克里斯佩」。

「我們以為你已經離開了。」對方說。

列夫垮下臉。「我自己的店，我為什麼要離開？」

「爸爸？」尼可出聲。

列夫走向那兩人。「聽好了，這間店是我開的。樓上的事業是我一手打造的。你眼前的所有東西，包括菸草、香菸、菸斗，這一切都是用我的錢買的。」

「或許我們應該明天再來。」矮胖子囁嚅道。

他的搭檔清了清喉嚨。「但你也看到了吧？克里斯佩先生，這間店被讓渡給我們了。這上面清楚寫了——」

「我不管上面寫了什麼！」列夫抓起那張紙大吼：「你們知不知羞恥？這是我的店！」

尼可張大了嘴巴。塞巴斯汀緊抓著掃帚。就在此時，一輛運輸車在店門外停下，兩名納粹軍官走下車。列夫看了看手裡的文件，一把將紙張塞回給那兩個陌生人。

十分鐘後，列夫、尼克和塞巴斯汀被押送到門口，讓人從背後一把推了出去。這是他們最後一次踏進菸草店，就連自己的外套都不允許帶走。

接著，他們禁止你信仰……

那個星期六，拉札爾帶著尼可和塞巴斯汀前往會堂去做晨禱。拉札爾堅持每逢安息日一定要帶兩個男孩去會堂，確保他們熟習所有的儀式，並學會用希伯來語讀經。

尼可在短袖襯衫外穿了一件背心。塞巴斯汀穿薄外套，打了領帶，用吊帶繫著褲頭，因為他已經過了受戒禮的年紀，所以像爺爺一樣拎著自己的禱告披巾袋。天氣晴朗，兩個男孩在人行道上邊走邊較勁，比賽從一塊石磚跳向另一塊石磚，不能踩到之間的縫隙。

「你踩到了。」塞巴斯汀說。

「你還不是？」尼可回嘴。

「我才沒有。」

尼可抬起頭。

「嘿，是芬妮！」

塞巴斯丁望向對街，看到芬妮和她父親也正往會堂走。芬妮向他們揮揮手，尼可也揮手回應，但塞巴斯汀低下頭撇開視線。

「你想親她。」尼可小小聲說。

「我哪有。」

「明明就有。」

「我**沒有**！」

「誰想親誰啊？」拉札爾說。

「尼可說謊。」塞巴斯汀說。

「他不會說謊。」拉札爾說。

「我沒說謊。你想親她，你跟我說過。」

「我可沒叫你說出來！」塞巴斯汀滿臉通紅。尼可看向拉札爾，爺爺對他搖了搖手指。

「他跟你說了祕密，你就應該保密。」

「爺爺，對不起。」

「『對不起』要跟你哥哥說。」

「塞巴斯汀，對不起。」

塞巴斯汀緊抿嘴唇。

「賽跑嗎？」尼可說。

笑容在塞巴斯汀臉上綻開。他知道自己的腳程快過弟弟。他知道芬妮會看著他們賽跑。

「走！」他一聲令下，拔腿就衝。

「喂！」尼可追在後面大喊，但塞巴斯汀已大幅領先，在前方放聲大笑，尼可也笑了出來。塞巴斯汀來到路口轉角，心中暗自希望芬妮正用愛慕的目光看著自己。他拐過街角，同時聽見尼可的腳步聲。

忽然間，塞巴斯汀煞住腳步，尼可從後面追撞上來，差點沒把他撞翻。前面就是猶太會堂，但門口站了三名納粹士兵，肩上都背著槍。他們聚在一起抽菸，其中一人瞄到塞巴斯汀的披巾袋。

「猶太人，今天不用去會堂。」那人說。

塞巴斯汀嚥了嚥口水，後退一步，看到更多的德國人搬著箱子走出會堂。

尼可湊向前。「可是我們一向在星期六去會堂啊。」

那名士兵瞄了這個金髮男孩一眼。

「孩子，你去做什麼？你不像他一樣是猶太豬吧？」

尼可看向塞巴斯汀。他哥哥搖了搖頭，希望尼可回答不是。

「我是希臘人，也是猶太人，」尼可說：「但我不是豬。」

「那你那一頭金髮哪來的？」士兵賊頭賊腦地竊笑。「是不是你媽媽喜歡德國人啊？」

「對啊，」另一人跟著附和：「她是不是十年前去過柏林呀？」

他們大笑出聲，但尼可不懂為什麼要笑。他還沒來得及回答，就感覺到兩隻手按住他的肩膀。他仰頭看到他爺爺。

「孩子們，走吧。」拉札爾輕聲說。

他帶著他們回頭繞過街角，正好遇上芬妮和她父親。他們聽拉札爾低聲說，會堂目前跟薩洛尼卡的其他許多事物一樣，不再是他們的了。

「我們要回家嗎，爺爺？」尼可問。

「先祈禱過才回家。」

「可是會堂關了。」

「祈禱不一定要有屋子。」

他們一行五個人走向碼頭，在海邊找到一段空蕩的人行道。拉札爾拿出經書，開始念唱禱詞，其他人在他的率領下，隨著他前後輕輕搖晃。芬妮就近站在兩個男孩旁邊，她父親則一邊留心附近有沒有德國士兵。他們就這樣禱告了半小時，鳥群不時掠過頭頂，好奇的過路人伸長脖子張望。尼可低聲問他爺爺：「我們該祈禱什麼呢？」拉札爾依然閉著雙眼，回答：「感謝上主賜予我們世間諸多美好的事物。」

他停頓了一會兒。

「也祈禱這場戰爭能夠結束。」

再來，他們奪走你的家

十一歲以前，尼可只知道一個家。位於克萊蘇拉街三號，是兩層樓聯排公寓的其中一棟：白色的灰泥牆，木頭地板，每扇窗都有棕色的百葉窗。很久以前，有人栽種的一棵相思樹長在屋前，每到春天，綠葉會轉為一片雪白。

屋內一樓有一間廚房、一間餐廳、兩間臥室，二樓有兩個房間，尼可的爺爺奶奶就住在二樓。寬敞的窗戶可以俯瞰街道。菸草事業生意興隆，列夫認真工作存了一些錢，有能力把家中擺設得溫馨舒適，有舒服的沙發椅，還有一座老爺鐘。幾年前，他買了一組全新的白瓷杯盤送給妻子，她驕傲地放在小木櫥裡展示。

房子所在的一帶環境宜人，靠近市中心，距離拉達狄卡橄欖油市場不遠，幾條街的範圍內就有一座基督教堂、一座清真寺和一座猶太會堂，反映出幾十年來，猶太人、基督教徒、穆斯林在薩洛尼卡相處之融洽，乃至於在這座城市，每星期有三天法定休假日，分別是星期五、星期六和星期日。

只可惜，和睦與人性的結合總是短暫。似乎總是會有事情發生。

於是我們來到一九四三年二月二十八日，下著雨的星期天

這一天早上，一群學齡孩童背著鼓鼓的布袋來到尼可家。狼治之下，薩洛尼卡的猶太人不准上學，也不能乘坐大眾交通工具。他們擁有的一切物資全部被強制徵納，寵物也不例外。他們的收音機全遭沒收，就連食物也得上繳——麵粉、奶油、乳酪、油、橄欖、水果、從海灣捕撈的漁獲，都被德國人當成戰利品取走。青壯年的猶太男子從家中被強行帶走，發配偏郊充當苦力，強制在烈日下長時間勞動。而活下來的男人能夠返家，是因為薩洛尼卡的猶太族群集資拿出二十億希臘幣交給德國人當贖金，才換來他們短暫的自由。

對待如此不公，反抗的風險卻是極高。薩洛尼卡日常生活的大小方面幾乎都遭到德國人的控制。他們關閉猶太報社，剷除圖書館，強迫每個猶太人在衣服繡上黃色星星。當地政府甚至默許他們洗劫拉札爾幾個月前帶孫子去過的那座古老猶太墓園。他們破壞了三十萬座墳墓，翻出遺骨，挑揀金牙，猶太家庭只能坐望先人的遺骸，淚流不止。如果有一個詞語，能充分形容這種對他人的冒瀆，我絕對會用上它，但是並沒有。納粹甚至把猶太人的墓碑賣作建材，其中一些墓碑就這樣拿去鋪路，或是給基督教堂築牆。

不過，最令猶太居民痛心的打擊，莫過於孩子就讀的學校遭到勒令關閉。「我們要是不能學習，也沒有未來可言。」許多長者悲嘆。於是，他們開始輪流在彼此家中祕密辦學授課，地點經常更動，免得納粹起疑心。

這一天早上，正輪到克里斯佩家主辦。孩子們帶來的布袋裝得滿滿都是書，現在全攤開

在廚房的餐桌上。列夫指示學生們就座，然後喚他的兩個兒子出來。「尼可！塞巴斯汀！」

這一刻，尼可正躲在屋裡他最喜歡的角落：通往二樓爺爺、奶奶房間的樓梯底下有一個狹小的空間，出入沒有門把，得用手指摳住縫隙才開得了門。尼可時常窩在這裡面，環抱膝蓋坐著聽外頭窸窸窣窣的動靜——媽媽在廚房切菜，姑姑、阿姨聊著八卦，爺爺和爸爸為了菸草工人的薪資大小聲。蜷縮在黑暗中，讓他覺得安全。他會一直等到聽見媽媽或爸爸大喊：「尼可，吃飯了！」有時他會故意再多等一等，只為了聽他們再喊一次他的名字。

同時間，塞巴斯汀正站在爸媽臥房的鏡子前打量儀容。他知道芬妮也跟其他孩子一起來了，他特地多花時間拉正吊帶，把一頭黑髮往左梳又往右梳，就盼自己看起來更體面些。

他的搔首弄姿，被突然響起的敲門聲和重重的腳步聲給打斷。他聽見陌生男子說話，又聽到他母親的激動喊叫。他打開門，看到那絕不會認錯的黑色和棕綠色制服，德軍士兵正在搬動家具，一邊用他聽不懂的語言厲聲喝令。跟著他們進來的，還有一個蓄小鬍子的男人，塞巴斯汀認得他，那是平托先生，猶太警察的一員，他把德國人的吼叫現場譯成拉迪諾語。

「家當收一收！五分鐘！給你們五分鐘打包走人！」

「我們要去哪裡？」

「五分鐘！」

「譚娜，東西能拿的快拿！」

「孩子們，你們得回家了！」

「五分鐘！」

「尼可人呢？」

「塞巴斯汀！」

「我們要去哪裡？」

「四分鐘！」

「尼可！」

「麵包。麵包帶著！」

「錢拿了嗎？」

「女兒的鞋子！」

「塞巴斯汀，去找你弟弟！」

「爸，我找不到他！」

「三分鐘！」

「列夫，這些我拿不動！」

「我們要去哪裡？」

「帶個能煮東西的鍋子！」

「兩分鐘！」

「**我們要去哪裡**？」

等他們回過神來，人已經站在屋外的人行道上，小雨濛濛，飄落頭頂。列夫肩背著布包，手拎提箱。塞巴斯汀兩手環抱他的衣物。譚娜牽著兩個女兒的手，對著軍官苦苦哀求。

「我們的兒子！」她哭喊：「我們還有一個兒子！我們得找到他！」

幾個德國人充耳不聞。一連好幾條街，其他猶太家庭也被趕了出來，抱著僅存的家當聚在自宅樓下，像是因為失火不得不逃出來。只不過驅趕他們的不是烈火，而是抽著菸的納粹士兵，其中一些人還咯咯發笑，樂呵呵地看著猶太人茫然失措的樣子。他們舉起棍棒和步槍，推著猶太人往埃格納蒂亞大街走。

「走！」一名德國士兵對著克里斯佩一家咆哮。譚娜哭了出來，口中喊著尼可。「快走！」士兵再度高嚷。列夫於是大喊：「拜託！讓我們找到兒子！」另一名士兵抄起槍托往列夫的胸口就是一敲，列夫頹然倒在人行道上。

塞巴斯汀衝上前去攙扶他爸爸，但譚娜將他拉開。列夫掙扎著爬起來，塞巴斯汀回頭看向他們如今被迫拋下的家，忽然瞥見二樓窗後有人影閃動。窗簾揭開，探出兩張臉——是尼可和芬妮。

塞巴斯汀全身竄過一陣哆嗦。看到弟弟還活著，他應該高興才對。他應該對母親大喊：「他沒事！他在屋裡！」他一方面很想這樣做，但另一方面，他在無聲的憤怒中顫抖，覺得要是該由誰來保護芬妮，那個人應該是他才對。

所以，他一個字也沒說。就是他當下的沉默，永遠改變了弟弟的一生。

有時候，正是沒說出口的真相，留下最響亮的回音。

∞

所有猶太家庭像流浪漢似的拎著包袱家當，當街被押送前進，經過亞卡薩戲院，經過維也納飯店，經過埃格納蒂亞大街沿路的眾多商店和住宅。許多居民站在陽台上觀看。列夫抬頭看到有些人戲謔地揮手歡送或歡呼道別。他別開視線。

抵達瓦達里斯廣場後，所有人都被押往海邊方向，來到火車站旁一個破落的街區，名為赫爾男爵區，是一九一七年市內大火後、為無家可歸者興建的住宅區。多半是舊陋的單層平房或屋寮。

德國人扯著嗓子喊名字。不知道為什麼，他們握有薩洛尼卡所有猶太居民的名單，每一戶有多少人、男性有誰、女性有誰，每個人的年紀、身高體重，記載詳細到讓這些受害者大感震驚。每戶人家被分派進入這間或那間房屋。

「未來你們會接獲更多指示！」親衛隊軍官高聲說：「不要妄想離開這裡，否則後果自負！」

當晚，克里斯佩一家人睡在他們的「新家」，但其實只是一間骯髒的單層住屋，沒有浴廁，沒有床鋪，沒有水槽。他們和另外兩家人共用這個空間，總共有十四人，他們倉促收拾的家當現在堆放在牆邊。他們一早還熟悉的生活，轉眼只剩下這些了。

譚娜不在乎她失去了廚房、臥室，或是展示她心愛餐盤的木櫥。她不斷哭著想找回兒子。「列夫，你一定要找到尼可！我們不能把他留在外面！」

於是，列夫到街上四處找人，卻只發現整個赫胥男爵區全被木牆和鐵絲刺網圍了起來。他看到一個認識的男人，是他買賣菸草時來往過的商人，名叫約瑟夫，身材矮胖，蓄著鬍子。約瑟夫望著圍牆，神情像在解一道數學題。

「我們出得去嗎？」列夫問。

約瑟夫轉過身。

「你沒聽說嗎？德國人說，意圖翻牆出去的猶太人一律當場槍殺。」

烏多找到住處

暮色籠罩克萊蘇拉街，氣溫往下降，小雨轉成了細雪。一輛軍車在克里斯佩家如今空蕩蕩的樓房前停下，走下車的是烏多．葛拉夫。他命令一名士兵將他的手提箱拿來。他停在門前的相思樹下，伸出手指輕撫剛萌芽的白葉。之後，他登上門階走進一樓，從替他開門的翻譯員平托身旁經過。

烏多環顧四周。他一直想在市中心和納粹總部附近找個住處。這裡正好合適。

「找到最大的房間，把我的行李搬進去。」他告訴平托。他準備把克里斯佩家的房子納為己用。他們家就跟其他像樣的猶太人的家一樣，陸續被德國軍官徵用，屋內所有財產也被篡奪。納粹官兵甚至會把民宅衣櫥裡找到的西裝拿來穿，漂亮的裙裝則寄回給家鄉的妻子。

烏多不覺得這有何不對。恰恰相反，這一切在他看來只覺得可悲，這些猶太人就像被趕出洞的老鼠一樣，這麼逆來順受就交出自己的財物。對他來說，這只證明他們打從一開始就不配擁有這些東西。

他一屁股坐進沙發，上下彈了幾下。既然要被困在這個國家，至少可以期待忙了一天之後，有一張舒服的沙發坐坐吧。他很高興孤狼任命他肩負這個重責大任，監督並驅逐薩洛尼卡所有猶太人口的行動——**足足有五萬人**！但他私底下希望這裡離家沒那麼遠，天氣像家鄉一樣涼爽。希臘的一切他都不喜歡，不喜歡夏季的暑熱，也不喜歡這裡聒噪的人民。他聽不懂他們用的多重語言。這裡的食物味道怪異又油膩。

他陷進背後的軟墊，看向今早仍住在這裡的一家人留下的生活痕跡。角落散落的玩具。用舊的綠色桌巾。木櫥子裡的白瓷餐盤。全家人參加婚禮的裱框照片。

「平托，現在幾點了？」烏多問。

「長官，剛過八點。」

「你看看屋裡有沒有白蘭地或威士忌，或其他什麼都好。」

「是，長官。」

烏多靠著椅背，從制服上裝口袋掏出一本小記事簿。每一天結束前，他習慣做點紀錄，記下完畢的工作、他的想法、與他合作的人名。自從在書裡讀過孤狼的故事後，他覺得自己的存在說不定有一天也會被記入史料。他希望細節盡可能詳確。

他一邊寫，一邊感覺到抵著大腿的手槍。他突然想起，從昨天到現在他還沒開過槍。**稱職的軍人每天至少應該射發一槍**，有一位資深軍官曾經這麼對他說，**就跟每天都要排空腸胃一樣**。

於是，烏多伸手拔出他的魯格手槍，對齊視線後緩緩平移尋找目標，槍口最後對準了那幀裱框相片。他扣下扳機，子彈擊發，轟飛了桌上的相框，玻璃炸裂碎散，相框在空中激烈地翻了幾圈，最後摔在地上。

就在這時，烏多聽見一聲悶響。他覺得奇怪，起身走向樓梯，伸出指甲摳進樓梯下方儲藏空間的門框。門拉開後，他探頭進去，忽然跟一個金髮男孩四目相對，男孩的一雙藍眼睛睜大到眼球突出。

「這可好了，」他問尼可：「是誰躲在這裡呀？」

接納

每個人對自己說的所有謊言當中，最常見的或許就是：要是我做了這件事或那件事，別人就會接納我。這影響著你與同學、鄰居、同事、戀人的行為互動。人類甘願做各式各樣的事，但求受到喜愛。他們對關懷的依賴超乎我的理解。

我只能告訴你：這種努力往往徒勞。事實是（看我又不小心提起自己了），人們到頭來總能看穿他人為了取悅自己所做的努力。有時快，有時慢，但早晚會看出來。

此刻努力想要取悅烏多．葛拉夫的這個人，是一名猶太碼頭工人，名叫亞齊．平托。這個人大半輩子裡一直渴望獲得接納。他蓄著鬍子，身子骨瘦得像蘆葦，現年五十三歲，不曾娶妻，住在城市東側，每天早上步行一小時前往碼頭上工。他的朋友沒有幾個，受的教育也少，說話還容易結巴。開戰前，他成天就待在工作的船上，抽著濾嘴香菸。

但平托的外婆生於漢堡，在平托小時候和他們家住在一起，因此他跟外婆學會了德語。納粹進駐薩洛尼卡後，創建了所謂的猶太居民委員會，但我在前面說過扭曲語言的力量。委員會實際上並沒有議事的權力，只不過是虛有其表，假裝猶太人多少還能掌控自己的命運。加入委員會的人，會被德國人要求執行他們的命令，在德國人管轄下成立的猶太「警察」也沒有兩樣。雖然委員之中，有一些人會設法拖延納粹最嚴酷、最侮辱的命令，但其他多數人，在猶太同胞看來無非是通敵的走狗，不能夠信任。

平托幾乎是第一時間就自願加入猶太居民委員會，烏多・葛拉夫則是判斷他的德語能力興許派得上用場，可以翻譯這些希臘猶太人嘰嘰喳喳說的話。

「你的任務很簡單。」烏多告訴他：「我說什麼你就翻譯什麼，他們說的話，你也要切實告訴我，不准說謊，不准胡扯。」

平托一口答應。拿到最底下蓋著納粹印章的官發證件時，他甚至笑了。他相信就近在敵人身旁工作，可以保護自己免遭殘酷波及。

何其天真的想法。羊羔豈會因為走在狼的身側，就受到狼的保護呢？

∽

「他的名字是尼可，但大家叫他奇歐尼。」平托說。男孩站在客廳牆邊，緊張地扯著自己的衣襬。

「奇歐尼是什麼意思？」烏多問。

「白雪。」

「為什麼叫他白雪？」

「因為……」平托努力苦思對應「純真」的德語詞彙。「因為他不說謊。」

「不說謊？」烏多被挑起了興趣。他轉過身看著尼可。「我問你，不說謊的孩子，我們是不是在哪裡見過？」

平托翻譯。尼可回答。

「我在廣場見過你一次。你坐在卡車裡。」

烏多想起來了。是那個勉強向他眨眼的男孩。

「你幾歲？」

「十一歲，快十二歲。」

「你為什麼不說謊？」

「爺爺說，說謊有罪。」

「我懂了。」烏多停頓片刻。「尼可，我問你，你是猶太人嗎？」

「是。」

「你信仰上帝嗎？」

「是。」

「你會上猶太會堂禱告？」

「沒去了。有人搶走了會堂。」

烏多咧開嘴角微笑。

「在那之前呢？尼可，你會去會堂嗎？」

「我以前每個禮拜六都去。」尼可搓搓鼻頭。「而且，逾越節家宴都由我問問題。雖然妹妹年紀比我小，年紀最小的孩子要負責問問題，但她們還不會說話，所以由我來問。」

烏多仔細端詳這名男孩的臉龐。一雙藍眼睛，眼距適中。牙齒整齊，臉頰膨潤，瓜子臉蛋，金頭髮，鼻子也沒有半點猶太人的特徵。若非這孩子自己承認是猶太人，烏多可能會認為他是亞利安青年的標準模範。

他決定再試探他幾句。

「你為什麼要躲在樓梯底下？」

「外面很多噪音。大家聽起來很害怕，所以我躲在裡面。」

「你一個人躲著嗎？」

「不是。」

烏多一聽睜大了雙眼。「還有誰跟你一起？」

「芬妮。」

「芬妮是誰？」

「她和我同班。我哥哥喜歡她，他想親她。」

烏多笑了。平托也跟著笑。

「所以，芬妮現在人呢？」

「她回家了。」

烏多站起來。

「尼可，你知道我是什麼人嗎？」

「不知道。但你穿黑色大衣。媽媽要我看到穿黑色大衣的男人要避開。」

「為什麼？」

「我不知道。她就這麼說。」

烏多搔了搔下巴。從男孩的聲音，他聽得出這位母親的恐懼。

「我現在可以去找我的家人嗎？」尼可說。

烏多走向窗邊，拉開窗簾。借助路燈的光線，他看見克萊蘇拉街覆蓋了一層細雪。**是雪**，他心想，**大家也叫這個男孩「白雪」**。這是不是某種徵兆？烏多相信徵兆。也許他注定要搬進這棟房子、發現這個男孩，並用他做某些事。

「尼可，我有個想法。你可以成為全家人的英雄。你覺得怎麼樣？」

尼可哭了出來。遇見這個人的壓力，令他再也承受不住。他想念爸爸，想念媽媽。外頭天已經黑了。

「他們能回來這間屋子嗎？」他問。

「我這麼跟你說吧。」烏多咂了一下嘴唇。「你只要照我的話做，你們就可以團聚。」

他彎下腰，下巴就在尼可眼前幾公分。

「怎麼樣，你會幫我嗎？」

尼可感覺自己吞了吞口水。他好奇芬妮到家了沒有，剛才要是跟她一起走就好了。

等等。芬妮後來呢？

我們最後看到她和尼可一起探出窗簾。但她怎麼會在那裡？

這個嘛，別忘了孩子畢竟是孩子。就算遇到最可怕的情境，他們也會創造出切合自己年齡的時刻。

芬妮十二歲，這個年紀的女孩心思往往放在男孩子身上，想著男孩子長得帥不帥、男孩們怎樣看待自己，特別是其中一個——尼可。先前說過，尼可在學校就坐在她前面。比起其他有些男生長起青春痘，或唇上冒出鬍髭，尼可的外表沒那麼兇，幾乎可以說長得很……漂亮。課堂上，芬妮會從後方默默注視他，看著他蓬厚的金髮長度正好長到白襯衫的衣領上方，有時他一早剛坐下來，頭髮還溼漉漉的，她會想像自己伸手去梳順它。

芬妮跟其他學生前往克里斯佩家的那一天，她四下尋找尼可，但都沒見著他。她走向樓梯，注意到下方儲藏空間的門被輕輕推開，正好撞見尼可往外張望。尼可笑了笑，又把門拉回去闔上。芬妮敲了敲門。

「你在裡面做什麼？」

尼可把門推開一條縫。

「我習慣待在這裡。」

「我可以參觀嗎？」

「裡面很黑唷。」

「沒關係，我還是想看。」

「好吧。」

他讓她也鑽進來。她把身後的門拉上。尼可沒有說錯，裡頭很黑，而且空間狹小。和他挨得這麼近卻看不到他的臉，她覺得有點想笑——有點暈，有點熱，但是很開心。

「你在這裡面會待多久？」她輕聲問。

「不一定。」他輕聲回答：「有時候，我會聽他們在外面說什麼。」

「那不是很像間諜嗎？」

「不知道，可能吧。妳覺得我這樣做不好嗎？」

芬妮在黑暗中笑了，心裡很高興他徵求她的意見。「我沒有覺得不好。你也不是真的想刺探什麼，所以也不算真的間諜吧。」

芬妮聽見其他孩子交談和拉開椅子的聲響。她知道外面隨時會喊大家開始上課。她希望還有一點點時間，她想問尼可一個問題，她在腦袋裡練習了好一陣子。這個問題是：「尼可，你喜歡我嗎？」

她沒有機會問出口。外頭傳來一聲巨響，接著是沉重的腳步聲，德國人大聲喝令，家具被搬動。驚恐之下，芬妮找到尼可的手臂，然後順著手臂往下找到他的手腕和手指。

他們可以聽見外面有東西在地上拖行。門打開又關上。他們聽見尼可的母親大喊他的名字，但兩個人都怕得不敢動。

「我們該怎麼辦？」芬妮壓低了聲音。

「我爸爸說，萬一德國人來了就躲起來。」尼可說。

「所以我們躲在這裡比較好？」

「應該是。」

芬妮感覺自己的膝蓋抖個不停。她緊緊捏住尼可的手。他們就這樣等了好幾分鐘。終於，外面沒再傳來動靜。尼可小心翼翼地推開儲藏間的門。屋裡空空蕩蕩。他們躡手躡腳走到窗邊撥開窗簾，往下一望看到尼可一家人被士兵圍住。尼可拉緊窗簾，兩人急急忙忙又躲回儲藏間。

芬妮哭了，用手掌抹著眼淚。

「我真的好害怕。」她悄聲說。

「不要怕。」尼可說：「我爸爸很強壯。他打過勝仗。他會回來找我們的。」

「我可以再握著你的手嗎？」

「好。」

他們在黑暗中摸索對方的手，十指好不容易互相握住。

「抱歉，我的手溼溼的。」芬妮說。

「沒關係。」

「你覺得他們會去哪裡？」

「不知道。說不定是去某個地方回答問題，回答完就會放你回家。」

「我恨德國人。你不恨德國人嗎？」

「人不應該恨別人。」

「不一樣，恨他們是可以的。」

「人應該要愛別人。」

芬妮吐了一口氣。現在顯然不是問那個問題的好時機，但她覺得還是要問出口，才比較不害怕。

「尼可？」

「怎麼了？」

「你喜歡我嗎？」

他停頓幾秒才回答。芬妮覺得喉嚨堵著一團線頭。

「嗯，我喜歡妳，芬妮。」他用很輕的聲音說。

∞

過了一個鐘頭，他們緩緩把門推開。屋裡依然空無一人，不過現在街上也不見人影了。

尼可走向衣櫥，取下哥哥的雨衣外套交給芬妮。

「用這個蓋住頭，他們才看不出妳是誰。」他說。

「好。」

「妳現在打算去哪裡？」

「去我爸爸的店。他應該會在，他一向守著店鋪。」

「那好。」

「他不在的話，我可以回來嗎？」

「好呀。」

「謝謝你，尼可。」

那一剎那，芬妮沒有多想就探身向前，伸手環住尼可的脖子，把臉貼上他的臉，嘴唇掃過他的臉頰，非常短促地碰到了他的嘴巴。

「再見。」她咕噥著說。

尼可眨了眨眼。

「再見。」他說，嗓子有點啞。

她閃身走出大門，溜上了街道。

∞

她父親的藥房靠近西側，從埃格納蒂亞大街走去不到兩公里。芬妮穿著尼可給她的雨衣外套，她的身材細瘦，外套穿起來太大了。她把衣領拉高到耳際。

走在人行道滑溜的鋪石子上，她想起方才的那個吻。那算一個吻吧？她從來沒有吻過男孩子。雖然她更希望由他先主動，但這一吻在她心中還是作數的，何況他看上去並沒有抗拒，甚至或許有些歡喜，想到這裡讓她暈陶陶的，心裡已經忍不住想下一次什麼時候會再見到他。

想著這些，芬妮的腳步不自覺輕快起來。她一路上踏著這輕快的步伐，直到拐過街角的那一瞬間，她僵在了原地。

街上滿滿塞著行進的猶太人，長長的隊伍低著頭在細雨中緩緩前進。人人抱著簍筐或拎著提箱，也有人推著手推車。他們同樣是從自己家中被驅逐出來，趕牲口似的被押往赫胥男爵區。

芬妮在遠處聽見她爸爸的聲音。

「拜託！一分鐘就夠了！」

她看見他在前方的藥房門口，向一名手握步槍的德軍士兵苦苦哀求。

「藥，是藥呀，你不明白嗎？」芬妮的爸爸說：「沒有藥是不行的。萬一有人生病，出意外或是受傷呢？你能理解吧？讓我進去裝一袋藥出來就好。我馬上就出來跟上隊伍，一刻也不會耽擱。」

芬妮允許自己鬆一口氣。她爸爸很懂得說話。他的店因為能配藥，在其他猶太人的商店都被查封後，仍獲准繼續營業。芬妮深信爸爸一定能說服他們放他進去，等他進了店裡，她就到後門去跟他會合。她看到一直搖頭的那名士兵仰頭望了望天空，明顯很不耐煩。終於，他往旁邊站開一步。

「謝謝你。」她爸爸說：「很快就好了。」

他經過士兵身旁，上前握住門把。

下一秒發生的事，在芬妮心中像近乎水波紋般的慢動作上演。她爸爸正要走進藥房的時候，另一名納粹推開原本那名士兵，舉起手槍朝芬妮爸爸的背開了兩槍。他的手還握著門把，就這樣死了。

芬妮大聲尖叫，但她聽不見自己的聲音。她腦中的一切都在轟隆震動，彷彿有一枚炸彈就在寸步之前爆炸，吸走空氣裡所有的響聲。她動不了，她無法呼吸。她昏過去前最後記得的事，就是感覺有一雙手臂托住她的肩膀，然後她的身體也跟著其他人組成的長長隊伍，拖著腳步走向貧民窟。

塞巴斯汀翻來覆去睡不著

這個可憐的孩子，因為沒把尼可的事告訴父母而滿懷罪惡感。來到指定新居所的第一晚，他躺在地板上，胃隱隱作痛。每看到母親的臉一次，他就覺得難受。每想起芬妮一次，更是愈發難受。他做了個惡夢，夢見尼可在火場裡哭喊，於是當他滿頭大汗驚醒的那一刻，他決定說出實情。

但就像命運注定似的，不必由他開口。一早還不到八點鐘，窗外有人很輕地敲了幾下。塞巴斯汀第一個聽見，他疲憊地走到門邊，身上還穿著昨天那一身衣服。一開門，他的心跳霎時漏了一拍。門口站著一名老婦人，他認出是麵包店的老闆娘帕利提太太，而她身旁的人穿著他的雨衣外套，是芬妮。

「你的爸爸、媽媽呢？」帕利提太太問。

他還來不及回答，已經聽見他們急急忙忙跑來門邊。他喚了芬妮一聲，想引起她的注意，但她的眼神空洞、遙遠，彷彿她人在睡夢中，只是眼睛睜著。

一見到列夫和譚娜，帕利提太太就說：「芬妮有你們兒子的消息。」

她輕輕推了推芬妮。

「我們在你們家。」女孩呢喃著：「在樓梯底下，我們躲在那裡。」

「噢，親愛的主啊。」譚娜雙手交握。「他沒事嗎？他現在人呢？安全嗎？」

「我離開的時候，他沒事。」

「妳為什麼要走？妳為什麼留他在那裡？」

「我去找我爸爸。」

「妳爸爸後來有去找他嗎？」

麵包店老闆娘迎上譚娜的視線，輕輕搖了搖頭。

「他蒙主恩召了。」她說。

「喔，不。」列夫咕噥了聲。

「噢，芬妮。」譚娜發出悲咽。「噢，芬妮，快過來。」淚水滑下芬妮的臉龐。她像是兩腳被捆住似的，一頭撲進譚娜的懷裡。

塞巴斯汀手足無措。他深深渴望摟住芬妮，在她耳邊說些話安慰她，感覺她的頭髮披散在他肩上。

但他說出口的只有：「妳可以留著我的雨衣。」

尼可夢見白塔

薩洛尼卡是一座極其美麗且歷史悠久的城市，許多故事將歷史與美結合在一起。和家人分別後，第一個孤單的夜裡，尼可躺在床上強忍著眼淚，想起其中一則故事。故事帶給他安慰；他抱著故事，總算沉沉睡去。

這則故事與雄偉的白塔有關。這座堡壘建於十五世紀，用以協助薩洛尼卡抵禦外敵進犯，每個人都認同它是這座城市引以為傲的地標。尼可的爺爺拉札爾曾經帶著尼可、塞巴斯汀和芬妮登上白塔，慶祝尼可的八歲生日。中午享用過特別的生日大餐，吃了燉牛肉、松子飯和土耳其布丁甜點後，拉札爾領著這幾個孩子走在灣邊的濱海步道上，途經古老的旅館和露天咖啡館，小圓桌在戶外擺開，各有五顏六色的涼篷為顧客遮陽。他們不久就抵達塔下，看到環繞塔底的尖頂篷、餐廳和公園綠地。

「我準備了一個驚喜。」拉札爾說：「你們在這裡等著。」

尼可、芬妮和薩巴斯汀看著拉札爾走向警衛，兩人在一棵松樹下交頭接耳，拉札爾塞了些錢給對方，接著對孩子們點點頭，要他們趕快過去。

「爺爺，我們要去哪裡？」尼可問。

拉札爾嘻嘻一笑。「上去。」

尼可猛拍了一下哥哥的手臂，塞巴斯汀也回以笑容。芬妮更是雀躍得跳了起來。沒多久，三人已經走上了登塔的階梯，階梯在堡壘內部迴旋而上，中途偶有裝著鐵柵欄的小窗可以向外窺看。三個人年紀還小，感覺自己好像爬了好幾個鐘頭的樓梯。好不容易終於通過一道圓頂的門廊，踏入開敞的塔頂，藍天迎面而來，整座薩洛尼卡城盡展於他們腳下。

塔頂見到的風景，是他們從來沒有見過的景色。往西邊望去是碼頭和城市天際線，往北是丘陵和古城堡，往東是富豪宅邸和精心修整的花園，往南則是愛琴海北灣，白雪覆頂的奧林帕斯山在遠方清晰得像一幅畫。

「聽著，我想跟你們說個故事。」拉札爾說：「你們知道這裡為什麼叫白塔嗎？」

孩子們聳了聳肩。

「這裡曾經是一座監獄，又髒又暗，外牆上滿是處決囚犯留下的血漬。因為處刑多得不計其數，人們管這裡叫血塔。

「有一天，負責的人決定把整座塔洗刷一番，但工程昂貴而且困難，沒有人想接下這份工作。

「後來，有一名囚犯說話了。他自願把整座塔漆成白色，就他一個人。他只有一個條件：事後寬赦他的罪過，放他自由。」

「整座塔？」尼可問。

「整座塔。」拉札爾說。

「他做到了嗎？」

「做到了。花了很長的時間，超過一年，但他做到了，全靠他一個人。獄方也依照當初的承諾放他走。從此以後，這裡就被大家稱為白塔。」

「你知道那個人是誰嗎？」塞巴斯汀問。

「記得的人不多，」拉札爾說：「但是我記得。他的名字叫奈森・吉帝利。」他停了停才又接著說：「他是猶太人，就跟我們一樣。」

三個孩子互相對望。夕陽轉成橙紅色，緩緩沒入地平線。拉札爾握起兩個孫子的手。

「這則故事有一個寓意，」他說：「你們知道是什麼嗎？」

兩個男孩等著聽爺爺說，拉札爾望向大海。

「人啊，為求獲得寬恕，什麼都願意做。」他說。

另一則寓言

從前從前，在久遠的時代，真實天使決定走進人間，希望傳遞真實的正向力量。唉，只可惜，每當真實走近，人們無不轉身躲避，摀住雙眼，跑往其他方向。

真實漸漸感到沮喪，於是到山谷中躲了起來。這時候，一直看著事情發展的寓言，來到了真實身邊。

「怎麼了呢？」寓言問。

「每個人都討厭我。大家一看到我靠近，就轉身走避。」

「真是的，你瞧瞧。」寓言說：「你這樣子赤裸裸的，他們當然會跑。他們害怕你。」向來身披多色彩衣的寓言，脫下一件交給真實。

「來，穿上這個再去試試。」

真實照做了。果不其然，套上新穎悅目的色彩以後，真實受到熱烈的歡迎——而且歡迎它的，與當初轉身就跑的是同一群人。

所以從這個故事，我們可以學到什麼？

有的人會說因為這樣，寓言可以教導人赤裸的真實傳達不了的事。我個人則覺得，我不明白你們到底在害怕什麼。

但話又說回來。

這或許能解釋接下來發生的事。

重新安置的謊言

這個故事裡的幾個滔天大謊，我已經說明在先。孤狼扭曲語言，粉飾他的邪惡。他的納粹爪牙有樣學樣，建立無止境的清單、表格，發放正經八百的官方文件，全是為了洗白他們的暴行。

在薩洛尼卡，這些謊言無所不在，小至猶太人上繳收音機後拿到的假惺惺粉紅色收據，大至向猶太人保證他們遷離之後，他們的家園不會被搗亂，但事實上，德國軍官沒過幾個鐘頭就入住，撬開地板尋找暗藏的金錢。

不過，納粹把最大的假話留在了最後。

重新安置這個謊言，杜撰了一個空幻的「家園」，猶太人接受「重新安置」後可以在那裡生活、工作、養兒育女，不會再被打擾。孤狼知道，逼人不能逼得太緊；人們要是意識到自己只剩死路一條，很可能會拿性命相搏。他已經羞辱並削弱了他的目標，讓他們挨餓，搶走他們的營生，威嚇他們下跪。但就算是赫胥男爵區這樣破敗的貧民窟，仍是公眾看得見的範圍。只要還在公眾的視線範圍內，孤狼就無法落實他最黑暗的衝動：一九四二年夏天，在德國萬湖一棟眺望湖景的別墅內，他與屬下將軍召開會議所擬定的黑暗計畫。

就是在萬湖畔，他們得出了最終決議，不僅攸關尼可、塞巴斯汀、芬妮和我們這個故事裡的其他人，更牽連從不列顛群島沿海至蘇聯山間、一千一百萬猶太人的每一個人。只用了短短不到兩小時，佐著白蘭地、下酒零食與香菸討論出的這項最終決議，可以用一句話總括：殺光他們。

當然了，這代表行動必須隱密。邪惡趨於暗處，不是因為自覺羞恥，單純是因為暗中行事方便。比較不複雜，比較不易引起義憤。孤狼已經為他最後的駭人行動建好了場址——奧許維茲、特雷布林卡、達豪等地的滅絕營。但運輸問題尚未解決：他要怎麼把犧牲品送去那些地方？要用什麼樣的故事掩飾，才能哄騙這麼多人踏上送死的旅途？

他需要一個幻景。一件能充分轉移注意力的彩衣，好將我徹底遮蓋。

重新安置的謊言，便因此誕生了。

∞

列夫第一次聽見這個謊言，是他在赫胥男爵區貧民窟的第二個晚上。他和幾個男人正圍著一口生火的小桶取暖，一個名叫巴特洛斯的年輕漁夫走過來，說他偷聽到納粹軍官對部下說話。該名軍官說，薩洛尼卡的猶太人將被重新安置到北方某處，在那裡安家立業。有可能是波蘭。

「波蘭？」列夫問：「為什麼是波蘭？」

「誰知道？」巴特洛斯說：「至少我們到那裡就安全了。」

「可是波蘭離這裡好遠，反而離德國比較近。他們這麼痛恨我們，怎麼會把我們移到自己附近？」

「可能是為了方便管控我們？」另一個男人說。

「有道理。」另一人附和。

「不對，這說不通。」列夫說。

「總比待在這裡好。」

「你怎麼能這樣說？這裡是你的家鄉。」

「不再是了。」

「我不去！」

「而且假如我們留下來，這裡還剩下什麼？我們的店沒了，家也沒了。你難道想繼續活在這個垃圾堆裡？」

「也好過波蘭。」

「你怎麼知道？」

他們一群人爭執了一會兒，最終意見不合而散。但重新安置計畫經由他們傳回家中，猶如吹過麥田的風，在貧民窟傳了開來。

烏多需要一個詭計

他深深吸了口菸，凝望他的辦公桌。沒完沒了的文書工作。名單、貨單、開往滅絕營的火車時刻表。營區還真多！停靠每一站的時間都詳列至幾點幾分。孤狼的指示很清楚。發生任何事，都不可干擾火車的效率。

烏多私下很好奇元首何以這麼執著於火車。是因為龐大壯觀？還是因為轟鳴聲令人生畏？不管原因是什麼，他知道萬一耽擱會有什麼後果，他聽過法國那裡出的事，月台上的猶太人造反逃竄，兩名德國士兵在混亂中被殺。孤狼為之震怒。

烏多可不希望被這種事牽連。他必須確保在他管轄下的猶太人乖乖搭上這些火車，不抗議也不鬧事。他已經有重新安置的謊言可用。但讓手下軍官用德語咆哮喝令，似乎不太令人放心。烏多需要有個人來說動這些猶太人相信這套說法，用他們自己的語言。

這就是尼可．克里斯佩能派上用場的地方。

這個男孩近來一直待在烏多占用的克萊蘇拉街的房子裡。他真的就像平托說的，誠實到過了頭。對烏多的每一個問題，他都回答得毫無猶豫。真可惜他身上沒有更多有用的資訊，例如逃進山間的猶太人藏身何處？或者隔壁鄰居把黃金珠寶藏在家中哪裡？

不過，烏多愈來愈相信這個男孩派得上用場。他似乎認識很多社區裡的猶太人，他們家在猶太社區顯然十分活躍。如果他能在鐵路月台上協助確保事情順利推展，留他活口儘管麻煩，但也值得。

尼可從來沒進過火車站

家人被驅逐兩星期後，他生平第一次見到火車站。車站外觀像一間大房屋，有著斜向的屋脊，地面層有大片窗戶。入口邊緣鑲了五塊玻璃板，兩塊長的、三塊短的。納粹在灰白的正牆上垂掛巨大的V字，象徵勝利。

尼可走進這棟建築，張大了眼睛看向天花板，身旁一邊是烏多，一邊是平托。

「你確定這個男孩，我們能夠信任？」烏多用德語問。

「你看他，」平托回答：「他還以為這是一趟冒險呢。」

尼可可能看似心不在焉，但其實一直專心在聽，默默吸收這兩個人使用的德語。他分辨語言的耳力很好，而且本來就會希臘語、拉迪諾語、拉丁語、法語、希伯來語和些許英語，所以學得特別快。

「尼可，我今天要向你介紹你的工作。」烏多揚了揚下巴，示意平托翻譯。「你以前做過工作嗎？」

「真正的工作沒有。」尼可回答。

「那正好，這會是你的第一份工作。如果你做得好，知道能拿到什麼獎賞嗎？」

「黃星星？」

烏多忍住沒嗤笑出聲。「是呀，我會給你們一顆黃星星。」

「然後我的家人就能回家？」

「只要你認真做好你的工作。」

「我爸爸說我工作很認真，但我哥哥比我勤奮，店裡都是他掃的地，我掃地不夠仔細。」

烏多搖搖頭。這個男孩無時無刻不在提供情報。

他們在候車大廳中央停下腳步。應烏多的命令，車站人員已經淨空，此刻站內只有他們三個人。

「好了，尼可。聽好我說的話。」他指著通往月台的門。「明天你來的時候，這裡會有很多人，還會有一班火車。大家不知道火車要開往哪裡，有的人可能會覺得疑惑，甚至感到害怕。」

「為什麼要害怕？」

「不知道要去哪裡的時候，你不會覺得害怕嗎？」

「有時候會。」

「你的工作就是幫助他們。由你告訴他們火車行駛的目的地，讓大家不要害怕。你做得到嗎？」

「應該吧。」

「很好。你如果見到認識的人，他們可能會好奇你這陣子去了哪裡。你要告訴他們，你躲起來了。你聽見一個德國的大人物說，這班火車會北上駛向波蘭，大家到了那裡都會有一份工作。」

「可是我沒有真的躲起來啊。」

「我發現你的時候，你是躲著的，不是嗎？」

「是啊。」

「所以就是真的啦。」

尼可皺起眉頭。「算是吧。」

「很好。現在我們考考你。」烏多兩手抱胸。「你要怎麼對大家說？」

「火車要往北開。」

「到那裡會有工作。」

「然後呢？」

「你怎麼知道？」

「我聽你說的。」

「沒錯。你也可以說，所有猶太家庭之後會一起回來。」

「所有猶太家庭之後會一起回來。」

「好孩子。」他伸手比通向月台的門。「現在去月台上練習看看吧。」

尼可張大了眼睛。即使在受人操控的陰影下，小孩子仍不失好奇心，這個男孩一生中至今還沒有搭過火車，現在有機會近距離看到鐵軌，他打從心底感到興奮。尼可一個箭步衝出門外。

「好了，尼可，大聲說吧！」烏多喊道：「火車要去波蘭！」

「火車要去波蘭！」尼可大喊。

「到了那裡，我們會有新家！」

「到了那裡，我們會有新家！」

「猶太家庭會一起回來！」

「猶太家庭會一起回來！」

尼可這時停下來歪著頭，彷彿看著自己的聲音傳向遠方的皮耶拉山脈，迴盪不已。

我也看著。我目睹這個打從出生以來一直忠於我的男孩，受到殘忍的騙徒誘騙。寓言裡說，真實被上帝拋向地球後垂頭喪氣。大概吧。但是聽見尼可．克里斯佩對著鐵軌喊出生平第一句謊話時，我哭了。哭得像個被丟在森林裡的嬰兒。

一場盛大的婚禮

第一班火車出發的前一晚，赫胥男爵貧民區裡，數十名猶太人聚集在一座簡陋的棚屋外。溼氣很重，吹著冷颼颼的風，大家湊近在一起，互相摩搓肩膀取暖。每隔幾分鐘，就會有一小組人被領進門內。

當天稍早，德國人宣布所有的猶太人應做好準備，翌日上午離開，每人限帶一件行李，重量和大小需符合規定。除了這些，其他細節誰也不知道，只有傳聞四下流傳，包括一條令人費解的規定，據說在抵達目的地後：**已婚配偶會優先分配到自己的一戶住居**。

這個消息是哪裡來的，誰也說不準。但萬一是真的呢？想到之後可能就沒機會更改身分，各家馬上商量起婚事。相配與否不重要，年齡也不重要。愛情之下締結的婚姻，著重於擘畫未來；恐懼之下締結的婚姻，為的只是活下去。

於是，當晚由一位拉比主持，在棚屋一次聚集了五對配偶，就著燭光帶領新人經過簡短的儀式結成連理。有些是年紀較長的男士，與抵抗義大利的戰爭留下的寡婦配對。有些則是青少年。他們低聲快速喃喃誦念，複誦一段希伯來文，語氣沒有起伏。現場沒有熱烈的道賀，沒有舞蹈，沒有蛋糕。他們交換戒指，有些只是拗成圓形的迴紋針，隨後便離開棚屋，把空間留給下一組人。

最後一組被喚進場，塞巴斯汀在隊伍最後拖著腳步走向前。他咬緊牙關不讓自己哭出來。他剛過十五歲生日，他的家人用多分到的一小片麵包和一顆硬糖為他慶祝了。現在，他站在一個微胖的十六歲女孩身旁，女孩名叫瑞芙卡，他不怎麼認識，只知道她有個哥哥，以前在學校老是找塞巴斯汀的碴。他的手中握著奶奶交給他的戒指，但他太用力捏著，戒指在手心留下一圈印痕。

塞巴斯汀本來強烈反對這個提議。他努力勸阻父母，說自己年紀還太小，不適合結婚，而且他不喜歡這個女孩。他們堅持這是為了安全著想，等到眼前恐怖的磨難結束，他想取消婚事總有辦法的，但現在他必須聽從他們。塞巴斯汀滿肚子火，漲紅著臉飛奔出門，一邊大喊他才不想要什麼「蠢房子」。他跑到圍籬邊瞪著鐵絲網，淚水在眼眶中滾滾發燙。

我同情這個可憐的男孩，但他並沒有說實話。他不想與名叫瑞芙卡的女孩結婚，真正的原因是他的心牽掛芬妮。他怕與別人結婚，他就髒了，他身上就貼上已有主人的標籤，從此不能再靠近芬妮。從他們被迫搬到這裡的幾個星期以來，塞巴斯汀和芬妮在貧民窟相處了好些時光，和其他孩子一起玩牌，或一起閱讀能找到的書。芬妮很少說話，失去父親一事對她來說依然震撼。但對塞巴斯汀來說，這些相處的片刻像是無止境陰天裡唯一的光亮。

此刻，站在一群即將成婚的新人之間，塞巴斯汀再次想起芬妮的臉，他默默祈禱她永遠不會得知他即將要做的事。他迴避瑞芙卡的目光，把戒指套上她的手指。十五歲的塞巴斯汀・克里斯佩成了一名丈夫，卻一眼也沒看他的新婚妻子，彷彿只要不去看，某件事就能消失不見。

三次背叛

上帝在分發品行之際，信任是自由發放的，人類和動物都分到了一份。但背叛呢？背叛只發給了人類。

這帶我們來到了這一天——

一九四三年八月十日

我們故事裡的三次背叛就出現在這一天，全都發生在赫胥男爵車站的月台上，最後一班從薩洛尼卡開往奧許維茲滅絕營的火車，在近午時分出發。

上個月一共發出了十八個班次，依照烏多・葛拉夫判斷，車班運作尚稱順利。照時抵達，沒出事故。烏多在流程中安插了許多小謊，以利作業推展，例如通知猶太人把錢換成波蘭的茲羅提幣，以及發放永遠不會兌現的信用條。烏多饒富趣味地看著這些挨餓的傻子心甘情願交出身上最後一些錢，依舊相信納粹到頭來會善待他們。他甚至讓幾名衛兵去搬放行李，好像他們是腳伕一樣。

但他最高明的伎倆，還是尼可・克里斯佩。這一計啊，他對自己說，只能說是神來之筆。這個男孩完全聽從指令，穿梭在月台的人群間，悄聲散布關於工作、關於新家、關於「安置」的承諾，在乘客焦慮的心中，種下踏進列車車門所需的最後一點信任。

尼克戴著烏多給他的黃星星，把他偷聽到德國軍官說猶太家庭將能團聚的話，轉述得如此有說服力，有些臨行乘客聽了還感激地抱住他。許多街坊巷弄或猶太教會的人認得尼可，他們都叫他奇歐尼，看到他還活著，他們高興到願意聽信他的故事。烏多很自豪自己想到這個讓猶太人騙猶太人的策略，暗自決定下一次與孤狼會談時，他要分享這件事，也許他們能談上一些軍事戰略。

這段期間，烏多允許男孩睡在他原本的房間。這似乎能平緩男孩的情緒。餐桌上，烏多看著他猛吞麵包和肉。

「吃慢點。」烏多說：「嚼完了再吞。」

「可是我肚子餓很。」尼克練習用德語說。

「是很餓。」烏多糾正他：「餓是形容詞，『很』要放在形容詞前面。」

「很餓。」尼克跟著重說一遍。

烏多發現自己不時會望著這個男孩，好奇他是怎麼打發空閒時間，看著他一會兒讀字典、玩奇怪的玩具，或者看著窗外發呆。烏多自己沒有孩子。他沒有結婚。他告訴自己，等這場仗打贏之後，他會找個得體的德國女人，個性善良、容貌標緻。憑他高階軍官的身分，他敢說絕對會有眾多新娘人選，孩子肯定也會接著到來。

同時，尼可的純真無邪也令他咋舌。畢竟這個男孩也十二歲了，烏多在他這個年紀已經抽過第一根菸、喝過第一瓶啤酒，在他住的柏林街巷和年紀大過他的男孩打架，招惹過不少麻煩。

但這個孩子不一樣。有天晚上，烏多抱怨了幾句頭痛，尼可竟然來敲他的房門，拿浸了熱水的毛巾給他。又有一晚，烏多在喝白蘭地，尼可抱著一本德文書走過來，把書遞向他。

「你要我念這個？」

尼可點頭。

「念給你聽？」

「是。」

烏多驚訝萬分。他知道比起念書給一名猶太小孩聽，自己有更重要的事情要做，但當他回過神來，發現自己已經翻起書頁，甚至提高了音調。

烏多一邊念，尼可一邊湊過來，靠向烏多的肩膀。這樣的肢體接觸讓烏多吃了一驚，從來沒有小孩子這麼貼近他。我很想告訴你，這個男人的心多少因此而融化，往後的舉動也因而軟化。但我言必真確。

他並未因此有半點的改變。

最後一班列車的出發日到來，那個上午熱得發黏，空氣裡有雨的氣息。戰爭初始時，薩洛尼卡有五萬多名猶太人，等到這一班列車駛離車站，已有四萬六千人被遣送出境。納粹矢志掃空這座城市的每一片猶太殘屑。

上午十點剛過不久，列夫、譚娜、伊娃、拉札爾、塞巴斯汀、雙胞胎妹妹、比碧和丈夫泰德洛斯、芬妮，以及麵包店老闆娘走上街道，加入緩慢的隊伍，往火車站前進。出於沒人解釋得了的某種原因，他們被留在赫胥男爵貧民區好幾個月，看著其他家庭來了又離開。

雙胞胎手牽著手，大人則各自提著一件行李。列夫伸手環抱妻子譚娜，一想到要離開這座城市了，卻還不知道小兒子的下落，她的眼淚落個不停。塞巴斯汀拖著腳步跟在最後，但領先瑞芙卡和她的家人一步，她也會跟他一起搭上這列火車。瑞芙卡笑了笑，塞巴斯汀別過頭去。

火車站內，平托查看了行李車廂

這最後一班車令他內心雀躍。烏多．葛拉夫說過，等薩洛尼卡的「猶太問題」解決之後，他計畫返回德國。平托暗暗希望，到時候他可以偷溜去雅典，在相對安全的地方等待戰爭結束。

94

對於他協助遣送出境的數萬人，他沒有半分懊悔。他也得活下去呀，這是他給自己的說法。但我知道更深層的真相。平托等不及送走這最後一班車，是因為他受不了再看到更多絕望的臉孔，在牲口車廂門上門之際回望著他——那些凹陷的眼窩、下垂的嘴角。生與死之間的距離是這麼短，也就幾公分而已，只有一道門那麼寬。

四十多公尺外，尼可伸了伸腿

他不清楚列車時刻表，不知道烏多和平托的計畫，也不知道這是開往奧許維茲的最後一班列車。他只知道他又錯過了一個星期五。開戰之前，每到星期五早上，他媽媽都會在廚房裡為安息日做準備，拿出漂亮的餐盤和燭台，攪拌好吃的東西，做灑了黃油和糖粒的麵包，那是尼可的最愛。

他在星期五的晚上尤其想念家人，那些喧鬧、那些歌聲、爺爺祈禱前清喉嚨的聲音，還有要是他們禱告時笑出來，哥哥會在桌底下踢他。有時候烏多．葛拉夫出去了，尼可會走進以前的廚房，打開櫥櫃，對著麵包、紅酒和蠟燭誦念安息日禱文，就怕自己忘了那些詞句。

上午十點半，尼可看到群眾陸續走進車站。和之前一樣，他們迅速湧現，頃刻間填滿月台。德國軍官趕著人群，逼他們登上坡道、進入車廂。尼可深吸一口氣，鼓起勁走進這一大片混亂的場景。他不喜歡在人群間推擠，看見他們憂傷的面容，看到他們放棄手提箱，或是遙望遠山，像在對什麼訣別。他不懂大家為什麼這樣愁容滿面，他們不是會有新工作和新房子嗎？說不定還比在這裡的更好。

但他還是恪盡職守，照葛拉夫先生的吩咐行事。他想要讓他的家人回家。他想像他們終於團聚的一天，媽媽會多麼感激他是個乖孩子，爺爺會揉揉他的頭髮，點頭誇獎他。尼可滿心盼望著這一刻。每天晚上看到烏多・葛拉夫在爸爸媽媽的房間就寢，他總覺得自己從一種生活中被拔出來，扔進新的生活。他希望舊的生活能夠回來。

烏多從車站門內看著外頭

剩不到一個小時，他的任務就要結束了。提交最後一份報告後，他就可以離開這座碼頭骯髒、魚市場腥臭的城市。他想回家，回德國去，回到比這裡涼快也比這裡乾淨的德國。然後跟孤狼會面，商討新的任務，接受更有戰略意義的工作。

不到一個小時了，他對自己說，**只要一切能順利進行**。

才正這樣想，預期之外的事就發生了。烏多抬頭看見兩名德國信差急匆匆向他走來，皮靴踩在車站地板上清脆作響。他們行禮後，遞給他一紙信封。

烏多抽出信紙，認出了上面的襟章。信是親衛隊上級領袖送來的，也就是他的上級長官。信中的指示直接、扼要。

請隨車前往奧許維茲。

到時會下達新的命令。

烏多愣住了。他把信紙翻來覆去，確定沒有其他的字樣。就這樣？他們要送他去營區？搭這一班火車？這不對吧，他應得的報償不該是這樣。他還得繼續跟這些討厭的猶太人混？為什麼？

懷疑占據他全身。他呼吸加速，一股熱氣從後頸冒出。

一定是有人算計我。

這是第一起背叛。

∞

怒氣驅使烏多推開門走上月台，他撞開枯瘦憔悴的猶太乘客。其中有佝僂的白髮老婦，有一臉鬍鬚、喘著氣的胖子，兩個很明顯是兄弟的蓄鬍男子，攙扶一個拿著手帕不停啜泣的女人。

「離我遠點！」烏多厭惡地咆哮。他抓住手下兩名士兵，要他們即刻趕往克萊蘇拉街三號收拾他的物品。士兵速速聽令。烏多走在人群之間，沮喪之下，不斷厲聲發號施令。「動作快一點！不要再耗時間了！前進，你們這些骯髒的豬！」乘客嚇得緊挨在一起，躲避他的注視。

平托遠遠看到烏多走過來，他擠出笑容迎上前，對才發生的事毫不知情，心想他可以趁現在問一問這班車出發後，這個德國人有何計畫。

他挑了一個最差的時機。

「我有何計畫？」烏多厲斥：「我的計畫變了！所以你的也是！」

烏多看見一名手下軍官，立刻指著平托大喊：「這一個也上車！」

平托僵在原地。他沒聽錯？一名高個子乘客撞上他，他差點摔倒。有個戴高帽子的男人一把抓住他的手臂，等平托穩住身子，烏多早已經轉身沿著月台走遠。

「等等！葛拉夫先生！」

下一刻，平托只知道一名德國衛兵用步槍抵著他的肩胛骨，推他走上一塊斜板。

「不對，不對！」平托急得尖叫：「我跟著突擊隊領袖！我是跟著葛拉夫先生的！」

這些是他作為受保護階層最後說出的幾個字。他旋即被推進牲口車廂，被人群吞沒，成為他一心想逃離的那些絕望臉孔的一員。

車門閂上了。

這是第二起背叛。

∞

「火車會往北走。」尼可在人群之間遊走，一邊悄聲說：「沒事的，不用怕。」

人臉一張張轉過來看他。焦慮的眼睛。顫抖的嘴唇。

「你說什麼？」

「我聽到一個德國軍官說的。他們要送我們去波蘭。我們會有新的家，也會有工作。」

「工作？」

「對，而且到時可以和家人團聚。」

尼可走到哪裡，呢喃耳語也跟著在他身後響起。你聽到了嗎？我們會有工作。好像也沒那麼糟。你可能會問，這些被迫上路的人怎麼會相信他。但人在絕望的時候，只會聽見自己想聽的，哪怕與眼前所見所聞的一點也不相符。

尼可不停移動，在人群中穿梭前進。有幾張看上去很面熟的臉。他看見麵包店的老闆娘，她一見到他，頓時流下淚來。

「奇歐尼！你還活著！」

「對啊，帕利提太太！我們會被重新安置！不用害怕。」

「尼可，不——」

她還沒來得及說完，就有一名衛兵推著她前進。尼可繼續移動。月台上的喧嘩聲震耳欲聾。好多人哭著叫著，大聲問著問題，衛兵則大吼著命令。

「之後可以和家人團聚。」尼可壓低了聲音，一手摀在嘴邊，彷彿在透露某個祕密。「到時會有工作。我聽到一個德國軍官說的。」

他感覺到臂窩滴下了汗水。今天的人數好像比其他的搭車日更多。他好希望可以趕快結束回家。

就在這時候，尼可看見芬妮

她抓著前方一個女人的手臂，頭低低的，烏黑的頭髮塞在一頂報童帽之下。尼可使勁推開人群走向前，一直走到夠近了才喊她的名字。

「芬妮！」

她抬起頭，遲了一會兒才有反應，好像她被什麼貼住了嘴，必須先撕掉才有辦法開口。

「芬妮！沒事的！大家之後又能在一起了！他們要送我們去安全的地方！」

芬妮歪頭笑了笑，但表情隨即一變，目光落向尼可身後的人——尼可同時也感覺到一雙粗壯的手托住自己的手臂，將他一把抓起，舉向半空中。

「別再到處跟人們說這些！」低沉的嗓音咕噥著：「這些都是謊言。他們是要送我們去死。」

尼可被向下一扔，鞋子啪一聲落向月台，他整個人向前栽倒。他抬起頭，看到一個魁梧大漢一邊瞪著他，一邊登上火車消失不見。他爬起來，往褲子上擦了擦手，重新想找芬妮，但她已經被人群吞沒。

尼可感覺胃裡一陣灼痛。直到此刻以前，他只是照著吩咐做事，這應該沒什麼不對吧。

那個男人為什麼這樣說他？**這些是都謊言**？尼可想起爺爺說過：**尼可，永遠別當說謊的人。神一直在天上看著**。不對，不可能。**他們要送我們去死**？才不是！葛拉夫先生答應過，大家都會有工作。家人也可以團聚。那個大塊頭才是騙子！一定是他騙人！

尼可轉身尋找突擊隊領袖，急切地想找他問個清楚，但周圍人太多了。大塊頭男人的斥責不斷在他耳邊迴盪。有好一會兒，他能聽見的就只有那幾句話。

接著，尼可聽見別的聲音

從躲進樓梯底下儲藏間的那個早上起，他就一直渴望再聽見的聲音。

他媽媽的聲音。

「尼可！」

絕不會錯，就算被另外一千種喧囂噪音掩蓋，他也不會認錯。尼可轉過身，瞪大了眼睛。他的媽媽站在那裡，大約十二公尺外的月台那一頭。他的爸爸就站在她身後。還有他的爺爺和奶奶、姑姑和姑丈，還有他哥哥和兩個小妹妹，所有人都不敢置信地望著他。

「媽媽！」他放聲大喊。

下一剎那，他們全都嘶喊著他的名字，彷彿他們擁有的語言全部濃縮到只剩下兩個字：尼可！淚水湧上他的眼眶。他想都沒想，兩條腿就跑了起來。他看到媽媽也奔向他。

然後一個眨眼，他又看不見她了。三個灰色制服的身影站出來攔住她。

「不！」他聽見媽媽尖叫。尼可感覺到有人從背後抓住他，一條手臂勾住他的脖子。

烏多・葛拉夫。

「我的家人。」尼可哭喊。

「我說過你能見到他們。」

「我想跟他們一起走！讓我跟他們一起走！」

烏多繃起臉。**我應該讓他去**，他對自己說，**就此做個了結**。這樣也符合程序。但他知道這班車要去的地方，勢必有死亡等著尼可。當下那一瞬間，遭到上司背叛的恨意，讓烏多想破壞規則反擊。

「不行，」他說：「你留在這裡。」

此時，尼可全家人已經被推進木造車廂，尼可再也看不見他們。他歇斯底里地放聲大哭，扭動身子想掙脫德國人的箝制。

「放開我！」

「夠了，尼可。」

「你說好的！你答應過的！」

「尼可——」

「我想去波蘭！我想去我們的新家——」

「沒有什麼新家，**你這個蠢猶太人！**」

尼可愣住，嘴巴開開，瞪大了眼睛。

「可是……我跟大家說……」

烏多發出嗤笑。這孩子臉上有某種神情，是那般震驚、崩潰，讓他別過視線不忍心看。

「你是個優秀的小騙子。」他說：「感謝自己保住一命吧。」

蒸氣嘶嘶噴響，火車引擎轟隆隆甦醒過來。烏多向一名納粹士兵揮揮手，士兵迅即上前拉開尼可。下一秒，烏多大步走向車頭座廂，沒再多看這個被他折碎的孩子一眼，心中氣憤自己竟得搭上這班車，氣憤自己的貢獻不被認可，氣憤這個任性的孩子一點也不懂得感激自己剛才救了他一命。

幾分鐘後，火車開動。抓住尼可的士兵沒興趣扮演保母，放開他之後，逕自抽菸去了。尼可衝向月台邊緣，跳下鐵軌，落地時一個踉蹌，雙手撐地才止住，沒往前摔。他爬起來繼續奔跑，不管手掌和膝蓋都擦傷破了皮。三名在月台上看著他的德國士兵笑了起來。

「小鬼，要錯過火車囉！」其中一人喊道。

「上工要遲到啦！」另一人跟著起鬨。

尼可一直跑，跑到超出月台的範圍，跑進鐵軌周邊鋪滿碎石的空地。他奮力擺動雙臂，兩腿飛速交替向前，跑在兩條鋼軌之間，經過無數個道岔，腳底重重踏著橫向的枕木。頂著近午熾熱的太陽，他追著那列愈行愈遠的火車，直到再也喘不過氣，再也跑不動，再也看不見火車。他跌坐成一團，嗚咽啜泣，胸口像在灼燒，腳後跟在鞋子裡滲著血。

這個男孩會活下來。但尼可．克里斯佩將在這個午後死去，他的名字永遠不再有人提起。這是背叛鑄成的死亡，在這個充滿背叛的一天，在車站月台就上演了三次，更有無數次發生在那些悶得令人窒息的牲口車廂裡，隨著列車向地獄駛去。

The Little Liar

2

轉捩點

真實是一條直線，但人的生活經歷曲曲折折。你離開子宮，蜷縮著身子來到新世界，從那一刻起，你就不斷屈身調整自己。

我答應過，會說一個充滿曲折起伏的故事。所以容我分享以下這些轉捩點，在同一個星期發生在我們四名主角的其中三人身上，每一個都永遠改變了他們的人生。

首先從摔出火車的芬妮說起

她現在躲在河邊濃密的樹叢裡。她把雙手浸入清涼的河水，潑了些水到左腿和左手肘，兩處看上去似乎被樹枝刮破了。傷口沾上水，芬妮皺起臉。

從前一天上午開始，她一直在移動，現在又餓又累，甚至不確定自己是不是還在希臘境內。她觀察河邊的樹木和周圍深黑的土壤。這些是希臘的樹嗎？什麼是希臘的樹？她怎麼看得出來？

從火車逃脫的情景一幕幕閃過腦海：急速摔出車廂窗外，落地那瞬間，胸口的氣全被撞了出來，還來不及反應，人已經在翻滾，只感覺到地面堅硬，眼前一片紛亂，天空、泥土、天空、泥土，直到她終於停下來，仰面朝天，深吸一大口氣。她躺在原地，疼痛貫穿全身，轟隆的車聲漸漸遠去。就在這時，她遠遠聽見一陣尖銳刺耳的摩擦聲，代表火車正在煞車。

有人看見她逃走了。

她撐著身體站起來，全身痛到不行，簡直像提起一袋碎玻璃，裡頭每一片都在移位。她聽見一聲槍響，接著又是一聲。

她拔腿就跑。

跑到她的肺在灼燒。然後她絆了一跤，爬起來又跑了一段距離。她就這樣跑了幾個鐘頭，穿過開闊的草原，沒見到半個人影，直到太陽終於開始西沉，她在一條蜿蜒的河邊找到這片雜樹林。她掬起幾把水灌下肚，隨即縮起身子，躲在一棵大樹的樹幹旁，時時刻刻深怕聽見納粹哨兵的動靜。

再也撐不住眼皮後，芬妮昏睡過去。睡夢中她翻來覆去，先是夢見尼可在車站喊她的名字，但是她沒辦法回答。接著尼可消失了，取而代之是塞巴斯汀在車廂裡抓著她往前推。**她過得去！**

她猛吸一口氣驚醒過來。陽光從樹枝間灑落，她聽見鳥兒啁啾鳴叫。塞巴斯汀的面孔還在眼底，她忽然感到一陣氣憤。**他幹嘛這個樣子？為什麼要分開她和其他人？**她並不想從車窗出去。她不想當一隻被人追逐的小動物，也不想滿頭泥土睡在河邊，一堆小石頭抵著她的脖子。不管那列火車要去哪裡，肯定比現在這樣好。

她在陽光下瞇起眼睛，聽見自己的呼吸聲。孤單的感覺一湧而上，哽住她的喉頭。這個感覺膨脹得愈來愈大，她則愈發渺小，直到每一聲蟲鳴、每一次河水翻騰，都彷彿在對她大喊：「**只剩妳了，芬妮！只剩妳一個人了！**」

她閉上眼睛，壓抑新一波的眼淚。沒多久，忽然有個女人的聲音嚇了她一大跳。

「Zsido？」

她翻過身，看見一名年紀略長的女子，手裡提著一籃衣服。女子穿著一條褐色長裙，白棉襯衫外搭棕色背心，袖子捲高到手肘。

「Zsido？」女子重複一遍。

芬妮的心臟撲通狂跳。她聽不懂這個女人說的語言，這表示她已經不在希臘了。

「Zsido？」女子又說了一遍，這回指著芬妮的胸口。芬妮低頭一看，對方指著的是她毛線衣上的黃星星。陌生的語言是匈牙利語。

那個字的意思是「猶太人」。

現在說說塞巴斯汀的轉捩點，火車此刻駛抵真正的終點站

車門一拉開，乘客無不伸手到眼前遮擋熾亮的陽光。片刻間，一切寂然無聲。但下一瞬間，身穿黑色長大衣的德國士兵便扯開嗓子，對他們大吼。

「走！走！下車！**走路呀！**」

塞巴斯汀、爸爸列夫和其他家人縮在車廂深處，感覺好像有人把他們從熟睡中搖醒。在這一節車廂裡待了八天，他們四肢疲軟無力，思考也變得遲緩。他們這幾天只吃了些碎麵包和幾小片香腸，幾乎沒有飲水，喉嚨乾枯欲裂。用來裝排泄物的鐵桶第一天就滿了，之後大家只能到角落就地解放，臭氣薰染了車廂內每一個空氣粒子。

乘客費了些時間才有辦法下車，因為很多人沒捱過來。活著的人必須小步繞過死者，小心翼翼跨過沒有生命的軀殼，像是盡可能別吵醒他們。列夫偕同家人走向日光照亮的出口時，低頭瞥見那個輕聲叮嚀芬妮「做個好人」的蓄鬍男子。他的臉被德國軍官用鐵條揮打，現在已側躺在地，沒了氣息，兩頰和鼻子那一道猙獰的撕裂傷沾著乾涸的血漬和膿水。

「塞巴斯汀，」列夫說：「我們不能放他在這裡。他是一位拉比。幫我抬起他的腳。」

他們合力把他抬起來，再蹣跚走下斜坡板，譚娜和兩個小妹妹跟在後面，然後是拉札爾和伊娃，再來是比碧和泰德洛斯。他們雙腳踩上泥濘的地面。周圍到處是納粹士兵。

「我們待在一起，無論如何都不要走散！」列夫喊道：「你們聽見了嗎？我們要待在一起。」

接著發生的是一連串視覺與聽覺的轟炸，對十五歲的塞巴斯汀來說，就像一場狂驟的風暴，閃電、強風、豪雨、雷鳴同時襲來。首先是刺耳的喊叫。軍士用德語吼著指令，乘客淒厲呼喊摯愛之人的猶太名。**亞倫**！**露娜**！**伊妲**！犬隻扯緊牽繩，齜牙咧嘴地狂吠。兩名士兵從塞巴斯汀手裡搶走死去的拉比，他們正在把所有屍體堆置在鐵軌旁。更多的嘶吼。**蘿莎**！

伊薩克！一名納粹高喊：「女人來這裡！」塞巴斯汀隨即看見妻子們從丈夫身邊被拉開，母親從孩子身旁被帶走，她們伸長了雙手抓著空氣。**不要！我的寶寶！**他轉過身，看到自己的媽媽和奶奶也被拉走，喊著要丈夫們快救救她們。塞巴斯汀奔向她們，但才跑了三步就感覺後腦勺挨了一記重擊，他腳下踉蹌差點摔倒。是一名衛兵敲了他一木棍。他沒有被打過頭，這一棍敲得他眼冒金星，他伸手摸到後腦勺滲出溫熱的血，手指沾得黏兮兮的。他爸爸這時一把將他往後拽，一邊大喊：「哥哥，跟緊我！跟在我身邊！」他左右轉頭，尋找母親的身影，但是她已經消失在數百張臉孔之間，被趕過來又被趕過去。水流似的。為什麼每個人都在奔跑？

等等。他妹妹！他的兩個妹妹呢？他一轉眼就沒看到她們了。犬隻肆無忌憚地咆哮。周圍有這麼多哨兵，這麼多步槍，這麼多骨瘦如柴穿著條紋制服的人，像著魔的螞蟻急急通過廣場。塞巴斯汀回頭望向火車，發現所有人的行李箱被扔成一堆小山。

更多的尖叫。**亞法！伊萊！尤瑟夫！**更多的命令。**快點！全部前進！**男人被排成五列齊步前進，經過身穿各色制服的納粹官兵，有些人的制服燙得筆直，有黑色的小立領。這些人指到的囚犯會從隊伍中挑出來帶走。被選上的似乎多半是年老或體弱的人，但也很難說。塞巴斯汀經過的時候，一名審查官上下打量他，像在審核一件家具。審查官最後別過頭，塞巴斯汀踉蹌前進，抓著父親的外套後襬，在茫然疑惑中被拖著走。他到現在仍不知道這裡是哪個國家，他呼吸的是哪裡的空氣，甚至沒有任何空暇可以問一個最基本的問題：為什麼會發生這種事？為什麼是他？或是他的父母？還有他的其他家人和列車上的每個人？

他更沒有時間想到他的弟弟。

尼可在鐵軌上走向轉捩點

最後那一班車駛離後，過了幾個鐘頭，他仍沿著鐵道蹣跚徘徊，希望看到火車再度出現。他一路往西走，最終來到加利科斯河，河面上有一座鐵橋橫跨兩岸。夜色降臨，他頹然坐倒在橋邊，累得沉沉睡去。

某人的步槍往他胸口戳了兩下，將他叫醒。陽光眩目，他瞇起眼抬頭看，看見一名納粹士兵的臉，對方用德語喝著：

「小鬼，你在這裡做什麼？站起來！」

尼可揉了揉沾滿泥汙的臉。當他試著站起來，才發覺兩腿痠痛。他感覺這個早晨有什麼不一樣了。近似於麻木。他用對方的母語跟士兵說話。

「火車。」尼可說：「開去哪裡？」

「你會德語？」士兵吃了一驚。「誰教你的？」

「我替突擊隊領袖葛拉夫做事。」尼可說。

士兵表情一變。

「葛拉夫？……烏多．葛拉夫？……」他結巴起來。「真的嗎？那你怎麼沒跟著他？」

這名士兵看上去不比塞巴斯汀大幾歲。尼可挪了挪重心，悄悄踮起腳尖，讓自己顯得高一點。

「火車去哪裡了？」尼可模仿他常常聽到葛拉夫先生對手下說話的語氣，又問了一遍：「昨天那一班？全是猶太人的那班？快說。」

士兵歪著頭，納悶這個男孩是真的聰明，還是單純是個傻子。說不定這是在測試他？

「營區。」他回答。

「營區？」尼可不知道這個德語單詞。「什麼營區？」

「我記得他們說叫作奧許維茲－比克瑙。在波蘭。」

「他們在營區做什麼？」

對方伸出兩根手指橫過喉嚨，像是撕開喉嚨的動作。

尼可全身竄過一陣寒顫。他在腦海中看見媽媽在月台上，喊著他的名字奔向他。看見爸爸、爺爺，還有兩個小妹妹，大家都在呼喚他。淚水剎那間流下他的臉頰。那個大塊頭男人說得沒錯。

騙子是尼可。

這一切重重壓在男孩的肩上。他垂下頭，彷彿頭是一塊巨石。這個士兵會拿他怎麼樣，他也不在乎了。他的家人都沒了。

我做了什麼？

男孩的舉止把士兵給搞糊塗了，而且怪的是他會說德語，士兵決定沒必要冒這個險。要是斃了這個小鬼，萬一這個男孩真的為突擊隊領袖做事，他有可能賠上官階。要是他放了這個孩子，又有誰會知道？

他望向下方的河岸，又抬頭看看馬路。「小鬼，我問你。」他說：「你身上有錢嗎？」

尼可搖頭表示沒有。士兵伸手從口袋摸出一小疊紙鈔。

「你跟葛拉夫先生說，幫你的是突擊隊員艾利克．亞曼。聽見了嗎？艾利克．亞曼。請他記住是我。艾利克．亞曼。」

尼可接過鈔票，目送士兵走遠。他在鐵軌旁一直待到夜幕低垂。最後，在漆黑的夜色下，他起身走回薩洛尼卡。他順著鐵軌回到赫胥男爵車站，再從車站找到路返回克萊蘇拉街。爬上他們家的樓梯時，早已過了午夜。他走進爸爸媽媽的臥房四下查看，在抽屜裡找到他爸爸從店裡帶回的幾根老雪茄。他嗅了嗅，忍不住哭了。他爬上床，爸爸媽媽從前就睡在這裡。他在毯子下縮成一球，但願再度醒來時，所有一切又能回到一年前。

只是事與願違。當晨光照進屋內，屋子顯得比以往更加空蕩。連葛拉夫先生的物品也都不在了。

尼可走下樓梯，看到他心愛的儲藏間。他撬開門，發現裡頭有一個落單的棕色皮革提袋。他把袋子拖出來。

這是烏多．葛拉夫的提袋，他為了保險起見藏在這裡。來收拾行李的士兵匆匆忙忙，忘記查看儲藏間。尼可拉開提袋拉鍊，在什物當中找到大疊希臘紙幣和德國鈔票、各種證件文件，還有一個裝著幾枚納粹黨章的小盒子。

尼可凝視黨章良久，想到自己犯下的錯。時鐘敲響上午十點時，他做了一個決定。跟許多改變人一生的決定一樣，這個念頭來得很安靜，別無張揚。

尼可找了一件乾淨的襯衫換上，將其中一枚黨章別在胸口。他藏了一些錢在鞋子裡，把屋裡能吃的東西盡可能搜出來裝進提袋，然後走出屋門，走回車站，買了下一班北上的車票，往波蘭方向。

售票員好奇問他的姓名。尼可沒有遲疑，用標準的德語發音說出謊話。

「我的名字叫，」他說：「艾利克．亞曼。」

光明與黑暗的世界

我偶爾會想起天堂裡的其他天使，想到祂們對我的評論，還有祂們怎麼看待這個冷硬無情的世界。你如果問我，在地球上有沒有哪些時期讓我寧願自己還在天堂，我的回答是有。

接下來幾個月就是這樣的時期。那是瘋人當道的時期，納粹沉醉於權力，沐浴在自身的殘酷當中。世人多半別過頭去。但我不行。真實不得不承認每一個折磨與羞辱之舉，每一名被迫像牲畜般在泥巴裡爬行的囚犯，每一節載滿新的受害者抵達營區的車廂。車廂裡，他們用手摳抓木板，哭求憐憫，但是得不到回應。

這是人類史上，世界分裂為二的時代：一半的人對暴行無動於衷，一半的人努力想要阻止。一個光明與黑暗的時代。

是的，我有許多時刻寧願自己身在天堂。但同時間也有其他時刻，溫柔且意外溫暖的時刻——

出乎預料，芬妮並未被河邊的那名女子舉報。女子反而把她帶回家中，給了她一碗湯、幾片羊肉和幾塊紅蘿蔔。

塞巴斯汀在奧許維茲的第一夜沒有死去；在髒兮兮的鋪位上，他縮在父親身邊，列夫在黑暗中勉力伸出手臂環抱兒子，讓他不再發抖。

尼可在火車上度過幾天，學會付錢用餐，學會給車掌看票而不引起懷疑。列車服務員有一天注意到他胸前亮晃晃的納粹黨章，問他此行要去哪裡。

「去見我的家人。」尼可回答。

黑暗與光明相生的世界。有最大的殘酷，也有最大的勇氣。在這個時代追求事實真相何其怪異。但我就在這裡，無法轉過身去。

一年後

「打他！」衛兵大喊。

塞巴斯汀揮動短鞭打在一個男人背上。

「用力！」

塞巴斯汀聽命。男人動也不動。他幾分鐘前在勞動中倒下後，就這麼躺在地上，直到衛兵發現。他的臉上到處是暗紅斑疹，嘴在泥地裡張著，像要吞下一口泥土。

「你就這麼沒用，叫不醒他嗎？」衛兵說著點了根菸。

塞巴斯汀吐了口氣。他討厭對人施加痛苦，但這個人要是不反應，就會被判定死亡，屍體被扔進紅磚焚化場燒掉。到那個時候，沒人會管他是不是還一息尚存。

「想什麼！做白日夢啊？」衛兵咆哮。

拿牛筋鞭揮打囚犯、看人是否還活著，是塞巴斯汀在營區最新的工作。營區的德語全稱叫奧許維茲集中營，抵達之後的這一年，塞巴斯汀忍受過無數勞務，不停地從一項差事奔向另一件差事（禁止慢慢走），每當親衛隊軍官走近就要趕緊摘帽低頭。他從早工作到晚，只有晚上能領到一份麵包和味道臭酸的湯。衛兵有時會往一群囚犯扔一塊肉，看他們像狗一樣爭搶，搶贏的人把肉拚命往喉嚨裡塞，輸的人則悻悻然爬開。

像塞巴斯汀一樣年輕力壯，在奧許維茲的遭遇很難說是好或壞。雖然可以免去到營當天就被送進毒氣室，但你的身體會一星期復一星期逐漸枯乾，除了挨餓受凍，還會遭到毒打，病痛得不到治療，直到你像雪地上這個男人一樣，倒地不起。

「再用力打，」衛兵厲斥：「不然換我打你。」

塞巴斯汀用力揮鞭。他不認識這名囚犯，他看起來五十出頭，可能才剛被火車送來，而後跟所有在這裡下車的人一樣，被迫脫光衣服，全身上下毛髮被剃除後，在淋浴間罰站一整夜，光腳浸在不斷滴落的冷水裡，直到早上才被人用刺鼻的消毒藥水抹遍全身，然後赤身裸體跑過中庭空地，領取條紋囚衣和囚帽。說不定，這是他第一天被迫勞動，而他已經像筋疲力盡的蒼蠅倒落在地。

又或許，他已經在這裡幾年了。

「再打！」

塞巴斯汀聽話照做。也不知道為什麼，他在這裡被分派到的工作與死亡形影不離。其他人燒磚或者挖溝，塞巴斯汀卻得用推車搬運屍體，或是從火車上把沒熬過車程的死者遺體抬下來。

「再一下沒用，就到此為止。」衛兵說。

塞巴斯汀使勁揮鞭。男人微微張開眼睛。

「他還活著。」塞巴斯汀說。

「媽的。猶太人，給我起來。快點！」

塞巴斯汀看著那男人的臉。他的眼睛就像側翻已死的魚，玻璃珠似的，了無生命。塞巴斯汀懷疑他根本聽不見命令，更別說是理解意思。他知不知道，這一刻將決定他能留在此世或者被燒進來世？

「猶太人，我叫你起來！」

塞巴斯汀雖然早就教自己不要關心，但此刻還是感覺血氣上湧。**加油啊，先生。不管你是誰，快想起來。別輸給他們，起來。**

「我給你五秒！」衛兵喝道。

男人稍稍抬起頭，目光正好與塞巴斯汀相對。他發出一聲尖銳哮喘，像生鏽的鐵門吱咿一聲。塞巴斯汀從沒聽過任何人類發出這樣的聲音。有那麼短暫的一瞬間，他們兩人相互凝視，接著男人便闔上眼睛。

「不，不。」塞巴斯汀喃喃自語。他抽起鞭子，揮了一下又一下，像是要把男人打到恢復意識。

「夠了。」衛兵說：「這是在浪費時間。」

他對另外兩名囚犯招招手，兩人跑過來，抬起男人的身體送往焚化場，絲毫不管他是不是還有氣息。他們把屍體抬走的時候，甚至沒多看一眼那個跪在地上個子高高、形影憔悴的黑髮男孩。他看著手裡的鞭子，百般不願卻扮演了死亡天使。

他這一年十六歲。

∞

當晚，在他和爸爸、爺爺睡覺的鋪位上，塞巴斯汀拒絕參與任何禱告。這是他們在拉札爾的勸說下建立的儀式，為的是不要忘記他們的過去、信仰和他們的上帝。大夥躺在汙穢的木架床格裡，在黑暗中低聲咕噥誦念禱文，同寢的另一名囚犯這時會故意咳嗽，以免囚監聽見他們的祈禱。結束後，從前壯健、現在瘦成一把骨頭的拉札爾，會請每個人舉一件當天值得感謝的事。

「我多喝到一匙湯。」有個人說。

「我蛀爛的牙終於掉了。」另一個人說。

「我今天沒被揍。」

「我的腳不流血了。」

「我昨晚沒失眠。」

「虐待我的囚監調去別區了。」

「我看見一隻鳥。」

塞巴斯汀沒什麼可以說的。他默默聽著爸爸和爺爺低喃卡迪什禱文，悼念奶奶伊娃；她到營的第一天就被納粹判定太老沒用，被送進毒氣室處決。他們也悼念雙胞胎女兒安娜和伊莉莎貝，她們被納粹軍醫抓去做實驗，只能說天可憐見沒人知道實驗的詳情。他們悼念比碧和泰德洛斯，兩人沒能熬過第一個冬天。最後，他們悼念譚娜，她在入營的第五個月染上斑疹傷寒，同寢的其他婦女設法替她遮掩疹子，出外勞動時也用乾草蓋住臥病在床的她，但還是被一名納粹衛兵發現她在鋪位上哆嗦顫抖。當天下午她就被送去處死，屍骨無存，只剩焚化場煙囪吐出的煤塵和黑煙。

祈禱結束後，拉札爾和列夫團攏到塞巴斯汀身邊。父老兩人這陣子一直對這名少年表現出保護的姿態，也許是因為如今他代表僅存的孩子。

「怎麼了，哥哥？」

「我沒心情禱告。」

「我們就算沒心情也要禱告。」

「為了什麼？」

「祈禱這事會結束。」

塞巴斯汀搖頭。「到我們死也不會結束的。」

「別說喪氣話。」

「這是事實。」

塞巴斯汀撇過頭。「今天有個男的。他還活著，活過來一分鐘。我想把他救起來，但他們還是把他燒了。」

拉札爾看看列夫。這種時候能說什麼？

「為那個男人的靈魂祈禱吧。」拉札爾柔聲說。

塞巴斯汀沒說話。

「也為你弟弟祈禱。」列夫接著說。

「我何必？」

「因為我們希望上帝看顧他。」

「像他看顧我們那樣？」

「塞巴——」

「尼可替納粹做事耶，爸爸。」

「我們不知道他在做什麼。」

「他對我們耍詐。他說了謊！」

「他從不說謊的。」拉札爾說：「他們一定是對他做了什麼。」

「你們為什麼老是**替他**說話？」

「哥哥，注意音量。」他爸爸壓低聲音，按住兒子的肩膀。「你要原諒你弟弟。你懂的。」

「不。既然你們堅持，我會祈禱，但不會為了他，我會為別的事祈禱。」

列夫嘆口氣。「好吧。為好人好事祈禱吧。」

塞巴斯汀想了想所有能祈禱的好事，所有他期盼擁有、但不再擁有的好事。吃一頓熱飯。睡一天好覺。走出這座地獄深淵的大門、再也不必回頭的自由。

最後，一如每個少年常有的惦念，他為心中思慕的人祈禱。

他祈禱能再見上芬妮一面。

乾草堆中的夜晚

在河邊發現芬妮的是個體態豐滿的匈牙利婦人，做針線活維生，名叫吉澤菈。她的丈夫山鐸兩年前在戰場陣亡。

匈牙利算是與孤狼同盟，所以山鐸的戰鬥犧牲看起來是為納粹效力。但吉澤菈早已學到戰爭的殘酷事實：悲傷不會放過任何一方。山鐸死了。他的遺體被運回家鄉。她三十多歲就守寡，在空蕩蕩的床上獨眠。為誰的野心效力並沒有區別。

撞見芬妮躲在河邊的那一刻，吉澤菈就知道她是猶太人，這代表她是悲劇下的難民，她們也因此有了共通之處。

於是兩人一起在河邊等到天黑。接著，吉澤菈偷偷帶著芬妮回到自己住的山村，給了她一碗湯，這孩子三兩下就喝光。她在屋後的小雞舍整理出一個能睡覺的空間，拿了些舊衣服給芬妮換上，把芬妮原本繡有黃星星的連衣裙扔進火爐燒掉。她很想告訴芬妮，這麼做比較妥當，因為她很多匈牙利鄰居跟納粹一樣厭恨猶太人，要是有人發現她窩藏了一個在家，她們兩人都有可能被殺。但這名女子和女孩的詞彙半點不通。她們對著彼此說話，努力比畫手勢表達重點，意思卻傳達不到對方。

吉澤菈拍拍地板，用匈牙利語說：「這裡。妳必須待在這裡。就在這裡待著。」

芬妮用希臘語回答：「謝謝妳給我食物。」

吉澤菈：「外頭不安全。」

芬妮：「我原本在火車上。我逃走了。」

吉澤菈：「這裡的人，他們不喜歡猶太人。我呢，我不認為有什麼差別。我們都是天主的孩子。」

芬妮：「妳知道火車要去哪裡嗎？」

吉澤菈：「這裡。妳一定要待在這裡，懂嗎？」

芬妮：「他們殺了我爸爸。」

吉澤菈：「湯？妳喜歡湯？」

芬妮：「我聽不懂妳說什麼。對不起。」

吉澤菈：「我聽不懂妳說什麼。對不起。」

吉澤菈嘆了口氣，接著伸手抓起芬妮的手，按在自己的胸口。

「吉澤菈。」她溫柔地說。

芬妮也重複相同的手勢。

「芬妮。」她說。

以第一個晚上來說，這樣就夠了。吉澤菈走出雞舍，關上木門，芬妮在一大落乾草上沉沉睡去。

往後幾個月，吉澤菈和芬妮為她們的日子譜下節奏。芬妮會在日出前醒來到主屋去，和吉澤菈一起分享燕麥餅和果醬早餐，用匈牙利單字簡單交談。之後，吉澤菈會到村裡走一圈，收集各戶人家待洗待縫的衣物。這段時間芬妮就躲在雞舍內，太陽下山後再回去與吉澤菈一起用晚餐。馬鈴薯、韭蔥、麵包湯，能討到什麼就吃什麼。每隔一長段時間，吉澤菈會拿酵母麵粉做餃子，用凝乳起司碎塊做內餡。芬妮會幫忙她擀麵團。

每個星期天，吉澤菈會上天主教會，並為這女孩能夠活著默念一段禱詞。她身上帶著一小袋紅色念珠，她對天主禱告時，總會緊握這些珠子。

時日一久，芬妮和吉澤菈之間也建立起一種情誼。彼此的字彙量都有所增長，能詳細分享關於家人的事，也才發現喪親之痛將她們串連在一起。吉澤菈解釋雞舍曾經是一間穀倉，養了一匹馬，丈夫死後她不得不把馬賣掉。芬妮則講起她被拋出行進中的火車，在硬草地上一直滾，聽到槍聲之後沒命地逃跑。

吉澤菈搖了搖頭。「等戰爭結束，妳就不必再逃了。到那之前，妳誰都不能信，知道嗎？鄰居不行，警察不行。誰都不行。」

「戰爭什麼時候會結束？」芬妮問。

「快了。」

「吉澤菈？」

「嗯？」

「結束之後……」

「嗯？」

「我要怎麼找到大家？」

冬天降臨，一九四四年也接著到來

戰爭持續延燒，物資愈來愈稀缺。能吃的東西漸漸少了。就是麵包也貴得可以。吉澤菈接下更多縫紉和洗衣的工作。她熬上大半夜做針線活兒，上午到河邊去洗衣服，下午把做好的送交回村裡。有些晚上，芬妮偷溜回主屋的時候，會發現吉澤菈在縫紉桌旁低著頭打瞌睡。她看起來比她們第一天在樹林裡遇見時老了好多。

「讓我幫忙吧。」芬妮提議：「我以前會和媽媽一起補衣服。」

「好吧。」吉澤菈說。

於是晚餐後，兩人花幾個小時一起縫衣服，吉澤菈把縫釦子或替裙襬縫邊的訣竅都教給芬妮。就這樣持續了好幾個星期。有一晚，吉澤菈放下手裡的衣服，伸手按住芬妮的手掌。

「我跟妳說一件事好嗎？」

「好？」

「我相信是天主派妳來到我身邊的。山鐸上戰場之前，我們一直希望有個寶寶。他說想要女兒。我問他為什麼不要兒子？他說兒子可能得當兵，當兵就得上戰場送死。他說他不希望我擔心失去孩子。」

她咬了咬嘴唇。「但結果，我失去了丈夫。」

芬妮捏捏她的手。

「我想說的是，」吉澤菈輕聲說：「戰爭結束後，妳如果想留下來跟我住，妳可以留下來。」

芬妮感覺一股暖意在心中竄起，她很久沒有這樣的感覺了。她才十三歲，缺乏可以形容這種感覺的詞彙。但我能告訴你那叫作什麼。

歸屬感。

∞

隔天，吉澤菈出門後，芬妮決定多做些事幫忙她。待縫補的衣服還有很多沒做完，她覺得自己躲在乾草堆裡很沒用，只能重複看吉澤菈給她的那幾本書打發時間。她謹慎地溜出雞舍進到主屋，一路都在地上匍匐前進，以免有鄰居看見。進到屋裡後，她便動手開工。難得能看見陽光透入窗戶換換場景，她覺得精神一振，充滿目標。自從一切騷亂在薩洛尼卡上演到現在，這是她第一次感覺到日常。

到了中午，她因為喝了三杯水，需要用茅廁。她小心翼翼溜到屋外，但幾分鐘後再回到屋裡，一走進縫紉間，就迎面撞見一名白髮婦人。對方穿著綠色大衣外套和同色帽子，手裡捧著一捆衣物。

婦人的表情掩不住驚訝，粗眉毛高高挑起。

「妳是誰？」她問。

看到這名婦人——應該說在這種情況下，看到誰都一樣，芬妮嚇得驚慌失措，回答不出半個字。

「我問妳的名字。」婦人說。

芬妮嚥下口水。她的腦袋裡一團亂。

「吉澤菈……」她囁嚅地說。

「妳不是吉澤菈。我認識吉澤菈。吉澤菈該把這些襯衫的釦子縫好的。」

「我是說……我幫忙吉澤菈。」說完又在句尾補上匈牙利語對年長婦女的敬稱：「太太。」

婦人仰起頭，像在嗅聞芬妮周圍的空氣。

「妳哪裡來的口音？妳是保加利亞人？」

「不是。」

「看妳的髮色，妳是希臘人？妳從哪裡來的？」

「我不知道……」

「妳不知道自己從哪裡來的？」

「我是這裡的人。這裡來的！」

「妳說謊。吉澤菈呢？她知道妳在她家嗎？我要見吉澤菈！」

芬妮的心臟跳得之快，她幾乎以為自己會昏倒在地。她能想到的只有逃，於是她也這麼做了。她搶出後門，逃進林子裡，聽見婦人的叫嚷在身後遠去：「小姑娘！妳要去哪裡？」

∞

芬妮在樹林裡一直躲到太陽下山。她一直等著警笛聲，或是士兵厚重的靴子踏地的聲響傳來。但是什麼聲音也沒有。終於，她看見吉澤菈的廚房亮起了燈，平常這是表示安全、告訴芬妮可以從雞舍出來的信號。她跪在地上，一路爬到屋門外，然後輕輕敲了敲門。吉澤菈把門打開。

「怎麼回事？」吉澤菈問：「妳怎麼趴在地上？」

芬妮左右張望。一切看來都還正常。

「芬妮？發生什麼事？」

那一刻，芬妮原本能吐露實情。她可以把遇見白髮婦人的事告訴吉澤菈，事情的發展也許就會有所不同。

但謊言有著許多面貌，有時看起來是安全。芬妮不想讓吉澤菈驚慌害怕，或者因此判定讓芬妮留下來太危險。所以她絲毫沒有提起這件事。

「沒事。」芬妮說著站了起來。「抱歉嚇著妳了。」

「我看到妳縫好的衣服了。謝謝妳。」

「不客氣。」

「但是，芬妮，下次請別冒險了。這樣很危險，可能會被人看到。」

芬妮點點頭。「是，妳說得對。」

吉澤菈沉默了半晌，然後走進臥房，拿著她的那一袋念珠出來，還戴上一雙白手套，是她上教堂戴的手套。

「看到這些珠子嗎？」

「是。」

「知道是做什麼用的嗎？」

「妳會拿著祈禱。」

「對。但這些不是普通念珠。這些是豆子。相思子。」

「很漂亮。」

吉澤菈壓低聲音。「相思子有毒，只吃下一顆也會死。」

芬妮望著這些小小的紅色圓珠，看上去明明那麼無害。吉澤菈把豆子收進錦囊。「我先生臨行前把這些交給我。他付了一大筆錢跟某個進口商販買的。我有兩袋。我的和他的。」

她吐了口氣。「我希望一袋妳拿著。」

「為什麼？」

「因為我明白敵人。我知道他們能做出怎樣的事。」

吉澤菈直直看著芬妮。「萬一我們哪一天被抓了，萬一眼見沒有希望，他們要對妳做某些事了？有時候……」

「有時候？」芬妮問。

「有時候，親手給自己一個了結，會比落在他們手中好。」

她把錦囊塞進芬妮的手心，隨即起身走出房間。

接下來的五個月裡，夏天來臨又慢慢遠走，她們的日子依然照舊，縫補、洗衣、吃飯、睡覺。芬妮始終住在雞舍裡面，甚至習慣了雞糞刺鼻的尿味。她幾乎忘了那個大聲叫嚷的白髮婦人。

但只因為你忘了，不代表謊言也忘了你。

∞

我先前說過，這個故事關乎重大的真相和欺騙。你會發現大事與小事交互盤結。

匈牙利領導人米克洛什・霍爾蒂與孤狼結盟時，隱瞞了他與孤狼的敵人正在進行的商議。孤狼發現以後，同樣也撒了謊，佯裝設宴邀請霍爾蒂出席，將他誘出國內，納粹軍隊再趁隙入侵。

霍爾蒂發覺自己上當後，氣憤萬分。他與孤狼會面前，原本藏了一把手槍在衣服底下，計畫冷血處決納粹的元首，但走出房間前還是把槍放了回去。日後他的說法是，生殺予奪不能由他決定。只是也許，但如果他執行了這個計畫，戰爭也許會提早結束，而尼可、芬妮、塞巴斯汀和烏多也許永遠不會遇到後來發生的事。

但這些都只是幻想，而我從不兜售幻想。

現實是：霍爾蒂隨即遭到篡位，傀儡政權建立，納粹勢力意識到戰局逐漸不利，於是像一頭受傷的野獸，猛烈進軍，橫掃匈牙利。孤狼派出他的高階將領，負責把所有的匈牙利猶太人趕進滅絕營。箭十字黨一得知此事，便迫不及待前來助陣。這個仇恨昭彰的匈牙利政治組織響應孤狼扭曲的觀念，認為匈牙利人也有理當被保護的純淨血統。

箭十字黨的惡毒不輸給任何納粹部隊，黨手下的兵員掃蕩鄉間，凡是他們看不順眼的人都遭到圍捕。他們突襲學校、猶太會堂、烘焙坊、木材堆置場、商店、公寓和民宅。

而後在十月的某日清晨，天尚未破曉，他們已聽從一名老婦的線報湧入一處山村，身穿綠色大衣外套的老婦跟他們說：「那一戶的太太藏了一個猶太人。」他們踢開大門，發現正在吃燕麥餅的女裁縫和一名少女。

「這女孩是誰？」其中一人喝問。

「是我女兒！」吉澤菈回答：「別來煩我們！」

拿著短棍的士兵往她身上用力一揮，說她既然這麼愛猶太人，那很好，她現在可以和他們一起去死了。箭十字黨強行帶走芬妮，她尖聲大叫，被人拖著從白髮老婦面前經過，老婦人兩手交抱在胸前，點著頭表示讚許。芬妮只能不敢置信地望著她。

小謊言終究還是找上了她。

戰爭中，同樣的恐怖可以無數次重複

被塞進牲口車廂的十四個月後，芬妮．納米亞斯又被塞進另一節車廂，火車這一次開往布達佩斯；炸彈在那裡如雨點般落下，建築物盡成斷垣殘壁。之後，她被趕進人生第二座貧民窟，被迫睡在一個沒有光的房間裡，屋內另外還有九個人，她始終沒能得知他們的名字。

而後在一九四四年十一月，芬妮和其他數十名猶太人，於槍口的押送下穿越市區街巷。天色幽黑，時近午夜。風中吹著細雪。囚犯被拖著走上一座長橋，再被拉著走下階梯來到多瑙河岸。他們冷得發抖，在河岸邊被逼著脫掉鞋子，三到四人一組，身體被繩子綁在一起。芬妮注意到一名箭十字黨的年輕士兵盯著她的漂亮臉蛋瞧。「不會痛的。」他咕噥一句，隨後別過視線。

所有囚犯受命轉身面對漆黑的河水，水流湍急。芬妮伸長了脖子想看整個隊伍有多長。

全部起碼有七十或八十人，很多是小孩子，雪落在他們頭上和赤裸的腳掌上。接下來幾分鐘，士兵聚在一起東指西指。最後，一名箭十字黨衛兵走向前，從隊伍的遠端開始，舉起槍往一名猶太男子的頭部開了一彈，看著他拖著跟他綁在一起的人跌入凍骨的河水中，轉眼被急流沖走。

他走向下一組人，再度開槍。

芬妮緊閉雙眼。心跳重得像一拳又一拳敲在門上。她想起吉澤菈，不知道她是不是活著。她想到爸爸，知道他已經死了，又想到薩洛尼卡那些鄰居，他們八成也死了吧。她想到火車上的蓄鬍男子，他叮嚀她：「做個好人，把這裡發生的事告訴世人。」她明白自己現在永遠做不到了。她控制不了顫抖，她的膝蓋、她的雙手、她的下巴全在發抖。在其他囚犯的啜泣聲中，她安慰自己沒事的，一眨眼就結束了，死了就能在天堂和親愛的人團聚。這個世界已經沒有什麼好眷戀了。

忽然間，她聽見喊叫和騷動。一陣冷風拂過她的臉，也不知道為什麼，她想起了尼可。她在腦海中看見他，清晰到她真的以為聽見尼可在喊她的名字。

「芬妮？」

她屏住呼吸。

「芬妮？是妳嗎？」

她張開雙眼，看見她至今唯一吻過的男孩。他長高了，披著一身納粹軍官的外套。她一看見他，頓時昏厥過去，將手腕跟她綁在一起的另外兩人也拖倒在地，只差沒摔進血水染紅的河中。

尼可與連篇謊言

現在，我必須對你講述尼可的旅程。這對我來說格外痛苦，就像一名母親述說兒子坐牢的時光。

這個從不說謊的男孩，一九四三年在薩洛尼卡的鐵軌上脫下誠實的外衣，等他再度出現在多瑙河岸時，將滿十四歲的他，已幾乎教人認不出來——不只是我，像芬妮這些認識他的人間樣貌的人也一樣。

青春期的到來在尼可身上更像是猛然撲來。他一下子抽高十六公分，圓潤的臉蛋輪廓逐漸分明，音調降低成柔和的男中音，他的體重也重了近十公斤。這還沒算上謊言的重量，那些謊言沉重得超乎秤量。

但也是謊言幫助他活著。尼可就像烏多給他貼上的標籤，成了「優秀的小騙子」，幾乎在一夜之間抹煞生而至今的誠實。這種事不是沒有先例。亞當不也因為咬了一口蘋果，從此失去樂園？路西法遭到永恆的放逐之前，不也是良善的天使？只因為一個關鍵舉動，命運走向從此不同，我們都是這樣的產物。而我們為此付出的代價經常難以計量。

尼可也付出了這樣的代價。

他失去了我。

他再也說不出誠實的話語。他迴避實話，就像迴避魔鬼的鼻息。說出實情只會令他想起，也許就是他的誠實害他的家人送死。罪疚有如一輪烈日，我們之中，誰又能夠長久凝視而不盲目呢？

由此，謊言成為尼可新學會的語言。他依靠無數的作假，從一個地方移動到下一個地方。沿路遇見一些人給了他幫助。

但首先幫了他的是一本護照

那本護照的主人是一名肩膀寬厚的德國士兵，名叫漢斯．德格勒，參與了薩洛尼卡猶太人的圍捕行動。一天晚上，他在一間希臘酒館喝得爛醉，帶女人上屋頂偷歡時不慎摔落。隔天早上被人發現時，他早已斷氣，軀體如大字般張開，趴倒在巷弄裡一輛報廢汽車旁。

烏多收起這名年輕人的護照，打算回德國後再上繳。那是背叛發生的前一天，後來尼可偶然找到藏在儲藏間的皮製提袋，裡面除了錢和黨章，也收著已故漢斯．德格勒的身分文件。你或許會覺得奇怪，以往折磨你的人留下的一口提袋豈能帶來種種好處。但如果你能熬過傷痛，傷害你最深的人往往也在不意間引你走向好事。

乘車北上的尼可在希臘小城埃德薩下車。此地距離南斯拉夫邊境不遠，他想找個有相機的人，目的是把漢斯．德格勒的護照換上自己的照片。護照上寫的年齡是十八歲，尼可知道和自己有一段差距，但他又有什麼選擇？納粹士兵隨時可能堅持要看「文件」。身上帶本德國護照，他們也許就不會煩他。

尼可走在城裡，襯衫別著黨章，引來不少側目，但沒有人上前多問。埃德薩的居民和薩洛尼卡一樣，已經感受過納粹軍隊的暴虐，不想再多惹麻煩。

尼可走了幾個鐘頭想找一間相館，但始終沒有找到。午後，他滿頭大汗又累又熱，經過一間理髮店時，注意到櫥窗展示著許多顧客的相片。他推開店門，鈴鐺叮鈴發出清響。一名臉上坑坑巴巴的高大男子探出頭，身上穿著一件短袖束腰長衫，鬍鬚之濃密，尼可還是第一次見到。

「有何貴幹？」男人說著，打量尼可的黨章兩眼。尼可提醒自己正在扮演德國人，努力板起臉孔。

「我需要一張相片。」他用德語說。

男人盯著他看，一臉困惑。

「照片？你要照片？」

「是。」尼可指指櫥窗上的相片，繼續用德語說：「一張相片。」

「好吧。先剪個頭髮，行嗎？」

男人示意他坐上理髮椅。尼可沒想要剪頭髮，但他不想讓對方起疑，便坐下來。二十分鐘過後，他的一頭金髮剪短，看上去也長了幾歲。大鬍子理髮師走進裡間，拿著一台舊相機出來，替他拍了幾張快照。

「兩天後再過來。」男人豎起兩根手指說。尼可從椅子上起身要走，男人清了清喉嚨，對他搓搓手指示意給錢。尼可打開提袋，掏出幾枚希臘錢幣。他注意到男人盯著他瞧，趕緊把提袋拉鍊闔上。

「小張的相片。」尼可說。

「啊？」男人說。

尼可又重複幾遍，男人總算像是聽懂了。小張的相片。護照尺寸。他要的是這樣。

「我會再回來。」尼可用德語說。

之後的兩個晚上，尼可睡在火車站裡，餓了吃些他塞在提袋裡的麵包和香腸，喝水就到廁所的洗手台。他在附近找到一間書店，買來一本德文語彙書，一連研究了幾小時，在想像中自言自語練習那些用詞。

到了第三天，他回到理髮店，大鬍子男人也正在等他，示意尼可跟他進到內室。

「你的照片放在裡面。」他說。

尼可才一進門，立刻有兩名青少年上來壓制住他，讓理髮師打開他的提袋。理髮師翻來找去，提袋裡都是些食物、衣服和錢，但一看到那些黨章，他的手立時一縮。

「你替誰工作？怎麼會有納粹黨章？」

尼可掙開兩名少年的手。

「我是烏多．葛拉夫先生的手下，他是突擊隊領袖！他會殺了你們！」

話喊出口，他才意識到自己用的是希臘語。

理髮師看向兩名少年，點頭示意他們放開尼可。

「你從薩洛尼卡來的吧。」男人說：「我聽出你的口音了。你或許樣子像德國人，也或許會說他們的語言，但你和我們是一夥的，是希臘人。你為什麼要假裝？」

尼可沉下臉。「把袋子還我。」

「你要袋子可以，但裡面的東西歸我了。除非你告訴我這是在做什麼。」

「我需要一張相片。護照用的。」

「你打算去哪裡？」

尼可遲疑兩秒。「去營區。」

「營區？**德國**的營區？」

理髮師看了看兩名少年，大笑起來。

「沒有人會自願去營區。他們會把你像牲畜一樣送進去，之後你就再也回不來了。」

尼可咬緊牙根。

「說吧，小子。」男人說：「營區裡有誰是你非見不可的？」

「不關你的事。」

「你是猶太人？」理髮師又問。

「不是。」

「我們把你的褲子脫了，馬上就知道是不是。」

尼可兩手握緊拳頭。兩名少年對看一眼，理髮師揮手要他們退開。

「無所謂。也許是猶太人，也許不是，但一個會說德語的男孩，需要一本護照**進入**營區。這倒是很有意思。」

他退後幾步，重新在袋裡翻找起來。在衣服和香腸底下，他發現還有更多文件摺在袋底。他拿出一張看了看，逕自咯咯笑了起來。他轉身面對那兩名少年。

「帶他去見你們爺爺。」他說。

這些人是誰？

理髮師的名字叫札菲．曼提斯，兩名少年是他的兒子，克里斯托和柯斯塔。他們是羅姆人，當時往往被稱為「吉普賽人」。他們也在躲避納粹，理髮店是他們掩飾身分的幌子。

他們三人領著尼可來到城郊，這裡有一個荒廢街區，只有兩間房屋。尼可看到其中一棟房屋後方搭著成片的帳篷，幾名婦女在大鐵盆旁替孩子洗澡。他被帶上階梯，來到房屋二樓。曼提斯在門上敲了四下，等了一會兒再敲三下，最後再敲一下。

門打開來，一名留鬍子、穿長衫的矮小男人領他們入內。

「這是誰？」那人問。

「咱們的搖錢樹。」曼提斯說。

尼可環顧四周。到處是顏料罐和畫布，以及多幅立在畫架上的畫作。房間盡頭有一條油布從天花板垂掛到地面，前方擺著幾張矮凳，像給模特兒用的。

「你看這個。」曼提斯說著，打開尼可的提袋，掏出裡頭的文件。「身分證件。**德國人**的身分證件！」

長鬍子男人臉上閃過一絲恐懼。

「放心，」曼提斯說：「這些不是他的證件。他是在逃的猶太人，或者在逃，但不是猶太人。你看。」

長鬍子男人把證件舉高對著燈泡，然後回頭看向尼可。他的藍色長衫沾滿顏料的色漬。

「這些是從哪裡拿到的？」

「我一個字都不會告訴你，除非你先把袋子還我。」尼可說：「還有我付錢買的相片。」他盡力表現得勇敢，但聲音不住顫抖。

「他會說德語。」曼提斯說。

「真的？」長鬍子男人挑起一邊眉毛。「也能讀嗎？」

尼可哼了一聲並點點頭。男人伸手從口袋掏出一張對折的紙。

「快，上面說什麼？」

尼可接過來細看。那是一張官方名單，上方有一段命令。尼可在烏多．葛拉夫的辦公桌上看過類似的文件。

「上面說，這些人將在八月二十八日被逮捕並送至火車站。每人的行李不得超過六公斤。上車前，女人和小孩必須和男人隔離。」

曼提斯皺眉。「二十八日？那不就是後天。」

尼可把文件交還對方。

「你們都是猶太人？」他問。

長鬍子男人搖頭。

「更慘。」他嘟囔著說。

怎麼能更慘？

容我打個岔。羅姆人以游牧聚落的形態生活在歐洲各地，有豐富的歷史、嚴格的信仰，愛好音樂和舞蹈，家族觀念強烈。但在孤狼眼中，他們跟猶太人一樣是禍害。他稱他們是「Zigeuner」，說他們是「人民公敵」。納粹部隊只要發現羅姆人，會立刻將他們送往滅絕營，或是就地處決。孤狼的衛隊對這些他們憎惡的「吉普賽豬」尤其殘酷，強暴他們的女人，吊死他們的男人，要他們自行選擇，是要對著頭被槍斃，還是衝向通電的鐵絲網，以此遊戲作樂。

戰爭結束之前，全歐洲的羅姆人將有超過半數遭到掃滅。有人說，每四人就有三人被處死。羅姆人後代稱這段時期為「Porajmos」，意思是「吞滅」，也有人稱作「Pharrajimos」，意思是「毀裂」；或稱「Samudaripen」，意思是「大屠殺」。你不能怪他們創造了這麼多詞語。單單一個詞豈能道盡這樣的駭行？

但回到閣樓吧

尼可想起自己的家人也像牲畜一樣被趕上火車。他想到那個把他舉向半空中的大塊頭男人。**他們要送我們去死**。

「你們得馬上離開這座城市。」尼可提出警告。

那兩個男人相視點了點頭。曼提斯拉上提袋，還給尼可。

「祝你順利抵達營區。」

他接著轉身對兩個兒子說：「帶他回店裡吧。」

「等等。」長鬍子男人出聲打斷：「這小子需要一張相片。」

曼提斯嗤笑一聲。「我們何必要幫他？」

「因為他幫了我們。」

長鬍子男人轉向尼可。「你翻譯的那張文件，是替納粹軍官工作的一名女傭偷回來的。我們看不懂。現在多虧有你，我們知道該走了。」

尼可點頭。他為他們感到難過。他們也只是想活下去而已，就像他一樣。

「這是我兒子，曼提斯。」長鬍子男人指著家人介紹。「這兩個是我孫子，克里斯托和柯斯塔。你可以叫我帕波，他們也這樣叫我，意思是爺爺。」

「帕波。」尼可跟著複誦。

「我們怎麼叫你呢？」

尼可吞了吞口水。

「艾利克．亞曼。」

「好吧，艾利克．亞曼，你需要協助改造的護照在哪裡？」

尼可有些猶豫。他覺得自己向這些人透露太多了，但長鬍子男人眼裡又有某種神情，令他想起自己的爺爺，這在他心底揚起一股渴望和隱約的信任。他脫下鞋子，拿出藏在鞋內的漢斯．德格勒的護照遞過去。看到褐色護照封皮上的黑鷹和卐字符號，圖案下印有**德意志帝國**，帕波臉上咧開大大的笑容。

「德國護照？你送來了第二份大禮呢，艾利克．亞曼。」

「你不能拿走！」尼可急得大叫。

「哦，我沒打算拿走。」

他一把拉開垂掛的油布，露出一張繪圖桌、幾瓶墨水、幾罐化學藥劑和一台縫紉機。

「我是想複印一本。」他說。

雖然長衫上沾著顏料，帕波並不是畫家

他是一名偽造師。

他們一家人這一年多來為族人提供各式偽造的文件，包括身分證、結婚證書。每次都不忘改變姓名的拼法，以免被看出是羅姆人。藏在畫室的偽幕背後，這間小小的工作室令人眼界大開。尼可看到成疊的紙張、橡皮印章、幾杯染了色的水、各色染料，甚至有一疊不同封皮顏色的護照。

「我一直沒拿到德國的。」帕波說。

「你能把我的相片換上去嗎？」尼可問。

帕波翻看護照幾頁。「我得把這個藍色戳章擦掉，再重新弄一個。但用乳酸應該可以，乳酸效果很好。」

尼可不懂對方在說什麼，但他看直了眼睛。沒想到在這裡，這棟廢棄的房屋裡面，居然有一個再造之地，舊的身分可以被銷毀，創造出新的身分。這對尼可這樣的變色龍來說，再理想不過。

「教我你是怎麼做的。」尼可說。

「教你？」帕波說。

「對。」

「不行。」

「我會付錢。」

「小子，你聽著。」曼提斯說：「我們馬上就會收拾家當走人。不用到明晚，你就找不著我們了。」

尼可心一橫。「那我跟你們走。」

烏多接下新的工作

不好意思。我這才發覺，我一直詳述尼可、芬妮和塞巴斯汀的遭遇，忘了提起折磨他們的人，我們的第四名主角——烏多．葛拉夫的進展。

烏多與尼可的家人在同一天抵達奧許維茲集中營。他走下火車，目睹乘客和衛兵鬧烘烘成一團，心裡很是厭惡。難聞的臭味、堆疊的屍體，這麼多骨瘦如柴的人影穿著條紋睡衣在泥地上奔跑。**他在這裡做什麼**？

答案不到一小時就揭曉了。抵達的囚犯被推下車，遭到棒打、剃頭、消毒或送進毒氣室之際，烏多被人護送來到位在營區偏僻角落的一座別墅，氣派的磚房周圍有悉心照料的花園環繞。在這裡工作的一名園丁和幾名女傭，見烏多經過都紛紛低下頭。進到屋內後，他看出窗外，發現有重重高牆和大樹遮擋視線，不會看見營區內部，尤其看不見焚化場的大煙囪。這地方的氛圍就像一座鄉間莊園，不只愜意宜人，簡直可說是清幽。

烏多被領進一間書房，裡面擺著一張紅木方桌，桌上有一瓶伏特加和一對酒杯。他在屋裡等待，聽見外頭不停傳來引擎的噪音。後來他才曉得，每當毒氣室運作時，衛兵就會發動摩托車，催響引擎，淹沒那些嚥下最後一口氣的死者發出的悶哼尖叫。

一名親衛隊高階將領這時忽然走進書房，鞋跟踏在光亮的木地板上喀噔作響。他倒了兩杯伏特加，遞了一杯給烏多，接著告訴烏多，他被傳召到這裡是為了協助他管理這座集中營，即日起生效。眼前這個人是新任指揮官。烏多納悶地問起前任指揮官去哪裡了，新任長官壓低了音量。

「很可惜他與一名女囚發生關係。親密關係。弄出了孩子。他被送回德國，等待接受徹底的調查。」

指揮官停頓片刻，才又接著說：「我相信是你的話，我們不會再遇上這種問題。是吧，**預防拘留營長**？」

所以，**這**就是他的新工作嗎？這就是烏多被召過來的原因。不是背叛，而是升官。

「不會的，指揮官。」烏多說。

「很好。現在呢，我們在這裡有一條最大原則：有用則留，沒用就棄。」

「能不能講詳細一些？」

指揮官放下酒杯。「這麼說吧？那些骯髒的猶太人一到，就要當作垃圾一樣分類，他們無非就是垃圾。老太婆、帶著幼兒的母親、虛弱的老人，任何人只要稍有反抗的意圖？一律立即處決。

「剩下的其他人，強壯的男人、有用的女人，就分派去勞動。營區大門上的字牌，你也看到了吧？『勞動帶來自由』？」

子將得滅殺多少人。

烏多撇撇嘴，勉強回以一笑。他的胃隱隱作痛。他啜了一口伏特加，暗暗數算自己這下

指揮官促狹一笑。「當然了，我們的意思可不是真的『自由』。」

∞

來到奧許維茲前，烏多的工作大多屬於殺人的後勤作業，負責圍捕敵人、逼使就範，然後運往他處接受處置。現在不一樣了。一律立即處決？這讓烏多有些遲疑。更有良心的人會卻步，會走開，會要求轉派其他職位。

但人不事神，就只能役於人。你如果選擇了人，你必須聽從的命令，乃至你自身的殘忍，可能都沒有極限。

就這樣，烏多成為一名終結者，且發現自己行事很有效率。在他的指揮下，抵達的列車卸貨匆促，囚犯往往不到幾個鐘頭就被送進毒氣室。雖然他們每個人都是某人驚慌的父母，或某人啼哭的孩子，如今都在同樣的無動於衷之下被送向死亡，像飯粒被掃下餐桌。烏多日日在筆記本中詳細記下人數、帳目，滅絕順利的日子，他也會寫下自豪的心情。

讓自己雙手染血這方面，他也沒浪費時間。來到奧許維茲之前，他自己沒殺過太多人。他射殺過一名老猶太拉比，對方不停懇求並阻止士兵燒毀薩洛尼卡的一間猶太會堂。他也射殺過兩個逃出赫胥男爵貧民區的男人，當時親衛隊士兵的步槍出了問題。看著兩個猶太人跪

在地上，士兵卻還笨手笨腳地修他的槍，烏多覺得很尷尬，受不了再聽那兩人哀哀哭喊，於是拔出他的魯格手槍，把事情快快做個了結。

但那些都是特殊狀況。用他的子彈讓對方噤聲以後，烏多瞪著屍體感到一絲懊悔，甚至是氣憤，憤恨衝突何以非要演變到這個地步。

現在來到營裡，烏多推算他的行為對衛兵有上行下效的作用。他堅持每天至少射殺一個猶太人，星期六則殺兩個。人死後，他會問他們手腕上刺青的編號是多少，將這些號碼列在筆記本內。

在奧許維茲的整段時間，烏多沒問過任何囚犯的名字

除了一個人。

塞巴斯汀・克里斯佩。

他那個小騙子的哥哥。

烏多在車站月台對他留下了印象。他記得在他們全家人哭著、喊著、往尼可奔去的時候，只有這個哥哥佇立不動。

後來在車廂裡，烏多把嬰兒扔出窗外，所有乘客都別過了頭，也只有這個哥哥直直瞪著烏多。烏多大可為此一槍斃了他，他也想過要這麼做。

但他沒有下手，而是在進到集中營後，吩咐衛兵指派那個男孩專做最恐怖噁心的工作。

「您這麼討厭他，怎麼不乾脆殺了他？」有個軍官問他。

「殺死肉體很容易，」烏多說：「殺死靈魂才是挑戰。」

塞巴斯汀日漸虛弱，也日益堅強

殺死這個男孩的靈魂，結果沒有烏多想像中容易。失去母親和弟弟妹妹，小氣的嫉妒心也被飢餓和勞累所取代，塞巴斯汀成熟得飛快。他的內心變得堅強，也變得勇敢。因為工作不停調換，他對營區的配置認識得比其他人都廣，也知道更多活下來的方法。他會從垃圾桶偷撈馬鈴薯皮，從狗碗偷舀狗食。他和其他許多希臘囚犯建立起交情，交換情報，說明哪一區的監視較少、哪些囚監可以賄賂。他們替囚監分別起了外號，以便認人。

「小心大耳朵，他今天看誰都不順眼。」

「我看到吸血鬼在茅廁外打盹。」

「雪貂昨天槍斃了兩名囚犯，離他遠點。」

塞巴斯汀甚至和一些波蘭平民有了往來，他們被當作臨時工帶進營內，與猶太囚犯一起工作。兩組人不許交談。但有一天早上，塞巴斯汀在鏟碎石的時候，注意到身旁是一名魁梧的工人，一隻眼睛戴著眼罩。

「瞧你瘦得跟個骷髏似的。」那個人悄聲對他說：「他們在這裡都對你做了什麼？」

塞巴斯汀吞了吞口水。他沒有想過自己在別人看來是什麼模樣。囚犯彼此之間不會評論外表。每個人的體積都一樣消減到了最小——剃光體毛，滿身瘀青、疤痕、開放性傷口、油漬，瘦得只剩骨頭。但這個波蘭人還問：**他們在這裡都對你做了什麼**？這個人明明就住在附近，怎麼會對在鄰里間發生的事沒有半點頭緒呢？

塞巴斯汀很想從頭說起：牲口車廂、家人被拆散、消毒、毒打、日間的虐待、晚上那一瓢無味的湯、咳嗽、嘔吐、斑疹傷寒、猩紅熱、死在鋪位上的屍體。

但另一方面，萬一話傳進囚監耳裡，他會在全營前當眾吊死，爸爸和爺爺也會跟著一起陪葬。這是納粹實施的連坐處刑；只要一名囚犯被逮到偷食物，五個人會一起被刑求。只要有一個人嘗試逃跑，就有十個人一起被殺。納粹扼緊他的喉嚨將我堵住，塞巴斯汀如何能說出實話？

「你能不能給我帶些吃的？」他最後只咕噥一句。

獨眼龍男子搖搖頭，繼續鏟起石子，像是在說：**我何必多管閒事**？但隔天趁囚監不在，他塞給塞巴斯汀一顆馬鈴薯和一盒沙丁魚，塞巴斯汀把東西藏在內衣裡，回到他住的木排房，才拿出來跟爸爸和爺爺分享。

「今晚，我感謝我們聰明的塞巴斯汀。」拉札爾咂著嘴說：「我從沒想過馬鈴薯也能這麼好吃。」

列夫笑著揉了揉兒子的頭。他注意到兒子鎖骨上方有一條彎曲的疤，是狗咬留下的紀念，葛拉夫營長曾下令讓狗群攻擊一群囚犯。

「傷口癒合得怎麼樣？」列夫問。

塞巴斯汀低下頭看。「還是會痛。」

「你以後穿有領子的襯衫，就看不出來了。」

塞巴斯汀傻笑。「我哪時候會穿有領子的襯衫？」

「總有一天。」列夫說。

拉札爾湊過來。「永遠不要覺得傷疤丟臉。到頭來，疤痕能述說我們一生的故事，所有傷害過我們的人事物，所有療癒過我們的人事物。」

塞巴斯汀輕輕撫摸那道傷疤。

「塞巴斯汀，我以你為榮。」列夫放輕了聲音，眨著眼忍住眼淚。「我一直沒發現你原來這麼堅強。對不起，我想是我不夠關心。」

「沒事的，爸爸。」塞巴斯汀回答。

「兒子，我愛你。」

塞巴斯汀打了個哆嗦。他想像過這些話，從前有多少次，他只盼爸爸能對他這麼說。但是現在，話語已經不再重要。食物才重要，飲水才重要。躲過囚監的目光才重要。我在人間注意到這個悲傷的事實。等你終於說出心愛的人久盼聽見的話，他們往往已經不再需要了。

∞

一九四四年夏末的某一天晚上，營內囚犯被遠處的爆炸聲驚醒。第二天，他們原本的工作全換成了緊急建造防空掩體。

「我們被轟炸了。」人群之中有人低語。

「有人來解救我們了！」另一人壓低聲音說。

「但**炸到**我們怎麼辦？」

「戰爭要結束了！你還不懂嗎？」

只可惜，戰爭尚未結束。盟軍確實發動轟炸，但目標不是滅絕營，而是周圍的工廠。日復一日，飛機在空中隆隆作響。德國人紛紛跑進掩體尋找掩護，但囚犯不得進入，只能在泥濘的荒地上就地躺倒，一個疊著一個。

拉札爾在這幾次空襲當中染上病毒，很可能是因為跟眾多囚犯臥倒在地上好幾個小時所致。他一天天愈來愈虛弱，費盡力氣才能熬過日間的勞動，每一步都顯得吃力。他的背駝了起來，像個煙囪清潔工那樣，脊椎一節一節在皮膚底下清晰可見。

眼見拉札爾咳得愈來愈劇烈，列夫和塞巴斯汀很擔心他過不了下一次「篩選」。納粹用這樣的篩選機制淘汰老弱病人，騰出空間容納新的勞力。營內近來湧入匈牙利猶太人，住屋營地擠滿了人，勢必得減去一些囚犯。

「把你的份給爺爺。」晚間領湯時，列夫對塞巴斯汀說。塞巴斯汀給了，列夫自己也是。他們希望多些營養能幫助老人家康復。但到了篩選當天，他的病情還是少有起色。

那天下午，囚犯被脫得精光，押進一間大房間。再應要求一個接一個跑步穿越中庭空地，把寫有自己編號的紙卡交給審查員。該名審查員匆匆一瞥，用不到兩秒就會決定誰將被處死，誰能活下來。

「帶爺爺排到隊伍後面。」列夫低聲說。囚犯排成一條長龍，他和塞巴斯汀悄悄扶著拉札爾往後走。他們希望人數達標以後，審查員也許就不會太注意後面的人。

「爺爺，記住了。」塞巴斯汀說：「抬頭挺胸，盡可能快跑，要看起來有力。」

拉札爾點點頭，但幾乎站也站不穩。再過幾個赤裸的人就輪到他了。忽然間，他大聲咳了起來，咳嗽來得又急又猛。他痛苦得彎下腰。

列夫咬緊下唇，眼裡湧上淚水。他看向塞巴斯汀，塞巴斯汀在爸爸臉上看到一種他不曾見過的神情。下一刻，列夫神不知鬼不覺地抽走拉札爾手中的紙卡，把自己的編號塞進父親手心，接著邁步跑進中庭，一身赤裸經過審查員，挺著胸膛，眼望著天上，判自己死刑，以拯救他的父親。

布達佩斯

芬妮往麵包塗上果醬，迅速咬下一口。就算在這裡，布達佩斯一棟公寓的地下室，她吃東西依然很急，彷彿食物隨時可能被搶走。

她的周圍還有其他二十二個孩子，年紀小的才五歲，最大的十六歲。大家吃得很安靜，小心不讓湯匙或叉子碰撞出聲。他們都是從多瑙河岸被救下來的，到現在過了將近三個星期，一直躲在這個地下室裡。

就芬妮探聽到的消息，救了她的是一連串堪稱不可思議的事件。就在箭十字黨開始執行處決不久，一名當紅的匈牙利女演員來到了河邊。她帶著黃金和皮草穿梭在衛兵之間，賄賂他們釋放囚犯。芬妮沒有看到女人的模樣——她在那之前就昏倒了。但年長些的男孩都說那女人很漂亮，甚至有些風騷，畫了濃濃的眼妝和紅唇。他們還說，她有幾次看起來像在和那些衛兵打情罵俏。

但她的努力僅有一部分奏效。箭十字黨允許她帶走小孩，但大人不行。孩子們被載上汽車，半夜裡抵達這棟公寓空屋。這裡位在市區的另一頭，很顯然不是女演員住的地方。有人匆匆把他們帶下樓，發了毯子給他們睡覺時蓋。

大家待在地下室裡，有廚子負責一天讓他們吃上兩餐，芬妮猜想廚子應該是女演員請的。他們有書可以讀，甚至有棋盤遊戲可以一起玩。每天廚子來送餐的時候，芬妮總會反覆追問：**你有沒有見過一個男孩，名叫尼可？他那一晚在河邊嗎？**

答案永遠都一樣。沒人聽過這個名字。等時序進入十二月，廚子帶來灑著綠色糖粒的糖霜餅乾當點心時，芬妮開始懷疑整件事會不會只是她的幻想。

我能告訴你，那不是幻想。

所以尼可在多瑙河岸做什麼？

這要從偽造術說起。尼可與羅姆人逃亡期間精通了這項技術。藏身在希臘與南斯拉夫邊境附近的深林裡，帕波教尼可認識墨水和染料、怎麼樣削木塊做印章、怎麼樣在紙上打孔、怎麼樣用乾洗店拿來的乳酸去除墨印。尼可的繪畫天分成為一大助力，他是天生行家。截至一九四三年冬天，他已經偽造數十份身分證件和好幾疊食物配給證，全都用於幫助流亡的羅姆人存活。他自己現在也持有三本護照，匈牙利的、波蘭的，以及最重要的、寫著漢斯・德格勒姓名的德國護照。

夜裡，尼可會和羅姆人的家族坐在營火邊，為免納粹發覺，火堆生得很小。他會與他們共享一鍋兔肉燉湯，聽他們用木吉他彈奏樂曲。他聽見老者憂傷的吟唱，想起在薩洛尼卡的安息日傍晚，爺爺會大聲唱誦希伯來禱文，唱到高音處聲音發顫，他和塞巴斯汀總會偷偷憋笑。這些回憶讓尼可心痛。他恨不得能再見到他們。

一天早上，曼提斯醒來發現尼可已經全身穿戴整齊，正在闔上皮革提袋的拉鍊。

「小子，你在做什麼？」

「我該走了。」

「去找你的家人？」

「我的家人在德國，安全得很。」

曼提斯挑起眉毛。「是嗎？」

「是的，沒錯。總之我該走了。」

「等等。」

曼提斯退回他的帳篷，片刻後帶著帕波走出來。帕波手裡提著兩條麵包、一罐果醬，還有一口側背包，裝著筆、墨水、印章、三本偷來的匈牙利護照。他露出溫暖的微笑把側背包交給尼可。

「我知道早晚會有這一天。」

「對不起，帕波。」

「自己小心。誰也別相信。」

尼可忍不住哽咽。他也很想留下來，每晚有營火和動人的歌謠，有這些不多問就接納他的羅姆人同伴。他們就像家人一樣，但他真正的家人需要他。學會偽造技術之後，他打算利用偽造文件協助他們逃脫，需要多少就做多少。

「謝謝你們，這一切。」他對帕波說。

「我們才要謝謝你。你救了我們一命。」

曼提斯深深嘆了口氣。「你知道的吧？進了那些營區，他們一眨眼就能除掉你。」

尼可沒有回答。

「你聽好了，艾利克・亞曼，隨便你的真名叫什麼，你這小子有些骨氣。」

風捲起凍土上的落葉。帕波陪尼可走到他們的營地邊緣。

「永遠記住，」他說：「Si khohaimo may pachivalo sar o chachimo。」

「什麼意思？」尼可問。

「謊話有時比真話更容易相信。」

尼可秉持這個觀念，或徒步，或乘火車，或攔馬車和汽車搭順風車，穿越南斯拉夫進入匈牙利，往波蘭前進，一路見機行事改換身分。在貝爾格勒，他裝作是學生，在學校食堂吃了一星期免錢的飯。在奧西耶克，他找到印刷師學徒的工作，待了一陣子，偷取未來偽造能用到的紙張和物資。他隨時備好一套說詞，以免有當局人員盤查他。他是來探望祖父母的匈牙利音樂家。他是和叔叔同來遊玩的波蘭運動員。**謊話有時比真話更容易相信**。他其實是逃出希臘的猶太男孩，曾經受納粹突擊隊領袖的指導，在火車月台上欺騙了自己的同胞，向羅姆人學會偽造術，現在要前往他本來逃過一劫的死亡集中營——尼可的真話遠不如他編造的故事可信。

一天晚上，在匈牙利城市考波什堡，尼可走在人來人往的大街上，忽然一群納粹在一間百貨商店前停下軍車，衝進店裡。店主是猶太三兄弟，三人被持槍押出店外，在正門櫥窗前排成一列。一名年輕的德國士兵，身材瘦削但肌肉結實，他脫下外套和帽子放在路邊的長椅上，把遭到反綁的三兄弟輪流毒打到意識不清。

大群民眾聚攏圍觀，其中有人每見一拳就歡呼叫好：「再來一拳！」「早該有報應了！」德國人打得來勁，三兄弟都失去了意識，他還叫人把他們扶起來繼續挨打。等他終於決定罷手，指關節無不紅腫破皮，衣袖上也沾染了血。他和部隊弟兄擊掌慶賀，心滿意足地吐了口長氣。

但當他回頭要拿外套和帽子，才發覺東西不見了。

尼可已經走了好幾條街之遠。

∞

幾個星期過去，尼可向他改換身分遇到的形形色色的人學習匈牙利語。他在塞格德一間餐館找到洗碗工作。廚師很喜歡他，下班後一起打牌時會教他一些短句片語。尼可至今學過八種不同語言的皮毛，已經自成一套系統。先學會重要的動詞（做、要、看、來、去、吃、睡）和幾個重要名詞（食物、水、住處、朋友、家人、國家），記住所有代名詞，再開始填滿剩下的空白。

某天晚上，尼可穿上德國士兵的外套和帽子往市中心走去。雖然以他的年紀穿這身納粹制服，明顯太過年輕，但是沒有人質疑他。人們反而都堆出笑容往旁走避。

快到市中心的時候，尼可發現戲院門前簇擁了一大群人。他走近去看怎麼回事。只見鶴立在人群中央的是一名波浪長髮美女，他聽見四周有人交頭接耳，說那是戲院上映新片的女主角，她來到塞格德為電影宣傳。她戴著一雙白手套，身上一襲禮服熠熠生輝，周圍的人紛紛擠向前請她簽名。

「卡塔琳！」他們高喊：「這裡，卡塔琳！」

尼可這輩子還沒看過電影。趁著人群在正門前喧鬧推擠，他悄悄繞到戲院後方，發現有一扇門未鎖。他偷溜進去，在觀眾席側邊找了個座位坐下。等到座位滿席，燈光暗了下來，他頃刻間感到驚慌，但銀幕隨即亮起。

電影描述匈牙利的一位伯爵，利用神奇的時光機回到兩百年前，贏得一名仕女的芳心，飾演仕女的正是戲院外的那位女演員。尼可看得目不轉睛，他不只被電影本身的影像、動作、生動的角色吸引，故事中時光倒轉的概念也令他著迷。整個觀影的感受奇妙無比。他有好一段時間都忘了戰爭、忘了火車、忘了他的謊話，只是張大嘴巴望著銀幕。他希望這齣戲不要結束。

但還是結束了，而且結束得猝不及防。一陣喧嘩震碎了寧靜，令尼可想起自己躲在儲藏間，聽見部隊衝入他家的那一刻。燈光乍然亮起，尼可聽見多名男人用德語喊叫。是親衛隊。他們喝令顧客全部到外頭去。

「動作快！」他們用德語大喊。

尼可等到戲院近乎淨空後，才雙手背在身後，慢慢悠悠大步走出去，做出自己也在協助檢查人出去沒有的模樣。一看到其他納粹，他連忙向一旁走避，心臟怦怦直跳。拿出假造文件給人檢查或穿著這身服裝獨自走在街上，是一回事；在真的成員面前假扮納粹，又是另一回事。所幸對尼可來說，戰爭至此，德國的兵員逐漸耗盡，愈來愈多的納粹青年團成員被派上前線，青少年遭到強制徵召的情況也不少見。

闖入戲院的士兵只有五個人，他們關心的重點是戲院老闆和那名女演員，他們指控電影放映是協助政治宣傳，高喊電影「違反」規定，已遭「查禁」。他們逼迫女演員坐進軍車後座，看來是要將她逮捕。

尼可知道自己最好趁亂開溜，但是這個女人，他剛剛還在大銀幕上望見的這個女人，讓他呆在原地。她是這麼美麗明豔，簡直不像凡塵俗人。即使坐在軍車裡，也不見她有一絲恐懼。她的雙手疊放在膝頭，眼神直直看向前方。

納粹與幾名顧客吵了起來。顧客要求戲院老闆退還票錢，雙方爆發口角，士兵急忙介入，想把雙方分開。其中一人飛奔經過尼可，看見他的制服便指了指軍車用德語大喊：「你看著那個女的！」

尼可點點頭，快步走向車輛。女演員依然直直瞪著前方，比起害怕更像是氣憤。

「妳有辦法離開這裡嗎？」尼可用匈牙利語低聲說。

她轉過頭，尼可頓時起了雞皮疙瘩。她美得像是兩眼一眨就能電得你往後退。女人打量他片刻，接著兩根手指抵住塗了唇膏的紅唇，露出思索的表情。

「我的司機就在前面。」她說。

只見廣場對面停著一輛黑色轎車，車內坐著一名男子。尼可沒有多想，便立刻拉開軍車的車門。

「去吧。」

女演員左右張望，似乎擔心這是個陷阱。但眼見戲院前鬧得愈來愈激烈，她迅速溜下車，跑向那輛等待的轎車。

尼可關上車門，低下頭若無其事地拐過街角。見左右無人後，他立刻摘下帽子、脫掉納粹外套，腳步輕快地走向他工作的餐館，打算拿回他的提袋。他的呼吸急促，兩眼眨個不停，不敢相信自己竟然做了這樣的事。萬一他被納粹逮到呢？他給自己惹上了多大的麻煩？他為什麼要冒這種險——就為了一個陌生人？

拿回提袋後，他快步跑向火車站。他鑽進一條巷子，從另一端飛奔而出的瞬間，他聽到輪胎急煞車的尖響，整個人往後一跳，只差沒被那輛疾駛而來的汽車撞上。

汽車後門一下被推開。

「上車。」那名女演員說。

∞

她的名字叫卡塔琳．卡拉迪，曾是匈牙利名氣最大的電影明星。生為窮鞋匠的女兒，她長大後當上歌手和電影名人，聲名大噪。她獨特的嗓音迷倒了無數影迷，她明豔的外貌和衣著風格受到成千上萬匈牙利女性的效仿，她們學她的穿著、梳她的髮型，妝容也畫得像她。

卡塔琳的私生活經常上報，帶給她更大的名氣。但戰爭開始後，她強烈反對德國，由於她的一言一行很快都會見諸公眾，她的立場讓她付出慘痛的代價。隨著匈牙利受納粹的控制日深，她先是歌曲遭禁，後來連演出的電影也被禁。

偷偷讓尼可上車的那一晚，車子駛抵布達佩斯後，她容許他暫宿在她的住處。尼可生平沒見過這麼豪華的地方。寬敞的起居室中央掛著水晶吊燈，每扇窗戶都垂掛著蕾絲窗簾。

「所以，」她替自己倒了杯葡萄酒後，開口說：「你叫什麼名字，你還沒告訴我。」

「漢斯．德格勒。」尼可說。

「你是德國人？」

「是。」

她揚起嘴角。「年輕人，我是演員。你當我看不出作戲的人嗎？」

尼可拿出她的德國護照，她看了臉上更是盈滿笑意。

「更好了。」她說：「有身分證明的演員。」

她聳聳肩。「無所謂。我也好多年沒用真名了。卡拉迪這個姓是我的經紀人取的，他覺得聽起來更有匈牙利人的味道。」她啜了一口酒。「這年頭，誰不都是應時勢所需，換上不同的身分。」

尼可仔細端詳這名女子。她雙頰的顏色。她塗染睫毛的方法。

「你不怕他們再找上你嗎？」她問。

「喔，我知道他們會找上我。想在戰爭中有所堅持，勢必要付出代價。」

她直視尼可的眼睛。

「你堅持什麼呢……漢斯・德格勒？」

尼可一時沉默。沒有人問過他這個問題。**他堅持什麼**？他只想到他爺爺，他見過最有原則的人。他想起爺爺在白塔對他和塞巴斯汀說的故事，那名自願刷油漆以換取自由的囚徒。

「人，為求獲得寬恕，什麼都願意做。」尼可說。

卡塔琳咯咯笑了起來。「長著少年的臉蛋，穿著納粹的外衣，說的話卻像個哲學家……

「你真該去演電影。」

尼可覺得卡塔琳很迷人，她覺得他很有趣

那天晚上，他們徹夜聊天直到破曉。尼可不停問著關於電影的問題，服裝是怎麼來的？故事是誰寫的？看似回溯時光的場景是怎麼做出來的？他的天真單純逗得卡塔琳芳心大悅，也讓她暫時忘了煩惱在塞格德發生的事何時會追到這裡來。

答案是沒有多久。兩天後，德國軍車轟隆隆開到她的公寓外頭，她被逮捕入獄。這不是第一次，也不會是最後一次。匈牙利當局指控她是間諜，她在牢房中受到毆打刑求，持續了好幾個月。

好不容易在一名政府官員的協助下，卡塔琳獲得釋放。但她的住處在她監禁期間被納粹洗劫一空。她回到家徒四壁的屋裡，就連窗簾也沒了。

她雙手抱膝，頹然坐倒在角落。她的兩手兩腳傷痕累累。本來美麗的臉龐現在青一塊紫一塊，滿是瘀傷。

她伸手拭去眼淚，就在這時，她聽見客廳窗外傳來聲響。她倒吸一口氣，看見窗框上先是出現一隻手，然後是第二隻，接著冒出一叢金髮，跟著是尼可笑嘻嘻的臉。他向上推開玻璃窗板，翻身滾進窗戶。

「又是你？」她說。

「妳還好嗎？」

「我看起來好嗎？」

「不好。」

「那些雜碎。」她比了比空蕩的屋內。「他們趁火打劫，我什麼都沒了。」

尼可微微一笑。

「未必。」他說。

祈福之語

猶太人有一句禱文，他們會在聽聞人死時誦念。原文是希伯來語，但大致能翻譯成：

願你有福，我們的神，眞相由祂定奪。

對臨死之人，有千千百百句話可說，為什麼要提到我呢？為什麼非得提起真相？為什麼不請求寬恕？請求慈悲？請求能輕輕降落在輝煌的天堂？

也許是因為，你帶入墳墓的謊言是神第一個為你脫去的東西——包括你說過的謊話，以及別人所知關於你的假象。

又或者是因為，我比你想的更重要。

∞

列夫在篩選隊伍中與父親調換編號卡之後，德國人找上他只是早晚的事。夜裡，拉札爾在他們的鋪位上苦苦哀求兒子自首這件事，去告訴親衛隊的人，他只是想救年邁父親一命。

但列夫始終搖頭。

「那他們會把我們兩個都殺了。」

這話當然沒錯。所以列夫沉默不語，他的父親淚流不停，塞巴斯汀則只能等待，雙手雙腳因為深沉的無能為力而沒了知覺。第三天清晨，冷颼颼下著雨的一天，眾人列隊點名，親衛隊員宣讀「中選」者的號碼並把人拉出列。列夫是其中一個。他吸了一大口氣，塞巴斯汀看見爸爸雙手顫抖。就在士兵帶走他之前，他側身湊向兒子。

「我愛你，塞巴斯汀。」列夫輕聲說：「永遠別放棄。替我活下去，好嗎？照顧爺爺。總有一天要找到你弟弟，不管得花多久。告訴他我們原諒他了。」

「不，爸爸。」塞巴斯汀哀求：「拜託，不要就這樣走……」

囚監賞了塞巴斯汀一耳光，列夫同時被拖走。塞巴斯汀感覺滾燙的眼淚淌下臉頰。他好想扯開嗓子怒吼。他好想殺了這些士兵，搶回爸爸，然後逃跑。但他能去哪裡？他們每個人能去哪裡？

這時他忽然聽見了：

「願你有福，我們的神，真相由祂定奪。」

是他爺爺駝著背，用希伯來語喃喃念著這句禱文。塞巴斯汀心中燃起一股憤怒與他的靈魂同聲吶喊。他在這一刻發誓，他永遠不會再祈禱。這裡沒有神。哪裡都沒有神。

「回去工作！」納粹軍官喝斥。

鳴笛響起。囚犯急急忙忙上工。濃雲吞沒了早晨的天光。

二十分鐘後，列夫・克里斯佩就此消失於人世，對著頭發射的一枚子彈拆散了他的靈魂與身體。他的屍體被拋進一條泥濘的深溝，這是前一天才由十來個憔悴的囚犯挖出來的，其中也包括塞巴斯汀。

為人子者永不當為父親挖掘墳墓。我很希望當列夫去到天堂門前，這會是神為他判定的真相之一。

但既然我跟各位同在下界，我又豈會知道呢？

大雪四日

只有死者能見到爭戰休止。但每一場戰爭各有其句點，而第二次世界大戰會以納粹戰敗告終。不過，句點畫下的時間在每個地方不盡相同。戰事落幕的時間長達數月，有些人已能慶祝解放之時，有些人仍在承受最後殘酷的結果。

一九四五年一月二十七日星期六——請由我從四個不同視角，陳述芬妮、塞巴斯汀、烏多和尼可經歷的這一天，以此呈現戰爭對他們來說，是如何以不同的方式結束。

四個人都遇上了雪。

芬妮走在長長的囚犯隊伍之中

她不知道這一天是星期幾，也不知道是哪個月，只知道天氣非常冷，她和其他人每晚只能睡在冰凍的地板上，一條保暖的薄床單也沒有。

納粹眼見大勢已去，絕望之下，正不顧一切把抓到的猶太人押送回祖國，以免他們向解放方述說自己遭受的暴行，也順帶在殺死他們之前，把僅剩的勞力利用殆盡。

很難想像許多集中營都燒毀廢棄了，活下來的人面對的煎熬卻還沒完。他們枯槁消瘦、不成人形，卻還被聚集起來，被迫千里跋涉，沒有食物也沒有飲水。誰要是倒下、停下休息，或是蹲下來大小解，都會就地遭到槍斃，屍體棄置路邊，無人掩埋。

你可能會問，妄圖稱霸世界的時日已經無多了，孤狼怎麼還有心思殺害這些無助的猶太人，不是還有軍事戰役正待進行嗎？但質疑一個狂人，就好比質問一隻蜘蛛，他們都會繼續編織羅網，除非有人捏扁他們，要了他們的命。

芬妮和其他受到卡塔琳．卡拉迪協助躲藏的孩童，在一天晚上還是被發現了，因為附近一名鄰居向箭十字黨舉報，有異常大量的食物送進這棟房子。於是，納粹衝入地下室，揮著步槍大聲喝令。年紀最小的一群孩子被直接帶走。像芬妮這樣的青少年則被趕往泰萊基廣場的拘留營，和大群飢餓的成年人一同等待，不清楚將來的命運。

不久後的一天上午，他們被迫走進刺骨寒冬之中，和其他一千多名猶太人排成密密麻麻的隊伍，占滿街道。納粹衛兵把守在隊伍兩側，反覆喊著同一句指令。

「前進！」

他們徒步往奧地利邊境前進

這一趟旅程日後被稱為「死亡行軍」，因為一路上響起無數槍聲，無數受害者因此倒下喪命。芬妮發現活下來的唯一方法，就是踏著前頭的人留下的泥濘足印，直直看著前方，不要停下來，不要回頭看，即使身旁的老婦人栽倒在雪地裡，即使氣喘吁吁、瘦成皮包骨的男子停下來小便，被一名親衛隊士兵推倒在地。芬妮緊緊閉上雙眼，知道子彈就要來了。砰！她渾身一震，然後繼續向前進。

戰爭接二連三的擺布，榨乾了這個可憐女孩血液裡的腎上腺素。她的身體瘦成一張薄紙，臉頰也凹陷下去。她的情感幾近乾枯，她發現自己不時撥弄著吉澤菈給她的那一小袋紅色念珠，腦中有一個聲音柔聲對她說：「**夠了。我們都是風中稻草。吞下一粒珠子。結束這一切吧。**」

她很有可能聽從那個聲音，若非有一段記憶在她腦中反覆播放。她一直記得從薩洛尼卡駛出的擁擠列車上，蓄鬍子的陌生人最後說的那一句話：

「做個好人。把這裡發生的事告訴世人。」

這件事唯有活著才能做到。這是她的最後一絲使命感。所以她跨出一腳，再接著下一腳，所以她用雪潑在臉上保持清醒，並趁衛兵不注意時，舀雪進嘴裡補充水分。

行軍的第五天，她發現走在一旁的是個小男孩，可能也就七歲大。他肩上背著一口包袱，光是站直都很吃力。

「把包袱放下。」芬妮低聲說：「扔了吧。」

「不行。」男孩說：「裡面有我的乳酪。等我們到了，我需要吃東西。」

芬妮想不通他怎麼拿到的乳酪，甚至怎麼能留下背包，因為大多數人連最小的側背袋都不准攜帶。但有背包也無濟於事。男孩不停絆倒，不停哭泣，好幾次跌倒在雪地裡，是芬妮趁衛兵注意到之前把他拉起來。

「包袱給我，我來拿吧。」

「不要，這是我的。」

他又一次摔倒，芬妮又一次拉他起來。接下來的三個小時，她緊握著他的手臂，直到他露出快昏倒的樣子。

「我幫你吧。」芬妮說：「我答應一定會還你。」

男孩沒再反對。芬妮把包袱甩上肩膀。包袱很沉，她的每一步都變得更加吃力。她好奇裡面裝的是否真的是乳酪。

「你家住哪裡？」她問那個男孩。

「沒地方。」

「你的家人呢？」

「我沒有家人。」

他修正自己的話：「沒有了。」

說完他哭了起來，芬妮要他別哭了，哭會消耗體力。她的肩膀發疼，兩腳陣陣抽痛。天黑後，行軍隊伍停下過夜，她要男孩睡一會兒，說不定明天醒來他們就自由了。

「那我要去哪裡？」男孩輕聲說。

「你可以跟我住。」

「住哪裡？」

「總會找到地方的。」

他們挨著彼此入睡。清晨時，芬妮聽見納粹的喝令聲醒過來，周圍的囚犯也慢慢起身，唯獨那個小男孩沒起來。芬妮推了推他。

「醒醒，孩子。」

他沒有動。

「起來了，快醒醒。」

「走開！」

一名親衛隊士兵從她身後走近，已經拔出了槍。

「不要，拜託，別開槍。他只是還在睡。」

「前進！」

她背起包袱踉蹌前進，半被身後的人群推著走。她回頭望向男孩小小的身軀，試著回想卡迪什禱文的內容，但只想得起頭兩行，她屏著氣小聲誦念。在她一旁的男人聽見了，也跟著她喃喃禱告。

五個小時過去，她的眼皮沉重，她卸下肩上的包袱，任它留在泥地裡。她甚至一次也沒打開看過。

∞

好了，我說過這個故事曲折起伏，可能令你疑惑有些事未免過於巧合。我只能保證，接下來發生的事確有其事：

一九四五年一月二十七日，那一天是星期六，天色昏黑。傳言說死亡行軍隊伍就快抵達海吉沙洛姆，那是奧地利邊境旁的一座小鎮。芬妮聽見消息不寒而慄。**奧地利**？不！一旦進入孤狼的出生地，就算她成功逃脫，也不會有人幫她了。她必須行動。但是該怎麼做？

就在芬妮盤算的當下，天空落下了雪。大風吹起雪花漫天，一大群匈牙利難民也在這時忽然出現，步履沉重地穿過納粹行軍的路線。親衛隊士兵吹哨大喊，希望讓難民先通過。難民卻向他們湧來，伸長了手苦苦乞討。

「給我們點食物……給我們水吧！求求你們！分口水吧！」

芬妮在人群騷亂當中看見她的機會。士兵的注意力不在這裡。她深吸一口氣，低下頭溜出隊伍，一個箭步踏進難民群裡，隨即開始用匈牙利語跟著嚷嚷那些話。

德國人覺得煩，揮手要難民走開。「走你們的！我們沒東西分你們！快走！」

芬妮挨近一名穿黃色雨衣的男子，挽起對方的手臂，發揮她最後一絲謀略，擠出一個討人喜歡的笑容。男子對她還以微笑，扯開自己的雨衣替她披上，並伸手環住她的肩頭。他們在納粹親衛隊士兵不耐煩的注視下，橫越道路走向另一邊。芬妮的心臟撲通通跳得好用力，她真的覺得士兵一定會聽見。

低下頭。往前一步，再一步。

片刻之後，親衛隊對空鳴槍，繼續押送囚犯北上向邊境前進。難民則往西消失在白茫茫的地景之中。芬妮感覺兩腿發軟。替她按著雨衣的男子扶起她的下巴轉向自己，對她反覆說著同一個匈牙利單字。

「Lelegzik。」

呼吸。

對於芬妮，這就是戰爭的句點。

烏多脫下軍靴

他把靴子扔進火爐，爐裡還燒著他的制服、帽子和外套。這還是多年來，他身上第一次沒有半個軍階徽章。他只穿一件法蘭絨襯衫、黑長褲、工人鞋，最外面是一件他和運送食物入營的當地農夫要來的羊毛外套。

這一天是一九四五年一月二十七日。這之前幾天，奧許維茲周圍不時可聽見爆炸聲響。俄軍已經兵臨城下，上頭下令把仍活著的囚犯撤離回德國，但只限身體夠強壯、耐得住長途步行的人。其他老弱病人一律留下，甚至沒有閒工夫殺了他們。

烏多看著火焰吞沒他的制服。他若是敢於面對我的那種人，就會知道到此為止了。孤狼沒戲唱了。帝國已然瓦解。但烏多虔心相信自己身屬優越的種族，他只關心這場戰爭接下來會怎麼走，而這代表他必須摧毀所有惡行的證據。

他已經拆毀毒氣室和焚化場，也把派到那裡工作的猶太人全殺了，讓他們永遠無法出面指證。裝滿盜竊物資的倉庫燒了，文書紀錄也一張一張撕毀，烏多正在掩蓋行跡。

但這些全需要時間，他不知道自己還剩下多少時間。他的指揮官已經先逃走了。懦夫一個。烏多留下來把工作完成。現在囚犯都撤走了，他手下的衛兵不是押送囚犯上路，就是正與俄軍作戰，他的首要之務是自我保全。回去與孤狼會合。活下去再戰一天。

他的脫逃計畫很簡單。他已經付錢買下一名波蘭工人的身分證件，因此擁有新的身分，名叫約瑟夫・華卡茲。他會以這身平民裝扮走出營外，混入附近城鎮，再搭乘事先安排好的車輛前往德國邊境。到了那裡，接頭的人就會歡迎他回家。

烏多不知道的是，就在此時此刻，穿冬裝白外套的俄軍幾乎與雪融為一體，正快速逼近奧許維茲大門。他們的騎兵和吉普車很快就會破門而入。烏多如果早二十分鐘離開就能避過他們，但他把這二十分鐘用在替魯格手槍找子彈，同時思考該不該帶上手槍。萬一敵軍在他身上找到這把槍，他的身分可能會被識破。但是反過來想，他有膽不帶防身武器逃亡嗎？

他握著手槍，思緒反覆不定。不知道怎麼搞的，他想起在薩洛尼卡的那個夜晚，他開了一槍後聽見儲藏間的悶響，因此找到躲在裡面的尼可。這個希臘男孩幫助烏多成功實施計策，遣送了近五萬名猶太人出境。

當時多風光啊。握有那樣的權力，那樣的掌控。烏多為自己對德意志帝國所做的貢獻感到一陣自豪，他把這看作應該帶上手槍的徵兆。他填滿子彈，把魯格手槍塞進皮帶，然後套上農夫外套，戴上扁帽。他的軍官制服仍在火爐裡燃燒，他走出了門。

∞

若要具體想像接下來發生的事，不妨想成三角形的三個頂點。

第一個點是俄國軍隊駛上山丘，即將解放集中營。

第二個點是烏多．葛拉夫，一身平民打扮往俄軍方向走。

第三個點是一道鐵絲圍籬，後面站了一排虛弱的奧許維茲倖存者，有的人用拐杖拄著身體，有的人披著破爛的毛毯，身上還穿著骯髒的條紋衫，衣服鬆垮垮披掛在他們皮包骨的身軀上。眼見俄軍接近，這些囚犯疲弱得說不出話，只用好奇又困惑的神情盯著瞧，就像正在渡河的鹿，瞪大眼睛看人類走近。

烏多遠遠看見這些部隊，深吸了一口氣。他看向自己的腳。現在用跑的絕不是辦法。他只能繼續走，兩手插著口袋，彷彿事不關己的樣子。**你是農夫，你只是經過，你是來送貨的**。人在面臨質問前，往往會在心中練習說謊。烏多不斷重複他的謊言。**你是農夫**。**甘藍菜和馬鈴薯**。**繼續走**。

第一隊騎兵大步經過他，烏多堆出笑容。後頭一輛吉普車也開過去了。

他們太笨了，不會注意你。堅守計畫。

又一輛吉普車，然後是第三輛。計謀看來管用。

但緊接著，傳來人的喊聲。

來自鐵絲圍籬後方，喊得聲嘶力竭，像一頭受傷的動物在嚎叫。

「攔住他！他是殺人犯！**攔下他！**」

烏多往左右瞥了兩眼，看到一名男性囚犯獨自推開其他人，在圍籬旁又叫又跳，用力揮手指向外面。烏多一眼就認出那是誰。

那個哥哥。

塞巴斯汀・克里斯佩。

他怎麼還沒死？

現在我應該告訴你，那一天，十六歲的塞巴斯汀怎麼會出現在一群老弱病人之間，大喊大叫。

當親衛隊計畫押送生還者離開奧許維茲的消息傳開，塞巴斯汀就做了個決定。他哪裡也不去。他爺爺拉札爾還活著，虛弱得無法行走，但活著。爺爺先是染上蝨子，接著因此感染斑疹傷寒。疾病導致他的雙眼被一層膿液覆蓋，使他接近全盲。爺爺被送進醫務室，塞巴斯汀拿他從營區庫房偷來的物品與囚監交易，讓他們不要處決這名老人。

「爺爺，我不會丟下你的。」塞巴斯汀在他們最後一次交談時說：「無論如何，我都會留下來。」

「別傻了……」拉札爾聲音沙啞。「爺爺就快死了……只要有機會逃，你就逃。」

「可是——」

「別管我，塞巴斯汀！」

「爺爺，但我——」

拉札爾抓起孫子的手溫柔地握住，阻止這個少年把話說完。塞巴斯汀要是能夠說完，他要說的是：

「我只剩下你了。」

∞

真要說起來，也是烏多．葛拉夫的決定改變了塞巴斯汀的命運。時至一九四五年一月，奧許維茲已經不再是原本高效率的殺人大本營。營內的秩序一天天瓦解。衛兵擔心被逮捕，紛紛擅離職守。營內四處陷入混亂，或僅僅只能勉強運作，隨時留意囚犯的去向也變得愈來愈難。

撤離的命令下達當天，塞巴斯汀在晨點名後就偷偷溜走，找到一柄鏟子和一根鐵管，開始在最後剩下的焚化場旁剷雪，覆蓋住一口木箱。這棟建築已經停用了，他認為衛兵不會來這裡搜查。加上他看起來很有事忙，以現在局面之混亂，誰也沒空來打斷他。他打算躲進埋好的木箱，等待他們押送走所有的人。

木箱埋好以後，他把鐵管用力插向箱子中央，直到鐵管穿破木板。接著他鑽進箱子裡，把鏟子也一併拖進去。

他不知道這也救了自己一命。

幾分鐘後，幾名親衛隊士兵在焚化場另一側，按照烏多的指示，往牆上鑽的洞埋下多塊炸藥，然後引爆炸藥將建築摧毀。爆炸的風壓將碎石破片吹得滿空中飛，也散落在被雪覆蓋的木箱周圍，這下子更沒有人會來查看了。

當天下午，上萬名囚犯被押離奧許維茲，徒步往德國邊境前進。

塞巴斯汀一直躲在木箱裡，靠著鐵管呼吸躲了兩天。

之後，他用全身僅存的一點力氣，提起鏟子推開上蓋。爬出木箱的那一瞬間，陽光刺得他連連眨眼。整個營區一片空蕩。他聽見風咻咻吹過中庭。他努力想站起來，但隨即栽進雪裡，他的兩條腿細瘦無力，就連他這一身枯骨也支撐不住。他在原地坐了一會兒，吸著空氣，思考接下來該怎麼辦。

終於他起身跌跌撞撞走向營區後門，在那裡看見一小群囚犯立在鐵絲圍籬旁。沒有衛兵，沒有狗，沒有笛聲，沒有警報。他們聚在一起，樣子就像在等公車。

他拖著腳步走進人群，去看他們在看什麼：俄羅斯軍隊到了。塞巴斯汀感覺全身上下鬆了一大口氣，但緊接而來的念頭令他渾身一震。

爺爺。爺爺人呢？

他跛著腳拔腿往醫務室跑，就在這時，他注意到一個人影。有個男人穿著外套、戴著扁帽正要走出營區。雖然裝扮成那樣，但從他行走的步態、他的身形、他低下頭的臉，塞巴斯汀還是認出了那個男人。

預防拘留營長。

他的模樣像是剛幹完活、正要走路回家，沒有半個人攔住他。不，不行！不可以有這種事！塞巴斯汀的喉嚨乾澀發腫，他已經好幾天沒說話了。

但他還是破口大喊。

「攔下他！那個男的！他殺人！他是當頭的！」

少年字字帶著譴責——但他用的是拉迪諾語，是俄國人聽不懂的語言。烏多自顧自地繼續走，感覺帽子底下滲出汗珠。**別理他，他們不懂他的語言。你只是個農夫，你沒有理由回頭看**。

「阻止他！」塞巴斯汀尖聲大喊：「誰快攔下他！」

第五輛吉普車經過。**不遠了**，烏多心想。他馬上就能在路口轉彎，消失在城鎮裡。

就在這時，從鐵絲圍籬另一端傳來一聲大吼，只喊了兩個字，這兩個字在任何語言都是同樣意思。

「納粹！」

烏多打了個冷顫。**繼續走，不要理會。**

「納粹！納粹！納粹！」

忽然，另一個聲音也朝著烏多大喊。

「你！停下來！」

烏多咬緊牙關。

「喂！嘿！就是你！別動！」

一名俄羅斯士兵在軍車上高喊。

那該死的猶太男孩。我早該在火車上就殺了他。

烏多要是單純停下來對士兵致個意，拿出他的波蘭護照，對大聲嚷嚷的少年聳聳肩，或許還能蒙混過去。但塞巴斯汀喊個不停，一字字扎在烏多耳裡。納粹！納粹！這個骯髒的猶太人，竟敢用這麼不屑的語氣喊他。他以為自己是誰？沒錯，本大爺是納粹，而且可自豪了。這個猶太人渣竟敢把這兩個字喊得像句髒話！

烏多嚥不下這口氣，就是這一瞬間改變了一切。他轉身朝著鐵絲網拔出魯格手槍，對準塞巴斯汀開了一槍，子彈的作用力讓塞巴斯汀扭曲成怪異的姿勢，像懸絲木偶的線鬆掉似的倒在地上。

這是烏多自己也中彈之前，最後看見的畫面。他的膝蓋上方挨了一槍，跪倒在地，兩名俄軍從他背後撲上來，將他按倒在凍土裡。

鐵絲網後方，其他生還者一哄而散，只留下一名少年的身軀，他在即將獲釋的前一刻中彈，他的血將白雪染紅。

對烏多和塞巴斯汀而言，這就是戰爭的句點。

不到一公里外，尼可聽見兩聲槍響

他身旁的士兵紛紛低頭掩蔽。他們的吉普車繼續和俄羅斯軍車連成一排，沿著鐵軌來到集中營的一道門口。尼可看見拱門上有幾個大字排成弧形，用的是德語：

勞動帶來自由

奧許維茲。

尼可起了個哆嗦。追逐偷走他全家人的火車，至今已經過了十七個月。改換身分、交替證件、學不同語言，為了來到這裡什麼事都做過，至今十七個月，他終於抵達了。尼可・克里斯佩還只是個青少年，但他幾乎已不再有青春活力可言，外表沒有，靈魂裡也沒有了。戰爭向他展現了無情、殘暴和冷漠。但最重要的是，戰爭教了他說謊才能活下來。為此什麼也不能妨礙他，當然更不會有說真話的餘地。

依照他持有的「證件」，尼可最新的名字叫菲利普．戈卡，是波蘭紅十字會的員工。在這之前，他是一名捷克木工學徒，名叫雅洛斯列夫．斯沃波達。再更之前，則叫作克里斯托夫．普斯卡，是匈牙利美術學校的學生。

奧許維茲集中營獲得解放的這一天，他怎麼會坐在這輛蘇聯軍車上，則是一段聽來不可思議、充滿欺騙的故事。

以下簡短說說尼可遭遇的經過。

∞

你還記得吧？尼可在匈牙利對女演員卡塔琳．卡拉迪說，「未必」所有東西都被納粹搶走了。就在他們洗劫她的公寓前一天，尼可偷偷潛入公寓，把她的首飾和皮草藏進附近巷弄裡的兩口垃圾桶。幾星期後，正因為有這些值錢的東西可以交易，卡塔琳才得以在多瑙河畔救下即將被處決的猶太孩童，其中也包括芬妮。尼可在現場認出她來，於是說服卡塔琳也把她救走。

尼可和芬妮有說上話嗎？

他始終沒有機會。獲救的孩童藏身在一棟房屋地下室，距離卡塔琳的住處幾公里遠。同時，她大膽救人的消息迅速傳開，她再度被逮捕，這一次抓人的是箭十字黨。尼可躲上屋頂沒被發現，等士兵離開後，才抓起他的提袋和偽造工具，奔向火車站。

之後他穿越斯洛伐克，途中向一名木匠租房間住了兩週，對方答應用馬車載尼可前往波蘭邊境，不過當然得有代價。尼可在邊境的一間餐館遇見一名波蘭紅十字會的員工。那人告訴他，紅十字會正在號召成員加入盟軍，協助解放納粹集中營。

「奧斯威辛城郊就有一座。」他說。

「是不是叫奧許維茲？」尼可說。

「好像。」

尼可深吸一口氣。當晚分道揚鑣前，他用一疊偽造的食物配給券，換來那個男人的紅十字會臂章。之後他往北穿越塔特拉山脈，在滑雪度假小鎮札科帕內鎮上，向一間波蘭教堂求助。神父帶他到最近的紅十字分隊，那裡缺乏人手，員工大多是婦女。

其中一名婦女，名叫佩特拉的年輕護士，挺喜歡這個新來的英俊小夥子。聽到他說希望幫助猶太戰犯，她便帶他來到昏暗巷弄裡的一間房屋，豎起一根手指抵著嘴唇，然後領他走下一道樓梯。下到最底部之後，她找到立在門旁的手電筒，拿起來走進房間後才打開。

屋內，回頭看向他們的是一整室的孩子，個個睜大了眼睛。

「他們全都是猶太人。」那名護士小聲說。

尼可接過手電筒，輪流照向一張張稚嫩的臉，看見他們呆然的表情和累得眨個不停的眼睛。他沒有說，他暗暗希望能見到他的雙胞胎妹妹，伊莉莎貝和安娜。然而，他現在還認得出她們嗎？

手電筒照到牆上的字跡，尼可上前近看，發現到處都是。躲藏在這裡的孩童用各自的語言寫下自己的名字和幾句潦草訊息：「我還活著」或「我活下來了」或「告訴我的父母我去了……」，許許多多的話語指引他們摯愛的家人如何找到他們。

尼可胸口一陣哽咽。他轉身問護士。

「我要怎麼去奧許維茲？」

∞

他的機會在三天後來到。控制札科帕內的納粹軍突然離開了。第二天，尼可就知道了原因。俄國部隊身穿羔羊領的褐色皮外套，驅車駛入城鎮。波蘭民眾紛紛走上陽台揮手歡迎他們。這些士兵停下來補充食物和物資的時候，尼可看見機會來了。

他穿著紅十字會制服，協助他們將醫療物資搬上吉普車，同時到處告訴每個聽得懂的人，說他會講德語，如果他們抓到納粹俘虜，他可能幫得上忙。

俄軍一名上尉同意了。反正也無傷大雅，何況尼可還奉上一瓶昂貴的伏特加，是他從一間旅館裡偷來的。

「你可以搭醫療車。」上尉打量著酒瓶說：「我們天亮就出發。」

∞

於是就這樣，一九四五年一月二十七日星期六，以奧許維茲為目標的這支部隊，在鎮外近兩公里處遇上成片的營房，尼可搭的車子停下來時，正好看見蘇聯士兵持槍衝破奧許維茲集中營的大門。而烏多．葛拉夫開槍擊中塞巴斯汀的地點位在營區的另一邊，但尼可不會知道。他只看見穿著條紋衫、神情茫然的生還者爭相走出大門，抱住他們的救主，或者跺著地上的凍土，不確定該拿這突如其來的自由怎麼辦。

尼可一路走了這麼遠，這一刻再也壓抑不住自己。他跳下軍車奔進營門，仔細端詳每一張憔悴的臉，想找到他的家人。他不是，她不是，他也不是。他們去哪裡了？俄軍整頓軍容向前進發，舉著槍，隨時準備迎戰，但沒多久就驚愕得放下了武器。

他們看見的景象、尼可看見的景象，他們誰也不敢相信。在營區冒著殘煙餘燼的斷垣殘壁之間，餓得不成人形的囚犯坐在雪中一動也不動，只是呆呆望著他們，彷彿是才剛被吵醒、爬出墳墓的死人。數百具屍體橫倒在結凍的地面上，未加掩埋，任憑骨肉腐爛。已遭摧毀的焚化場後方，灰渣堆得像山一般高，原本都曾是活人。死亡的惡臭無處不在。

尼可的雙腿不住顫抖，一時快喘不過氣來。直到這一刻之前，他和周圍許多士兵一樣，以為奧許維茲等地是勞動營。肯定不輕鬆，但不會是這個樣子，不會是屠宰場。他一直衷心期盼看到家人仍活著，等著獲救。但孤狼撒下的瞞天大謊，就算是小騙子也被蒙蔽。唯有真相能讓他睜開眼睛。

我是最嚴厲的美德。

「有人嗎？這裡有沒有人會希臘語？」

尼可擠進一間殘破的醫務室，裡頭滿是顫抖的身軀，個個病弱到無法走出室外。這裡沒有針劑、沒有藥丸，也沒有血清。納粹臨走前，哪怕是一顆止痛藥也被搜刮一空。瘦骨如柴的病人呻吟連連，躺滿每一張歪倒的木架床，和骯髒地板上的每一寸空間。

「有沒有人會希臘語？」尼克再問一遍。

角落傳來一聲悶哼，他聽見了。他伸長脖子看見一名老人舉著手，他連忙過去。到了眼前，他才認出那熟悉的下顎、鼻子和嘴巴。

「爺爺？」尼可小聲輕喚。

「誰？是誰來了？」

尼可喉嚨一緊。這真的是他那胸膛厚實、開朗有活力的爺爺嗎？他的身體瘦到不及原本的一半，脖子細到尼可一手就能掐住。他的頭髮發白，只剩下剃過的髮根，兩眼被一層灰膿蓋住。

「你能幫幫我嗎？」老人聲音沙啞。「我看不見了，但我有個孫子……」

「是的，我是——」

「他叫塞巴斯汀。我只剩下他了。」

尼可嚥下口水。**只剩下他**？**這是什麼意思**？他的外套口袋裡還裝著新偽造的身分證件，要給他的爸爸、他的媽媽、他的爺爺奶奶、他的哥哥妹妹、他的姑姑和姑丈。他特意做了這些證件，好讓他們逃離這個地方回家。尼可說的一切謊言全是為了同一個願望：回薩洛尼卡。回他們的家。回到陽光明媚的安息日早晨，他們一起走路去會堂，回到星光點點的夜晚，他們一起在海濱散步走向白塔。**我只剩下他**？**他為什麼只問起塞巴斯汀**？

「先生，」尼克用成年人老練的口吻說：「你的其他家人呢？」

拉札爾深深吸了一大口氣，撇過頭去。

「死了。」

尼可不自覺地重複這兩個字。

「死了？」他喃喃低語。

「都被他們殺光了。那些惡魔。他們把人都殺光了。」

老人啜泣起來，但是流不出眼淚，他的臉痛苦得扭曲，彷彿還想說些什麼，但一個字也吐不出口。角落一名女子被護士一碰就痛得嘶嚎。屋內另一頭，俄軍士兵將哭泣的病人抬上擔架。

我很想告訴你，尼可在那一刻卸下偽裝，抱住他親愛的爺爺，兩人歷經一切磨難終於團聚。但最能鞏固謊言的莫過於罪惡感。因此在那間醫務室裡，深信是自己把家人推向死亡（**他們都被殺光了**）的尼可．克里斯佩，永遠失去了我，就像太空人在星際間失去了繫繩。

「先生，你必須去醫院。」他說著起身。

「我恐怕撐不到醫院。」

「你可以的。要相信自己。」

老人眨著眼想清開膿液。

「你叫什麼名字？」他細聲問。

尼可清了清喉嚨。

「我叫菲利普．戈卡。我是紅十字會的醫生。待著別動。我去找人來幫你。」

他轉過身，抹掉眼淚走了出去。

對於尼可，戰爭就結束在這一瞬間。

The Little Liar

3

一九四六年

真理普世皆同。你經常能聽見這句話。

胡說八道。

我如果真的普世皆同，世上對於是非對錯、善惡報應，對於什麼才是幸福快樂，也不會有分歧的看法。

但的確有一些真理是普天下人感受皆同，其中之一就是失落。站在墓旁時，心中的那個空洞。看著家園被毀哽咽的喉頭。失落。是的，失落不論到哪裡都是一樣的。每個人這一生終會明白。

一九四六年的薩洛尼卡，是紀念失落的遺址，一座幽魂的城市。猶太人口剩下不到兩千人，其中的「幸運兒」像被狩獵的動物躲藏在附近的山區。比較不那麼幸運的人，從集中營好不容易回到家鄉，形同死去卻還活著，四處尋找卻不確定在找什麼，他們所愛的每一個人和他們所知的一切都已經不在。

塞巴斯汀．克里斯佩已經發育成熟，但仍瘦似竹竿。二月清冷的早晨，他站在克萊蘇拉街三號的門前敲了敲門。他穿著紅十字會發的外套，襯衫長褲來自救濟機構，靴子則是波蘭一名鞋商出於同情送給他的。他的肩膀一年前挨了那一槍，至今依舊會痛。

一名滿臉鬍碴的中年男子，穿著汗衫來應門。塞巴斯汀挺直了背脊。

「先生，你好。」他用拉迪諾語說：「我叫塞巴斯汀．克里斯佩，列夫和譚娜．克里斯佩的兒子。這裡是我家。」

「誰？」男人用希臘語問。

「這裡是我家。」塞巴斯汀改用希臘語又說了一遍。

「你在說什麼？」對方說：「這是我家，是我買的。」

「向誰買的？」

「一個德國人。」

「這裡從來就不是那個德國人的，他是搶來的。」

「不管他怎麼得來的，總之他賣給我，我付了錢，所以是我的。」他歪著頭打量塞巴斯汀的衣著。「話說你才多大？看起來就是個青少年。回去找你的家人吧。」

塞巴斯汀不由自主咬緊牙關。**回去找你家人**？自從在波蘭克拉科夫的醫院醒來，他頭痛了將近一年。子彈一直埋在肩膀裡，醫生取不出來，他們說子彈位置離大動脈太近了。傷口上方結了一層囊腫，讓他永遠不忘烏多．葛拉夫的駭行。

回去找你家人？塞巴斯汀在醫院病床上躺了幾個星期，之後又在流離失所者的難民營待了幾個月，生還者在營裡傳閱報紙，焦急尋找失散的親人。他反覆打探爺爺的下落，但後來來了一名希臘籍生還者，宣稱拉札爾死在了醫務室。塞巴斯汀想出營去尋找遺體，也沒有獲得允許。就算在這裡，猶太人受到的對待仍像是囚犯，有時還得被迫跟納粹俘虜共用寢室。

回去找你家人？幾個月過去，有些猶太團體出於好意，希望為難民重建文化生活，會邀請學校教師來授課，或舉辦體育活動。有人問塞巴斯汀要不要出演音樂劇。**音樂劇**？在這裡？周圍盡是在孤狼爪下枯乾的受害者，日日為創傷糾纏，好不容易又活過一天。有些人捱過了德國人逼使下最飢餓的日子，卻死於太快吃下太多的食物。有人稱之為「再餵食症候群」，成了猶太人死滅的全新形式。

回去找你家人？去到雅典後，他被送進一間體育館，領到餅乾、香菸和茴香酒，留下指紋採樣。終於，一輛卡車載他回薩洛尼卡。抵達時已是晚上，他無處可去，只好打著哆嗦、睡在碼頭附近的長椅上，而後被清晨載來漁獲的漁船聲給吵醒。他揉了揉眼睛，納悶故鄉的生活每天早晨難道還是一如往常，他和爸爸、爺爺在奧許維茲卻像豬狗似的被趕到中庭集合。漁船怎能始終這麼天真地出航？所有囚犯都在挨餓，世人怎麼吃得下飯？這裡的一切，怎能看起來正常得不可思議，而對塞巴斯汀來說，早已無正常可言？

回去找你家人？

「我每一個家人都死了。」塞巴斯汀說。

男人上下打量他。「你是猶太人。」

「我是。」

男人搓了搓下巴。「他們把你們運走？用那些火車？」

塞巴斯汀點頭。

「我聽過傳聞。很可怕的傳聞。那是真的嗎？」

「先生，拜託了。」塞巴斯汀說：「我再說一遍，這裡是我家。」

男人看向一邊，像在努力思考，接著轉回來。

「聽著。不管你遇上什麼事，真的很遺憾，也許政府能幫上忙。但這裡現在是我家。」

他隔著汗衫搔了搔胸口。「你真的該走了。」

塞巴斯汀鼻子一酸。

「去哪裡？」

男人聳聳肩。塞巴斯汀抹掉眼淚，忽然一個箭步撲上前去，勒住男人的脖子死不放手。

隔天，芬妮走在埃格納蒂亞街上

她望著曾是她爸爸的藥房店面，現在成了一間鞋店。猶太人的麵包店，改成洗衣店。猶太人的裁縫鋪，成了律師事務所。她雖然認得某些地標，但內在的一切都改變了，裡面走動的人看起來也不同了。她沒看見鬍子發白的猶太男人，沒看見裹方巾的猶太婦女，也沒聽見誰用拉迪諾語交談。

芬妮的返家之路同樣吃足了苦頭。她躲在匈牙利北部的山丘，過了好幾個月、覺得夠安全了，才承認自己的真實身分。最後她像塞巴斯汀一樣，被送入一處流離失所者難民營，營區位於奧地利，正是她在下雪那一天逃走不願意去的國家。她睡在木架床上，吃分配稀少的糧食，想看醫生得等上好幾天。她時常得回絕營內男性員工不請自來的示愛；他們總表現出她應該感激他們願意幫她的態度，不時趁機伸手摟她的腰或親吻她的脖子。

經過幾個月的文書作業，她終於拿到前往雅典的火車通行證。到了雅典，她睡在一間倉庫的圈棚裡，度過十六歲生日。一九四六年二月，逃離從布達佩斯出發的死亡行軍隊伍一年多後，她跟一個名叫蕾貝嘉的年輕女子一起乘車回到薩洛尼卡。蕾貝嘉在集中營當裁縫師，替納粹縫補制服而活下來。蕾貝嘉穿著一條用營內毛毯做的羊毛裙，左耳下方有一道傷疤。她總是直直望著前方，目光很少飄移。

兩人抵達薩洛尼卡後，被安置在城內僅存的兩間猶太教堂的其中一間，另外還有數十名原本藏身山區的猶太人。那一天是星期五。當天傍晚，是芬妮這幾年來再度參加的安息日儀式。祭壇燭光幽微，幾名生還者柔聲禱告。芬妮始終沉默。儀式結束後，全體共同分享了幾碗湯和一小份雞肉。

當晚，大多人席地就寢後，一群原本隸屬希臘抵抗團體的男人圍住這兩名新來的人。

「妳手腕上是什麼？」其中一人問蕾貝嘉。

「我的編號。」

「做什麼用的？」

「每名囚犯都會被刺上編號。」

「怎麼沒見到更多像妳這樣的人？」

「很多人到那裡就死了。」

「死了？」

「被殺。」

「怎樣被殺？」

「毒氣。」蕾貝嘉說。

「屍體怎麼辦？」

「德國人全燒了。」

一陣沉默。

「這是真的？」

「當然是真的。」

幾個男人面面相覷，搖著頭不敢置信。但其中一個肩膀很寬、蓄小鬍子的男人湊近，指著她。

「那**妳**怎麼在這裡？」

蕾貝嘉眨了眨眼。「什麼意思？」

「他們怎麼沒燒了**妳**？」

「我……活下來了。」

「怎麼活下來的？」

「我有工作——」

「什麼工作？妳勾結誰了？現在是不是也跟人勾結？」

芬妮不敢相信她聽見的這些話。但滅絕營內的真相對大多數人都難以理解，與人勾結、合作的這種謊言，反而容易被採信。

「妳呢？」那個男人轉頭問芬妮。

另一個男的開口想阻止他。「她只是青少年——」

「**妳**手腕上的編號呢？」

「我沒有進集中營。」芬妮說。

「為什麼沒有？**妳**又是跟誰勾結？」

「沒有跟誰。我——」

「妳出賣了誰，才保住了性命？」

「住口！」

「**誰**——」

「別煩她了！」蕾貝嘉大吼：「我們活著還不夠嗎？你希望我們連活著也要感到慚愧

嗎？」

那個男人氣憤地看向其他人，然後清了清喉嚨，往手帕上啐了口痰。

「反正離我遠一點。」他說。

∞

芬妮當晚一夜沒睡，提防那些在吊床上大聲打鼾的男人。隔天早上天光才亮，她就離開了猶太會堂，向海邊走去。

港邊散落著戰爭期間遭到毀壞的船骸，餐館許多已經歇業。薩洛尼卡不只失去城內的猶太居民，也失去往昔晨間的歡騰、熙攘的集市、文化薈萃的氣氛。戰爭過後，這座城市飢餓、破落，人與人競相爭奪。

芬妮沿著纜車路線走在昔日的濱海棧道上，往東朝白塔走去。但她遠遠望見白塔，喉頭不由得一緊。德國人為了避免塔身成為轟炸標的，把白塔漆成了迷彩顏色。白塔不再是白的，而是團團斑駁褪色的綠色和棕色。不知為何，此情此景撕碎了芬妮的心。

她走近這座圓塔，想起——曾經和克里斯佩家的兄弟倆爬上塔頂，多虧他們的爺爺。那一天，天空看上去開闊得難以言喻，海灣對面的山巒頂峰積覆著新雪。那個時候，世界是如此令人嚮往，如此充滿希望。

可現在，芬妮不想和這個世界再有牽扯。她只想靜靜坐著。路旁的一間店家往石子路上倒空洗拖把的水桶，拿起掃帚掃地，發出刺耳的擦刮聲。現在她要去哪裡？該做什麼才是？她躲藏了這麼久，自由就像另一座囚牢。

她雖然答應自己回到家鄉絕對不哭，但淚水仍湧上眼眶。就在這一刻，就在她此生感到最孤獨的時刻，她聽見背後有腳步聲，接著一個男生的聲音說出了這句話：

「嫁給我，芬妮。」

她轉過身看見塞巴斯汀，他的臉孔變得成熟，也長出了鬍鬚，額頭有擦破的傷痕和乾涸的血跡，像是剛和人打過一架。

「我的天啊，塞巴斯汀？」芬妮說：「真的是你嗎？」

她撲進他的懷抱，見到記憶裡的人還活著，令她激動不已。她感覺到他瘦窄但強壯的肩膀，他的短髮擦著她的太陽穴。

「我一直到處找妳。」塞巴斯汀輕聲說。

這幾個字，以及這幾個字帶給芬妮的感受——世上依然有人覺得她重要，希望找到她，帶來一股悸動環抱住她；這種感受，與尼可匆匆一吻後，一直沉眠於心底。她和塞巴斯汀坐在白塔的蔭影下，墜入無止境的對話、疑問、搖頭、更多的問題和眼淚之中。塞巴斯汀脫口說出這三年來他始終想說的話：「對不起，那時候把妳推出了火車窗外。」芬妮說她明白，何況聽過集中營發生的事之後，也許這樣反而最好。他們迴避很多可怕的細節沒說，因為兩人都不願意重溫。有時他們只是手握著手。當正午陽光把海灣照映得一片寶藍，塞巴斯汀說：「我們去走走吧。」

他們走遍整座城市，對種種變化瞠目結舌。他們沿著海岸線往北走，指著里奧芙洛斯外環道沿路的宅邸，這裡以前都住著富裕的猶太家族，但被德國人奪去之後，現在全歸希臘人，改作其他用途。他們繼續往西，一直來到昔日的赫胥男爵區，他們被送上火車前遭到囚禁的地方，整個街區現在全夷為平地。

當黃昏暮色降臨，路口街燈亮起，兩人已經做出相同的結論：薩洛尼卡不再是他們的了。故鄉二字已經被逐字炸毀。

幽魂徘徊的城市不適合年輕的伴侶。所以，當塞巴斯汀傍著月光籠罩的海灣。牽起芬妮的手再度請求：「嫁給我吧。」芬妮點了點頭說：「我願意。」

同時，在義大利一座修道院……

一名男子踏進告解室，對著陰影中的臉孔開口。

「證件拿來了？」

「是。」

「等了好久。」

「這種事需要時間。」

「有了這個，我就能訂車票？」

「對。」

男子深深吸氣。「總算。」

「你的錢夠嗎？」

「進帳很慢，但我相信現在夠了。」

「感謝天主。」

「神父，天主不會送錢來。」

「天主是一切的主使。」

「你說了算。」

「人唯有透過天主，才能獲得赦免。」

「隨你高興。」

「方便問你之後打算去哪裡嗎？」

烏多．葛拉夫靠向身後的牆壁。他打算去哪裡？過去一年，他去了這麼多地方。先是逃往波蘭——因為那些俄國人笨得可以，抓住他之後把他送進醫院，而不是關進監牢。醫院一名勤務員傳話給他在克拉科夫的人脈，半夜隨即來了兩個男人把烏多偷偷救出去。他的腿因為俄國人那一槍傷勢嚴重，他得被人抬上車，這讓他深感羞恥。

車子一路開到天亮。抵達奧地利之後，烏多藏身在一個有錢人家，有不少富裕家族依然贊同納粹的理念。他睡在那戶人家莊邸後方的一間客屋，偶爾和他們一同用餐，不過他矢口不提他在奧許維茲做的事，只說自己是中階軍官，照命令行事。夜裡回到他的房間，他會抽著菸，用手搖留聲機聽德國樂曲。

等到腿傷大致痊癒後，烏多隨著嚮導穿越山區進入義大利。這裡有多間修道院提供庇護，他住進了第一間。這些悉心規畫的逃亡路線，在德國人之間稱為「rattenlinien」，用於逃跑的「鼠道」。他們的逃亡行動，獲得義大利和西班牙兩地天主教神父的充分協助。你可能會問，身披聖袍理應忠於上帝，怎會願意協助這些導致千百萬無辜百姓喪命的人呢？但神職人員和任何人一樣，可以隨意扭曲我。

「不義的是戰爭。」

「他的罪行被誇大了。」

「在自由中悔悟，好過在囚牢中腐爛。」

烏多躲藏在義大利北部，地近薩倫提諾段阿爾卑斯山的小鎮美拉諾的一所教堂內室。好幾個早晨，他遙望白雪皚皚的山峰，暗想孤狼的深謀遠略何以未能實現。幾個月後，他移動到羅馬，這裡有人準備好印著新名字的證件和新護照。最後，烏多帶著這個嶄新的身分，來到港口城市熱那亞近郊的教堂，等待拿到充分的錢款和適當的旅行文件，保障他順利出境。居然必須仰賴天主教救他，他私底下覺得很沒面子，他對他們的教義既無信仰，也不太瞧得起他們浮誇的儀式。但他們擁有很多葡萄酒，他充分把握了這件事。

你打算去哪裡？目的地很顯然是南美洲。那片大陸上有多個政府表明，納粹軍官若需要找個避風港，他們樂於裝作沒看見。

「阿根廷。」他告訴神父：「我會去阿根廷。」

「願天主看望你。」

「你說得是。」

但烏多說謊。他知道已經有太多親衛隊高官被引渡到南美洲。從來老謀深算的他推斷，他們之中只要有一個人被識破，點連成線，其他人很容易就會被找到。

不行，烏多決心奮戰下去，完成孤狼未竟的事業，為此他必須從內部摸透敵人。他跟神父說「阿根廷」，但那只會是暫時的。他已經在腦中想好更理想的藏身處。

他會去美國。

The Little Liar

4

後來的事

如果把我們的故事想成孩子的玻璃雪花球，那現在就是拿起球用力晃動的一刻，片片碎雪在水中翻騰，隨重力飛舞，落向新的地方歇腳。

二十多年過去。地點變換。有人找到工作，有人生下孩子。但就算相隔重重海洋，尼可、塞巴斯汀、芬妮和烏多依然互相影響，他們的人生因為他們各自的真實和謊言而交織在一起。

搖晃雪花球，距離上次見到他們的二十二年後，這是他們各自的落腳處。

尼可富有起來。

塞巴斯汀心有執念。

芬妮當上母親。

烏多成了間諜。

且聽我說得更詳細些——

首先是尼可的故事

我向來只說實話的寶貝孩子，在抵達奧許維茲後，永遠離棄了我。眼見孤狼殺害他的族人，還將屍體燒成灰燼——同時意識到自己不意間成了共犯，這個曾經誠實的男孩從此住進我不存在的世界。

心理學家稱此為「病態說謊」，意指謊言不具有特定目的，甚至對說謊的人本身並無好處，純粹只是出於失調、出於心理疾患而做出的選擇，或是像尼可這樣，因為實話導致的創傷過於刺灼，從此燒去他眼中的我。

尼可一路靠著行騙做到了近乎不可能的事，偷偷潛入奧許維茲集中營，而今他連最小的的事也開始撒謊。喜歡的書、早餐吃什麼、衣服哪裡買的，他都忍不住編造。每一句直言必先經過扭曲。

∞

我前面提到尼可富有起來。說謊助了一臂之力。

一九四六年，他設法回到了匈牙利，希望與卡塔琳・卡拉迪重聚。他依然帶著他的全套偽造工具，但烏多提袋裡的錢大抵用完了，他需要財源。

坐在前往布達佩斯的火車上，打起瞌睡的尼可被車掌搖醒，要求出示車票及護照。尼可昏昏沉沉中伸手進提袋，正要拿出褐色的德國護照，一回神驚覺不對，連忙改拿出匈牙利護照。車掌沒有察覺，但他一旁的乘客注意到了。這名乘客看來三十歲上下，左手有一道傷疤。他盯著尼可猛瞧，等到車掌走開才湊過來，開口說的是德語。

「你能不能替我弄一本？」

「弄一本什麼？」尼可說。

「匈牙利護照。」

「我聽不懂。」

「怎麼不懂。我看到你那本德國的了。你騙不了我。這年頭有兩本護照的人，肯定也有辦法弄到第三本。」

「我不懂你在說什麼。」

「少來。不然你怎麼會說德語？你替我弄一本匈牙利護照，我包你有賺頭。」他伸出手。「我叫鈞特，漢堡來的。」

尼可想了想。

「拉斯。」他說。

「哪裡人？」

「斯圖加特。」

「你有口音。」

「我小時候就全家移居匈牙利。」

「你現在多大，十六歲？十七歲？」

「十八歲。」

「拉斯，你聽我說，我需要護照。」

「你怎麼不回德國？」

他撇開頭。「沒辦法，我還有事情沒辦完，而且事情辦成之後，我需要改頭換面，重新開始。」

「我幫不了你。」尼可說：「抱歉了。」

鈞特哼了一聲，轉頭看向窗外，像在思索下一步。

「聽著，」他壓低聲音。「我有辦法讓我們倆發財。」

尼可端詳男子的衣裝。高領毛衣、灰長褲、骯髒的外套和一頂袞帽，看上去絲毫不像有辦法讓任何人發財。

「什麼辦法？」

「不久之前有一列火車，二十多節車廂，裝滿黃金、珠寶、現金——我們從猶太人搜刮來的所有財物。這班車駛向德國，要提供帝國資金。」

「所以？」

「中途停留了幾站。」

尼可等著他把話說完。

「車子中途**停留**了幾站。」鈞特重複一遍：「在其中一站呢，有幾個箱子……被搬下車。」

他靠回椅背。

「我是那列火車的衛兵。我們人很多，有幾個人知道箱子藏在哪裡。」

「在哪裡？」

男子揚起嘴角一笑。「我就知道你會問，但我不會告訴你。姑且說匈牙利這裡有一間教堂，地下室的東西夠你用一輩子。」

他眼神試探地看著尼可。「你弄一本新護照給我，我就帶你去。」

三個月後，一個溼氣濃重、不見月亮的夜晚，匈牙利小城讓貝克一座荒棄的羅馬式教堂外，一輛大卡車停在周圍泥濘的草地上。這座教堂建於數百年前，十七世紀遭土耳其人破壞後，就未再修復。戰爭前是一處旅遊景點，但戰後少有遊人前來。

就尼可所聽到的，鈞特和一名衛兵同伴在該輛納粹列車上負責夜間盤點，但他們偷偷把幾箱黃金、鈔票和珠寶裝上貨車，半夜摸黑開來這裡。鈞特說，他們買通這裡的巡夜人，讓他們把東西放進地下室，之後再替門上了掛鎖。

「你那個同伴呢？」尼可問。

「他死了。」鈞特說：「被俄國人抓住。」

「那個巡夜人呢？你們在做什麼，他不知道嗎？」

「他不知道。」

「你怎麼確定他沒說出去？」

「他不會的，我們好好料理了他。」

教堂地下的石磚鋪面潮溼且飄散霉味。尼可隨鈞特找到一扇掛著鎖的厚重鐵門，鈞特拿了一把斧頭劈開門鎖。兩人拉開門，用手電筒照亮室內。果真有四口箱子擺在裡面。

「我不是說了嗎？」鈞特臉上咧開大大的笑容。

他們兩人合力搬出木箱，卯足了勁一次一箱扛上老舊的階梯。鈞特簡直克制不住歡喜。

「拉斯，這裡的財寶多到你這輩子都花不完！」以這些箱子的重量推斷，尼可猜想他說的確實不假。

他們費了一個多小時，才把箱子全部抬上卡車。尼可衣服底下滿身是汗。他不停四下張望，怕有人在暗中觀察，但附近的住屋並未透出燈火，除了夜晚蟋蟀的鳴叫，沒有半點聲響。最後一口木箱終於也推上卡車之後，鈞特扶著腰對著夜色「呼——」地吁了一口長氣。

「我等了好久就是為了現在！垃圾一樣的戰爭！總算有些好處歸我了！」

「我們快走吧。」尼可低聲說。

「先等等。我得給你看看到手的是些什麼寶物。」

「現在不是時候。」

「別這麼孬。」他說：「你不想看我讓你發了多少財嗎？」

他把手電筒舉在腰際，讓光束照亮他的臉。

「看我，拉斯，你看我！這就是新匈牙利暴發戶的臉——」

尼可還沒聽見槍響，子彈已經擊中。鈞特的頭往後一仰，衣領暈開鮮血。第二發子彈接著射穿他的胸口，他像一袋麵粉向下癱倒，手電筒也滾落泥地。

尼可僵在原地。他聽見腳步聲接近，下一秒低頭就看見一個紅髮男孩舉著步槍檢查鈞特的屍體，槍管仍直直指向前方。鈞特已經斷氣，弓身趴伏在卡車的後輪胎上。

尼可舉起雙手投降，但男孩看見他的臉也放下槍。男孩看來也就十歲大。

「為什麼？」尼可喘著氣問。

「他殺了我爸。」男孩語氣淡漠。「我每天晚上都在等他回來。他和另一名士兵。」

他停頓一下。「不是你。」

「不，不是我。」尼可急忙附和：「我發誓不是我。」

男孩抿緊嘴唇，似乎正強忍住淚水。

「你爸爸……」尼可說：「他是巡夜人？」

「對。」

「對不起。我不知道。」

「另一個人呢？」

「死了。」

「很好。」

他踢了鈞特的屍體一腳，屍體倒落泥地。

「我要回家跟我媽媽說。」

他轉身就走。

「等等。」尼可指著卡車。「你不想要這些箱子？」

「裡面有什麼？」

「黃金吧。錢、珠寶。」

「那不是我的。」男孩說。

他歪起頭。

「是你的嗎？」

「不是，」尼可說：「不是我的。」

「這樣？那你或許可以還給原來的主人。」

男孩背起步槍提帶，跨過手電筒的光束，消失在黑暗中。

∞

那一夜過後又發生了很多事，多到難以在這裡詳述。我只能說，尼可利用這筆財富來教育自己，他體認到，他十一歲就因德國入侵家鄉而中斷學業。他先是在布達佩斯裝成匈牙利青年，之後又在巴黎扮作法國大學生，等到熟諳了英語，再成為倫敦政經學院一九五四年級的學生。尼可以湯瑪斯．戈格爾這個化名，接受良好的教育，尤其是商業方面。他一心想學會賺錢，他在這些年間見到金錢幫助他度過戰爭的力量。他在班上心智相形成熟，教授大多很欣賞他。多虧了教堂的那幾口木箱，他擁有的私人銀行戶頭，他的同學要是知道絕對會瞠目結舌，但他還是和大家一起住宿舍，也常常喊著快吃不飽。他的外貌吸引許多年輕女孩的注目，他想要人陪時從來不愁找不到伴。他會跟約會對象說，他出身的匈牙利家庭在戰爭中被消滅，所以不會有人多問他的爸爸、媽媽，或放假是不是要回老家。他的戀愛關係熱烈但短暫。他不是一個能真正親近的人。

他以優異的成績畢業。拿到畢業證書後，他帶著證書來到南安普頓航空站附近的旅館房間。他覺得有必要再換個身分重新開始，一個病態說謊的人經常會這麼做。他利用偽造工具，擦除了羊皮紙上「湯瑪斯．戈格爾」這個名字。

他的記憶飄回到小時候、他的爺爺，還有他們一同去白塔郊遊時，爺爺說的那個猶太囚犯提議粉刷整座塔樓，以換取自由的故事。尼可提起筆，用毫無破綻的字跡在畢業證書上寫下那名囚犯的名字：奈森．吉帝利。

隔天早上，他搭上他的第一班飛機，這只是第一段航程，這趟旅程會帶他往西、再往西，直到他置身一個名為加州的陽光眩目之地。那座城市名為好萊塢，演出虛假的角色在這裡不只司空見慣，還能賺錢。

卡塔琳・卡拉迪曾經跟尼可說：「你真該去演電影。」

沒過多久，幸虧他有錢，他真的出演了電影。

再看到塞巴斯汀和芬妮，他們結為連理

在薩洛尼卡重逢的三星期後，他們在一間猶太救濟所成婚。芬妮穿了一件援助人員借她的白色亞麻連身裙。穿在她身上太大件了，她得小心避免踩到裙襬。塞巴斯汀穿著一位拉比給他的黑色西裝外套配領帶。

儀式很簡短，只找來兩名碼頭船工當見證人。他們兩人都沒有家人或朋友能邀請，只有幽魂。他們在腦中想著那些逝去的人們，結婚誓詞在空蕩蕩的空間迴盪。交換過戒指後，他們尷尬地接吻，芬妮暗暗感到慚愧，因為有那麼短促的一秒鐘，她想起自己與新婚丈夫的弟弟有過的一吻。

他們都還年輕，這一刻可說是塞巴斯汀實現了青春期的夢想，芬妮則是抓住她過往人生僅剩的一個殘片。這不是深思熟慮的婚姻。但無論如何，他們成為夫妻，一個十八歲，一個十六歲，就算對彼此的愛意並不相當，至少有一個念頭是一致的：兩人都不想在薩洛尼卡多待片刻。

他們一等到獲得些許援助，立刻搭上南向的船（芬妮死也不肯再搭火車），中途停靠幾站後，他們在山巒起伏的克里特島下了船。絲絲縷縷的白雲襯托出燦藍的天空，陽光把脖子烘得暖暖的，很是舒服。

「我們該住哪裡呢？」走在港口城市伊拉克利翁，塞巴斯汀問道。

「不會是這裡。」芬妮說：「要是個安靜的地方。遠離人群。」

「好吧。」

「也許你可以蓋一間我們住的房子。」

塞巴斯汀笑了。「我？」

芬妮點頭。他發現她不是在開玩笑，馬上忍住「我哪知道怎麼蓋房子」這句話沒說出口，只回答：「要是這是妳的願望，那我就蓋。」

他花了超過一年，四處詢問建議，但也犯了不少錯誤。最後在靠近島上東岸一片橄欖樹林旁的空地，塞巴斯汀用磚頭和水泥築起一棟三個房間的平房，木頭屋頂上鋪覆泥磚。住進這間整潔方正的房屋的第一晚，芬妮點起安息日蠟燭，念了一段她自父親死後就沒再念誦過的禱文。

「為什麼在這個時候念？」塞巴斯汀說。

「因為，」她說：「現在我們有了一個家。」

當晚，他們溫柔而熱情地交歡，之前他們也努力過幾次，但總少了這樣的柔情。沒多久，他們就迎來了第一個孩子，是個女兒。他們給她取名譚亞，紀念塞巴斯汀去世的母親譚娜。芬妮把她在戰爭期間鎖進心底的愛，全數傾注在這個孩子身上。當她抱著寶寶，親吻女兒細細的髮綹，她感覺有一股麻癢而新穎的氣息充滿了她的肺，自此她把心思移向一個溫暖而美妙的地方，名為滿足。

塞巴斯汀努力想放下戰爭，但戰爭不肯放過他

芬妮尋得的滿足沒有找上塞巴斯汀。他和許多集中營受難者一樣，夜晚總是被死者糾纏。他們的臉孔，他們瘦骨嶙峋的身軀。他把他們扔進土裡或雪裡的那些時候。微小的恐怖感會在他入睡後回來將他驚醒，讓他一身冷汗，雙手發抖。他會大口吸氣，淚水不由自主地流下臉頰。因為實在發生得太頻繁，他在床邊擺了一柄木湯匙，抽泣的時候就咬著，芬妮才不會聽見他在哭。

塞巴斯汀和弟弟尼可一樣，當初沒有機會完成學業。但現在他沒錢再受教育，所以職業選擇有限。因為父親的關係，他對菸草生意有些認識，不久後便在克里特島一間香菸進口公司找到工作，工資足夠讓一家人衣食無缺，而芬妮有了女兒已經心滿意足，並不要求更多。

有一晚，譚亞過四歲生日，他們從附近一個漁村划小船出海。回望漁港，煤油街燈像燈串般圍繞港口。

「我想譚亞會需要一個妹妹。」芬妮說。

「或者弟弟？」塞巴斯汀說。

芬妮輕撫丈夫的手。「你有沒有好奇過你弟弟的下落？」

塞巴斯汀沉下臉。

「沒有。」

「萬一他還活著呢？」

「他八成還活著。那傢伙總有辦法得到他想要的東西。」

「你還在生他的氣？」

「芬妮，他替納粹做事。他對大家說謊。」

「你怎麼知道？」

「我看到他了！妳也看到他了！」

「我只看到他一個瞬間。」

「而他跟妳說不會有事。說到那裡會有工作，家人能團圓，對吧？」

她低下頭。「對。」

「我不就說嗎？」

「但他為什麼要說謊？對他有什麼好處？」

「他們饒了他一條小命。」

「說不定他們也說謊騙了他。你有沒有想過這個可能？」

塞巴斯汀咬牙切齒，對弟弟的憤怒赤裸裸地表現在身體的反應上。

「妳那一天跟他在做什麼？」

「你又在說什麼？」

「還用問？在屋裡的時候。」

「又要吵這個？」

他們為了那一天早上，已經爭執過無數遍。芬妮一次又一次解釋他們躲在儲藏間，怕得不敢出來，她握著尼可的手，大概一個小時後離開。她恨極了這個話題，因為一步步說下去，每一次總不免說到她爸爸死在藥房門口。

「算了，當我沒說。」塞巴斯汀說：「無所謂。」

但其實很有所謂。嫉妒很少放過往事。塞巴斯汀不是不知道芬妮曾經喜歡過尼可，在意這件事的他，是青少年時代便在他內心誕生的惡魔。雖然芬妮牽起他的手走入婚姻，還為他生了個女兒，但那個惡魔仍會在類似這樣的時刻，對他低聲耳語。

∞

某一天，塞巴斯汀讀到一篇雜誌報導，維也納有名男子創辦了一間機構，專事尋找過去的納粹幹部。他們很多人顯然換上新身分，躲藏起來。這名男子有資金，有辦公室，甚至有一小群員工。有人稱他為「納粹獵人」，至今他已經將多名前親衛隊軍官逮捕歸案。

一連幾天，塞巴斯汀工作時一邊搬著香菸貨箱，一邊想到這名男子。有天晚上，芬妮和譚亞都睡了以後，他著手寫起一封長信，詳述自己在奧許維茲集中營那段時間記得的事：他被交派的差事、管理焚化場和毒氣室的軍官姓名、他記得某幾名親衛隊士兵處決的人數，以及「預防拘留營長」烏多．葛拉夫下令進行的眾多暴行。紀錄整整長達九頁。

寫完後，他把信寄給維也納的那個人。他只知道那個人的名字和機構名稱，沒有街道地址或門牌號碼，他很懷疑那封信能不能送到對方手上。

但信寄出的四個月後，塞巴斯汀收到了回信——是納粹獵人本人親自寫的。他感謝塞巴斯汀提供那些資訊，也對細節之詳盡表示敬佩。他說，塞巴斯汀如果有機會赴維也納一趟，他很希望與他見面核對這些細節，並正式發表控訴聲明。這對追捕在逃罪犯可能有所幫助，尤其是烏多．葛拉夫。根據他們機構搜集到的情報，烏多．葛拉夫逃向波蘭一間醫院之後就消失無蹤。

塞巴斯汀把這封信前後讀了至少十來遍。起初得知葛拉夫還活著，他怒火中燒，幾乎要反胃作嘔，但每再讀一遍，塞巴斯汀感覺有一股力量重回他體內，就像冷到麻木的手指慢慢暖和起來。現在有他能做的事了。他可以採取行動了。他在集中營的時光，長久以來一直像條繩子捆著他動彈不得。維也納的這個男人有刀能割斷繩索，放他自由。

塞巴斯汀沒有把他的信件來往告訴芬妮

他把納粹獵人的來信藏了起來。就這方面，他欺瞞了妻子。這並不是什麼新鮮事，夫妻之間的謊言多半是省略不提的部分。你跳過某事的細節。你有某個幻想，但是沒說。某些故事，你乾脆說也不說。

你為這樣的舉動尋找藉口，認為是我——真相，太容易引起騷亂。**何必要攪亂混水**？**何必掀起波瀾**？例如塞巴斯汀，他從未向芬妮提起自己曾與一個名叫瑞芙卡的女孩結婚。這個可憐的女孩在奧許維茲死於斑疹傷寒，塞巴斯汀自始至終幾乎沒和她說上話。在他心中，這整段關係——倉促的婚禮、咕噥的誓詞、他奶奶的戒指，都是別人鑄下的錯。他不想再想起這件事，也不想讓芬妮難過。

於是，他出於善意瞞著她，至少這是他給自己的說法。芬妮在她這方面也是一樣的。她知道塞巴斯汀嫉妒弟弟，所以在他們的婚姻中，一次也沒提起她後來曾在多瑙河畔再見到尼可，更沒提到她相信是他救了自己一命。

∞

塞巴斯汀終於把信件拿給妻子看的時候，她大吃一驚。

「你怎麼會想聯絡那個人？」她問。

「他在做的事很重要。」

「重要就讓他去做。我們在希臘有自己的生活。」

「但妳也讀到他寫的了。我的資訊有幫助。」

「幫助什麼？」

「幫助他找到那些混蛋。」

「然後呢？」

「吊死他們。吊到他們腐爛！」

芬妮轉過身。「更多殘殺。」她在嘴裡咕噥。

「這不是殘殺。這是正義。是為我的父母討回公道，為我爺爺、我奶奶、我妹妹，為妳爸爸討公道，芬妮！這妳不想嗎？」

芬妮揩掉流下的淚。「能換他回來嗎？」

「什麼？」

「你們找到那些納粹，就能換回我爸爸嗎？」

塞巴斯汀沉下臉。「這不是重點。」

「對我來說是。」她輕聲說。

「我想去維也納。」

芬妮用力眨眼。「拋下譚亞和我？」

「當然不是。我永遠不會拋下妳們。」他握住她的手。「我希望我們一起去。我們可以搬過去。我可以為這個人工作。我知道絕對可以。」

芬妮搖頭，起先搖得很慢，但逐漸加快，愈搖愈用力，彷彿看見恐怖的東西朝她靠近。

「奧地利？不要，塞巴斯汀，我不要！我曾經從奧地利逃出來！不要，拜託不要！」

「芬妮，這件事我不做不行。」

「為什麼？」芬妮啜泣起來。「你為什麼就不能把過去放下？」

「因為我做不到！」他大吼：「因為我每天晚上還是會看到！因為人必須為自己的行為付出代價！」

芬妮緊緊閉起眼睛。她聽見女兒從隔壁房間傳來的哭聲。她垮下肩膀。重新睜開眼睛之後，她的聲音充滿顫抖。

「這跟你弟弟有關係嗎？」

「什麼？」

「這是不是和尼可有關？你想復仇？」

「別說傻話。我想幫助這個人找到納粹，把應得的下場還給他們，就是這樣！而且我說到做到！」

他繃緊牙關，氣沖沖看著她，但接著不得不別過頭去。她說得沒錯，這我自然知道。沒錯，他心裡主要是希望烏多．葛拉夫能遭到逮捕、判刑，被處決一千萬次。

但同時，他也希望維也納的這個男人能追蹤到另一個人的下落，一個幫助納粹的小夥子，名叫尼可・克里斯佩。

然後，將他交付正義裁決。

烏多去了遊樂園

敵人的敵人就是朋友。這句諺語能上溯到好幾百年前。但在二次大戰的後續發展中，這句話以迅雷不及掩耳的速度上演，甚至沒多少人意識到當前所發生的事。

納粹高階軍官一直是美國軍方鎖定的目標。但隨著第三帝國瓦解，美國把標的瞄準新的敵人。甚至在孤狼吞下氰化物膠囊，接著朝腦袋開槍（八天後，他的帝國跟著投降）之前，美國情報單位的策略方針就已經悄悄改變。德國沒戲唱了。下一個主要威脅是蘇聯。而說到對俄軍認識最多、仇恨最深、鬥爭最激烈的，誰也比不過納粹。

所以戰爭結束後，成千上百的納粹親衛隊成員利用鼠道潛逃出境，許多人暗中受邀前往為美國政府做事。美國政府會提供新的姓名、新的工作、新的住家和新的庇護，只要他們願意協助扳倒俄國這個昔日死敵。

這些人員招募當時未向美國大眾公開，往後數十年間也不曾透露。你聽了應該不覺得意外。說到欺瞞，政府比任何人都在行。

烏多・葛拉夫搭乘慢船橫渡大西洋後，在阿根廷首都布宜諾斯艾利斯一間公寓生活了一年。他使用化名，在一間肉鋪工作。他學了足夠日常應對的西班牙語。**這都只是暫時的**，他對自己說，重返權力是需要深思熟慮的漫長計畫，這只是一部分。他閉上嘴巴，張開耳朵，低調行事，同時觀察四周。

到了一九四七年初，烏多得知住處方圓八公里內，起碼還有三名德國人遷居此地，都是親衛隊的軍官。他們在週末偷偷聚會，交換其他納粹成員受美國招募的傳聞。烏多特意昭告，如果有這樣的機會，他很樂意接受。

某個星期六，烏多在家煎小牛排，忽然聽見有人敲門。一個平穩、低沉的嗓音，操著純正德語在走廊上說了以下的話：

「葛拉夫先生，請開門。很安全的。我捎來口信。您應該會想聽聽。」

烏多從爐火上移開煎鍋，緩步走向門口。他在門旁掛著一件大衣，口袋裡放了一把手槍。此刻，他握住槍柄。

「哪裡捎來的口信？」他說。

「你不想先知道內容嗎？」

「哪裡來的？」烏多又問了一遍。

「華盛頓特區。」男子說：「位在——」

烏多打開門，抓起大衣。

「我知道在哪裡。」他對那名陌生人說：「走吧。」

∞

六個月後，烏多・葛拉夫進入馬里蘭州郊區的實驗室工作，用上新的化名，叫喬治・梅克倫，身分證件註明他是比利時移民。招募他的美國人聽說他有科學背景，認為他在親衛隊一定發揮了所長。他們急於知道他對俄軍的瞭解。烏多這個人很擅長一逮到機會就把我摧毀，他大膽佯裝自己的確有這些知識，甚至誇稱自己在戰爭期間，多數時候都在從事間諜工作或武器研製。他愈是把**共產黨人**一詞掛在嘴邊，這些美國人愈傾向相信他的任何說法。

「那這些報告呢？上面說你待過奧許維茲？」某次偵訊當中，一名美國探員在一間鑲有木板牆面的辦公室問他。這名探員體格健壯，頭髮剃短，德語說得很流利。烏多小心翼翼回答他的問題。

「奧許維茲？是，我去過。」

「你不是在那裡工作？」

「那肯定不是。」

「什麼原因你得去那裡？」

烏多停頓了一會兒。

「長官，您說您的名字是？」

「我不是長官，只是個探員。」

「抱歉。您的德語這麼流利。我看這樣的能力，就猜想您是長官。」

探員向後靠向椅背，假裝謙虛，但掩不住笑意。烏多暗記在心裡。**享受恭維的人也容易受到操縱**，他告訴自己。

「班・卡特。」探員說：「我的名字。我的德語是向我母親學的，她在杜塞道夫長大。」

「這樣嗎？卡特探員，您一定知道奧許維茲不光有營區，還有好幾間攸關戰事發展的工廠。我到那裡通知工廠應對空襲的計畫。」

他補上一句：「防範俄國人。」

對方睜大眼睛。

「那你對發生在奧許維茲的暴行知道多少？」

「暴行？」

「毒氣室？處決？據說有無數的猶太人在營裡遭到殺害？」

烏多努力做出驚恐的表情。「我到戰後才聽說這些指控。我一直專心於防禦工事。當然，後來讀到那裡可能發生過這些事，我也很震驚。」

他看到卡特握著筆，緊盯著他的眼睛。

「我畢竟是德國人，自然希望我的國家打勝仗。」烏多接著說：「但生而為人，我無法容忍對猶太人囚犯做出這樣殘酷的事，對誰都不行。」

見探員振筆疾書，烏多繼續說下去，但他嘴上說的與腦中想的背道而馳。

「也許真的發生了可怕的事。」

我們當時是王，有一天我們會再度稱王。

「如果真有其事，那樣不人道的行為是不對的。」

除非受害者不配稱為人。

「我為其他人以國家之名做出的惡行，感到遺憾。」

我一點也不遺憾。

卡特探員做完筆記，闔上檔案夾。接著湊向前說：「談談俄國的飛彈吧。」烏多隨即知道自己的罪已經被赦免了。神父錯了，他根本不需要天主垂憐。

化名喬治·梅克倫的烏多·葛拉夫，未久便成為美國政府的私雇間諜。他有了自己的一棟連排屋、自己的電話號碼，車庫裡有車，後院有烤肉架。幾年過去，冷戰加劇，他在實驗室的飛彈研發部門工作。但他在政府眼中最大的價值，是在實驗室外搜集共產黨人的相關情報。他的祖國德國現在一分為二，一半效忠西方，一半聽從蘇聯。當局希望烏多能透過舊識搜集情資。他們安排他監聽裝在德國的竊聽裝置，解讀攔截到的訊息。猜疑的氣氛瀰漫濃重，烏多交出去的情報很多都可以自行捏造，沒有人能證實是真是假。有時候，那些躲在暗處的敵人都是他杜撰的，憑的全是他的想像。

整個一九五〇年代，這已足夠讓他拿到薪酬。烏多的英語大幅進步。他融入了美國生活。他在前院除草。他參加耶誕派對。某一次員工旅遊，他還去了遊樂園，和同事一起搭乘雲霄飛車。

他認識一個名叫帕美拉的女人，她在實驗室負責接聽電話。她個子嬌小，長相甜美，留著一頭波浪金髮，愛打扮，抽濾嘴香菸。她第一次做漢堡給烏多的那個晚上，他就認定她會是自己隱身美國的絕佳掩護。烏多已經放棄找個理想的德國妻子成家的夢想。他現在的策略需要一個夥伴。帕美拉有美國大眾的習慣——她看連續劇、嚼口香糖，而且似乎醉心於烏多的職銜，特別是他的薪水。他求婚的當下，她第一個問的是她能不能有自己的一台車。烏多一說可以，她就馬上答應。

他們在教堂成婚。他們與朋友打網球。他們經常做愛。但對烏多來說，這女人只是個同伴，別無其他。美國人在他看來缺乏紀律。他們吃太多甜食，看太多電視。他們的國家赴越南打仗，他們卻上街抗議，甚至焚燒自己的國旗！

對國家這麼不忠誠，令烏多感到嫌惡，但也讓他覺得只要敵人對了，這個所謂偉大的國度並非擊敗不了。

他們給了他希望。

令他擔心的是報紙上的一則報導

維也納有個從集中營生還的猶太人，成立了一個機構，專門揭發過去的納粹。這個猶太瘋子向多國政府發出名單，其中有些人也真的因此受審。

烏多不曉得有多少人知道他在美國。他不太相信有誰會飄洋過海來找他。但一九六〇年，孤狼的主腦之一，那個叫阿道夫．艾希曼的男人，就在阿根廷被抓到，遭下藥迷昏後，被帶回以色列，經判決有罪以絞刑處決。烏多明白自己並不安全。他們都不安全。他必須阻止這個維也納的猶太人。

為此，他不只需要假身分。

他還需要權力。

∞

機會來得很快。

跟烏多合作多年的班．卡特探員，於一九五六年離開當局進入政界，先在馬里蘭州的州級選舉勝出，然後一場選舉接著一場，最終在一九六四年競選參議員的席次。

烏多和卡特一直保持聯繫。烏多認為有個民選官員當靠山是件好事，兩個男人喜歡一起在某間特定的酒吧喝白蘭地，省得聽老婆嘮叨。這些年間，卡特坦承對納粹黨有些欽慕，包括他們嚴謹的組織、對理念的奉獻、他們純淨的血統。

「別誤會我的意思。」有一天深夜，他對烏多說：「隨隨便便用毒氣殺人當然不行。但一個國家有權處置不良分子，不是嗎？」

烏多迎合卡特，三不五時恭維他。他心知早晚有一天用得上這個人。

卡特競選參議員時，他的機會來了。他和烏多一天晚上在酒吧碰面。卡特心情煩亂，喝得很凶。經過一番刺探，他向烏多表明自己這次競選危在旦夕，「看來大勢已去」，全因為一個女人，卡特說自己「早知道就不該招惹她」。她多年來走私鑽石進入美國變賣，利潤豐厚。卡特利用官職為她取得偽造的文書，條件是五五分帳。但現在他因為要競選國家官員，向她表示該停手了，風險太高。那女人很生氣，撂下話要揭穿他。

「我的對手一旦得知此事，」卡特哀聲抱怨：「我就玩完了。」

他把臉埋進雙手。烏多灌了一口酒，然後重重放下酒杯。卡特的軟弱令他看不下去。就為了一個女人？

「給我她的名字。」烏多說。

「什麼？」

「她的姓名和住址。」

「間諜解決不了這事。」

「不，」烏多說：「比那更簡單。」

一星期後，烏多經過多次跟蹤，得知那個女人晚上會固定散步經過住家附近的橋，他把車停在橋上，拿出千斤頂，假裝在換輪胎。

不久那女人出現了，獨自一人，烏多半跪在地上向她點頭問好。

「不好意思擋了妳的路。」他說。

「車壞了？」她說。

「爆胎。」

他左右張望，確定周圍沒人。

「方便幫我個忙嗎？能不能替我拿著這個一下子？」

「好，小事。」

他起身遞給她一柄扳手，她才剛接過去，他便從外套掏出左輪手槍朝她的前額開了一槍，槍上裝了消音器，子彈只發出一聲輕柔的清響。過了片刻，他把屍體扔下橋，聽見她撲通一聲落進橋下湍急的河水。他把扳手和千斤頂收回後車廂，上車開走，前往事先安排好的報廢場棄車，車子隔天午前就會被壓個粉碎。

卡特以大幅領先的票數勝選。名叫喬治·梅克倫的這個男人獲得永久的幕僚職位。烏多·克拉夫替自己斟了一杯酒，很高興這麼容易又找回殺人的感覺。現在，他離真正的權力又近了一步，擁有這樣的權力，他就能除掉維也納那個猶太人，見到納粹的夢想復甦。

眾人羨慕的怪人

我必須承認我對這個世界有一件事很不解。既然人們常大聲公開表示重視真相，又為什麼總是為騙子著迷呢？

幾世紀以來，你們的文學經常以此當作主題。莫里哀的《偽君子》，主人翁從一開始就是個騙子。《大亨小傳》的主角也是一樣。

你們當代的電影宣揚偽裝和欺騙，例如《彗星美人》，例如《教父》。也許尼可正是因此而受到電影吸引。無一物為真實，凡事盡可假裝。

他還和卡塔琳同住的時候，有一天下午，尼可問她為什麼選擇當演員。

「因為我可以消失。」她說：「我可以隱身於別人身後。我可以流他們的眼淚，咒罵他們的髒話，愛他們的愛人，但演出結束後，這些都不會沾上我。

「我可以體驗人生，卻不用承受痛苦。」

免受痛苦的體驗。這個概念強烈吸引尼可。到了加州以後，他立刻打聽起怎麼進入電影產業。有人告訴他，最快的途徑就是接臨時演員的差事。這是進到片場觀察拍攝流程最簡單的方法。

那一陣子很多電影以戰爭為主題。尼可受雇為一部電影的劇組拍攝一天，擔任一幕戰場戲的背景士兵。他全身裝扮完畢後，不巧一名演員被一片鐵板絆倒，劃傷了小腿，於是送往醫院治療。

「你！」有人對著尼可大喊：「金髮小子！你來念一句台詞行嗎？」

尼可在片場一個字從來也沒說過，但他立刻回答：「好，當然可以。」他們要他跑向一具倒臥的屍體，把人翻過來，抬頭對著鏡頭大喊：「他死了！」然後就等導演喊卡。

他們演練了一遍，尼可翻起另一名演員扮的遺體，對方閉著眼睛。沒多久導演大喊：「布景就位！」那名演員睜開眼睛問：「嘿，另外那傢伙人呢？」

「他受傷了。」尼可回答。

「哦，真可惜。那傢伙人不錯。」

「嗯。」

「我是查理．尼科。」

「我是……瑞奇。」

「瑞奇，姓什麼？」

「瑞奇．詹姆斯。」

他現場編了個名字。

「所以說，瑞奇，你參演過很多電影嗎？」

「對呀。」

「有哪些？」

「很多。嘿，我們該為這幕戲做準備了吧？」

「有什麼好準備的？我躺在這裡，你發現我。至少你有一句台詞。」

「好吧。」他捏了捏長褲下的大腿。「這身制服好僵硬。」

「沒比真正的糟。」

「好像是。」

「瑞奇？」

「是？」

對方瞇起眼睛。

「你服過吧？」

「服過？」

「服役。」

「噢，這個。對啊，我參與過戰爭。」

「我也是。南太平洋。瓜達康納爾島。這裡比那鬼地方好太多了，你說是吧？」

「是啊。」

「你派在哪裡？」

「歐洲。」

「歐洲哪裡？」

「很多地方。」

「哦，是嗎。」

「是啊？」

「瑞奇？」

「啊？」

那男的吸了吸鼻子。「你殺過人嗎？」

尼可眨了眨眼。他瞬間想起火車站月台。人潮在他周圍湧動，他日復一日穿梭在人群裡，對他們說著謊言。

「只有納粹。」他說。

「納粹？」

尼可別過頭。「對，納粹。我殺了他們很多人。」

「哇，瑞奇。」他朝其他坐在泥地裡的演員大喊：「嘿，大夥兒聽見了嗎！我們這裡有個真真切切的戰爭英雄！殺了一大票納粹！」

其他人只是聳聳肩，兩、三個人鼓了鼓掌。

「全體就緒了嗎？」導演吼著。

他們拍了那一幕戲。尼可喊出：「他死了！」導演滿意後，便繼續拍下一個場景。有個人走向尼可，告訴他拍攝結束去哪裡領一句台詞的錢。

「謝謝。」尼可低聲咕噥。等到眾人一哄而散，他立刻直直走向停車場，搭上巴士，再也不曾回到電影片場。

尼可改而投資電影，獲得事業成就

他在游泳池會館遇到一名年輕導演羅伯特・莫里斯。羅伯特有個構想，他想拍一部關於所羅門王的電影，正愁沒有資金拍攝，尼可聽了之後說：「錢的方面，我能幫你。」

他們一起去了電影製片公司，在一名願意分攤風險的合夥人鼓勵下，投資了這個製作企畫。電影後來非常賣座，為尼可賺回好幾倍利潤。他很快在製片公司有了自己的辦公室，負責聆聽電影提案，決定哪一部值得投資。他愈是成功，製片公司也愈有錢。業界同事對他判斷大眾想法的能力大感欽佩，但在我看來並不意外。厲害的騙子都知道人們想聽什麼，又怎會不知道他們想看什麼？

尼可的影響力與日俱增。人們交頭接耳，議論他發達的速度。許多人吵著想見他。他用的是奈森・吉帝利這個名字，寫著名字的畢業文憑就掛在他的辦公室牆上。他要大家叫他的暱稱奈特就行。

一九五〇年代過去，電影愈來愈流行，情節也愈來愈複雜，拍攝愈來愈昂貴。尼可對製片公司也更具價值。他的薪水優渥，獲准按自己的時間表上下班，他因此常常一連幾天都不見蹤影。

從表面來看，這似乎是令人稱羨的生活。工作高薪，產業亮麗。在電影製片廠擁有一間私人辦公室，對許多人來說，簡直是美夢成真。

但白天所說的謊言，使人在夜晚感到寂寞。鬼影縈繞尼可的睡夢。對戰爭的記憶很少有哪個晚上放過他，不把他嚇得喘著氣驚醒。他會看見納粹把人射死，屍體就栽進多瑙河裡。他會看見奧許維茲的營區大門。他會看見死屍堆疊在土裡。但最常發生的是，他會看見數以千計的猶太人同胞在車站月台聽信他的謊言，看見他們瘦削的臉孔、信任的眼神，還有在聽到尼可安慰不會有事後，他們乖乖聽話走進車廂、走向宿命的樣子。

他父母的幽影有時也會進到夢中，每一次都問著同一句話：「為什麼？」每當這種時候，尼可會焦躁到不得不離開住處，在周圍街區走上幾個鐘頭，直到呼吸平緩，緊張的神經鬆弛下來。

也因此，他很少早上去上班。他愈來愈依賴安眠藥，有時甚至下午三點還沒現身。他總是有理由搪塞。車子拋錨。約了看醫生。因為他的才能寶貴，製片公司也縱容他的藉口。

到後來，尼可只在晚上開會。他的辦公室照明早晚維持昏暗，唯恐訪客看出他臉上的焦慮或吃藥產生的副作用。他的古怪作風在公司內部逐漸傳開，不過在電影產業，成功的男人行徑愈是怪異，他的同事愈是讚許他的離經叛道。過沒多久，製片公司的其他人也開始在晚間開會。

一九六〇年夏天，製片公司投資製作一部高成本的動作電影，是西部片，經過尼可的核准。為了多加宣傳，製片公司老闆羅伯特．楊接受大報採訪，透露他對怪人奈特．吉帝利的瞭解，後來才知道記者真正感興趣的也是這個怪人。該名記者開始挖掘吉帝利先生的來歷。他聯絡倫敦政經學院，發現從來沒有叫這個名字的學生。記者把這項資訊告知製片公司的老闆，隔天晚上，老闆在尼可下班前攔下他。

「奈特，我得問你一件事。」他說：「你牆上掛著畢業證書。但你真的讀過那所學校嗎？」

尼可霎時感到皮膚發麻。這是他來到美國後，第一次有人質疑他的謊言。他思緒飛馳。**他們怎麼發現的**？**他們還知道什麼**？他想到自己在英國上過的課，化名湯瑪斯．戈格爾的他成績是多麼出色。**他真的讀過那所學校嗎**？**他當然讀過**。

「沒有，我沒讀過。」他說：「很抱歉。我以為這樣在人前才抬得起頭。」

老闆聳聳肩，吐了一口長氣。「這樣嗎？我是無所謂。或許我不該接受那名記者的採訪。這件事我們會善後。」

「什麼意思？」

他拍拍尼可的手臂。「不用擔心。你繼續挑出賣座強片就是了。但往後別再說謊了，行吧？」

尼可目送他離開。他等了幾天，等著報導見報，但始終沒看到。西部片推出後大獲成功，尼可拿到分紅。三個月後，他從製片公司辭退，自己開了一家公司，他的辦公室有後門直接通往停車處，沒人會看到他進出。

心，與心之所嚮

且讓我在這裡說一說「愛」這件事。你可能會問，真實對愛又懂什麼？可是，人類選擇用哪個字描述愛最純粹的形式呢？

「真愛。」

所以聽我說完吧。

真愛究竟代表什麼，你們為此爭論了幾百年。有人說，真愛是你珍視他人的幸福更勝於自己的幸福。也有人說，真愛是你無法想像這個世界沒了你的伴侶。

對我來說，真愛很容易說明。真愛是你不必對自己說謊的愛。

芬妮如果誠實坦白，她從來沒真正愛過塞巴斯汀。她奔向他是為了有個避風港。她擁抱他是因為總算卸下重擔。他們在薩洛尼卡的白塔下找到彼此時，兩人都活著，但他們不確定是因為什麼。婚姻讓他們的生還多了一層意義。

但湊成這場婚姻的是悲劇，出席婚禮的是死亡。他們對彼此的愛，不及他們對身邊已逝亡魂的愛。隨著年歲過去，這些亡魂在兩人耳邊低語，但芬妮聽見的和塞巴斯汀聽見的並不相同。她聽見的只有她爸爸說：「好好活下去。」他聽見的卻是在集中營內遇害的祖孫三代，在他腦中厲吼：「為我們報仇！」

所以，塞巴斯汀不顧妻子反對，舉家搬到了維也納，方便他替納粹獵人效力。

而芬妮永遠原諒不了他。

她厭惡到維也納生活。她厭惡那些回憶，厭惡寒冷。她拒學德語，也從不登山或學習滑雪。她把一門心思全放在教養譚亞，一待女兒放學就時時刻刻守著她，提醒她莫忘猶太人的根本。譚亞逐漸長成害羞但聰明的少女，閱讀量龐大，而且像她母親一樣，對自己的美貌幾乎渾然不覺。她常常問他們什麼時候才能回希臘，希臘比較溫暖，而且可以到海邊游泳。

塞巴斯汀找了一份夜班的保全警衛工作，白天有幾個小時的空閒，能協助納粹獵人審閱名單、打電話、寫信、追蹤情報。機構裡有一小群同樣熱心投入的員工，多數是集中營的生還者。他們一起抽菸、喝咖啡，把在逃納粹的相片貼在牆上，但凡有人被捕或驅逐出境，大夥就開心慶祝。塞巴斯汀與這些人共事，經常沒回家和妻女一起吃晚餐，回到家也老想講他們目前的進展，但芬妮不准他講。

「不要在譚亞面前說。」她說。

「我們的女兒有必要知道她的家族經歷過的事。她有必要知道自己為什麼沒有爺爺、奶奶，也沒有堂兄弟姊妹！」

「為什麼？要讓她也愁眉苦臉嗎？你為什麼就是不能放下？你為什麼非要滿嘴納粹、納粹？為什麼非得一直重溫過去？」

「為了我失去的每個人。」

「那你眼前**擁有**的人呢？」

同樣的爭執以不同的形式反覆上演，每個月至少一次。他認為這是活下去的動力，她覺得這只是在摧毀他們。兩人各自都會告訴你，他們不想為這件事爭吵，但久而久之，爭吵已成為他們唯一共通的地方。

塞巴斯汀在機構內步步高升的同時，也開始赴外國城市出差。希望對當地政府施壓，追捕仍在該處生活的前納粹親衛隊軍官。他滿腦子都是烏多・葛拉夫，還有尼可；前者他跟芬妮說過，後者他沒說。這兩人的罪行雖然不能相提並論，但在他看來，兩人都是罪犯。他希望兩人都受到懲罰。

塞巴斯汀愈常為這些事出差在外，離芬妮的心也就愈遠。直到有一天，他的火車延誤，他錯過女兒的中學畢業典禮，芬妮的心中徹底不再有他。

當譚亞在學校禮堂哭出聲來，芬妮捏著女兒的手，告訴她這件事在所難免，不要傷心，不要氣惱。她帶女兒去吃冰淇淋，晚上吻她道晚安。等塞巴斯汀終於趕回家，已經過了午夜，芬妮沒有發火，也沒有抱怨。她幾乎沒說什麼。愛的真相就是當愛已逝，你不會怕自己不夠在乎。你根本一點也不在乎了。

幾年後，譚亞離家去以色列上大學，芬妮便攤開一口提箱，收拾她的衣服，跟塞巴斯汀說她要自己去旅行。那一天是星期六，是安息日，嚴守教義的猶太人不會在這一天出遊。芬妮不在乎。她看著丈夫站在門邊，雙手抱胸，眉頭深鎖，她扣上大衣外套，提起行李。

「妳什麼時候回來？」他說。

「我會再打電話告訴你。」她說。

可是她知道自己不會再回來了。因為真愛撒不了謊，他的心底深處也知道她不會回來。

芬妮的第一站是匈牙利

將近二十年來，她一直想著吉澤菈不知道怎麼樣了，吉澤菈在戰爭中曾經對她釋出那麼大的善意。箭十字黨抓走芬妮的那一天，是她最後一次見到這個可憐的女人。當時士兵說她會因為賣國而送死，但芬妮必須弄個清楚。她想到那串有毒的念珠。她祈禱吉澤菈後來不需要用上。

她從維也納出發前往布達佩斯，再轉乘三班火車，才抵達吉澤菈從前住的山村。芬妮徒步走了整整將近一天，才認出從前的路。景物好多都變了。房屋，街燈。吉澤菈的住處已經換成一棟比較大的現代房屋，要不是屋後山坡上的雞舍依舊守在原處，芬妮差一點就略過。

她提著行李箱走上小徑，不由得心跳加速。她還記得自己被白髮婦人發現的那一天，以及被衛兵拖走的那個早晨。

她敲了敲門。一個矮胖的中年護士前來應門。

「妳好。」芬妮努力回想她會的匈牙利語。「我在找……我以前認識……有個女人以前住在這裡。名叫吉澤菈？」

護士點頭。

「妳知不知道……就是……她還活著嗎？」

「當然。」護士回答。

芬妮彎下腰，重重吐了口氣。「天啊，謝天謝地。感謝上帝。妳知道去哪裡能找到她嗎？」

護士一臉困惑。她向後拉開門，芬妮瞥見一個坐輪椅的女人坐在爐火旁。眼罩遮住她的右眼，她右側的臉也耷拉下垂。但一看到芬妮，她發出一聲細而長的尖叫，芬妮也跑向她，撲倒在她腳邊，在她腿上嗚咽哭了起來，只說得出：「對不起，對不起，對不起。」

∞

箭十字黨把吉澤菈拖進偵訊室，她只要否認藏著的女孩是猶太人，他們就毆打她。連續三星期，他們苛扣食物和飲水，也不給醫療照顧，想要逼她招供。後來是吉澤菈所屬教會的一位年長神父到門外偷偷付了一筆錢，她才獲釋。

毒打導致她一眼失明，走路也得拄拐杖。多年過後，她的髖關節退化，現在需要輪椅才能活動。芬妮不知道歉了多少遍，吉澤菈最後要她不許再說「對不起」這三個字。她強調是戰爭造成受害者無數，單單活著已經值得慶幸。

重逢的第一晚，芬妮幫忙護士做飯。見到芬妮端來一碗湯，吉澤菈微笑著說：「記得我當初也端湯給妳嗎？」

「我永遠忘不了。」

「看看現在的妳。這樣的臉蛋，這樣的秀髮。還有妳的體態！咱們芬妮原來是個大美人。」

芬妮一下子紅了臉。她很久沒覺得自己漂亮了。

「吉澤菈，我沒有一天不想到妳。」

「我也每天為妳祈禱。」

「發生這麼多事，」芬妮說：「這麼多可怕的事……」

「想說給我聽一聽嗎？」

「我也不知道該從哪裡說起才好。我差點死在多瑙河畔。之後是長途行軍，我們被迫在雪中一直走。有個小男孩……」

說到這裡，她一陣哽咽。她覺得她哪有資格傾訴這些痛苦，眼前坐著輪椅的吉澤菈自己也受了這麼多煎熬。

「不管妳經歷了什麼，」吉澤菈說：「妳仍活著是有原因的。」

「什麼原因？」

「等時候到了，上主就會向妳揭曉。」

芬妮咬著下唇。

「妳當初為什麼對我這麼好？」

「親愛的，很多年前我就說過了。妳被派來填補我心中的洞。瞧瞧現在，妳又做到了一次。」

芬妮揚起嘴角，眼淚同時滾落臉頰。

「喝湯。」她柔聲說。

吉澤菈拿起湯匙啜了一口。

「真好。」

「湯嗎？」

吉澤菈握起芬妮的手。

「此刻。」她說。

∞

好了，為了故事能向前推展，我不會詳述芬妮和吉澤菈重聚的這兩個星期間所有的喜悅，不過這些天對她倆來說，都是多年來最滿足的時光。我要說說她們無意間聊起的一段話，這段對話無可避免地改變了我們故事的走向。

芬妮當時正在廚房裡做餃子。憑著她和吉澤菈多年前一起做過的印象，她把酵母麵粉和凝乳起司擀在一塊兒。

「妳什麼時候蓋了這間新房子？」芬妮問。

「噢，很久了。」吉澤菈說。

「住起來很舒適。」

「多謝誇獎。」

「妳為什麼還留著雞舍？」

吉澤菈笑了笑。「想著妳會回來找我呀。」

「是嗎？真的派上了用場。」芬妮說著笑了。「老實說，要不是雞舍還在，我可能會直接錯過這裡。」

她端著一盤餃子到桌旁坐下來，放低了聲音。

「方便問嗎……妳怎麼負擔得起蓋這麼漂亮的房子？畢竟，經過……」

「他們對我做的事？」

芬妮蹙起眉頭。「對。」

「親愛的，我以為妳知道。」

「知道什麼？」

「那男孩。」

「哪個男孩。」

「紅頭髮的男孩呀。」

「什麼？他是誰？」

「他從來沒透露名字，但戰後幾年，他開始固定來訪。每次都會帶一袋錢。他說是給我的，要我別問為什麼。

「第二年他也來了，再隔一年也有來。他現在是個大人了，但每一年他都會過來，總是在同一天，八月十日。把錢袋交給我就走。」

「等等，我不懂。」芬妮說：「所以是誰送來這些錢的？」

吉澤菈睜大了雙眼。

「我一直以為是妳。」

吉澤菈提到的日期至關重要

你可能還記得。芬妮記得。幾星期後，她走出布達佩斯的火車站，仍然想著這件事。八月十日。

她搭上火車離開薩洛尼卡的那一天。

芬妮永遠忘不了那個早上。車站月台。困惑的人們。尼可。她被推進運牲畜的車廂，光線消失，空氣蒸發，火車出發時劇烈搖晃。那是她人生的轉捩點。

但這怎麼會牽扯上吉澤菈？

為什麼會有錢送到匈牙利給她——而且偏偏選定這一天？只是巧合嗎？還是政府對她的賠償？不對，這說不通。為什麼是一個紅髮男孩送錢來？

芬妮努力回想自己跟誰說過吉澤菈的事。只有塞巴斯汀。他會和這件事有關嗎？

芬妮在車站電話亭請接線員撥到他們在維也納的公寓。她等了很久，沒有人接。她猶豫了一會兒，接著把塞巴斯汀在調查機構的電話告訴接線員。有人接起電話，說他人在。

「喂？」

他的聲音聽起來單薄又遙遠。

「塞巴斯汀，是我。」

「妳在哪裡？」

「布達佩斯。」

「為什麼？」

「你知道吉澤菈的事嗎？」

「誰？」

「吉澤菈。」

「那是誰？」

「我跳車後找到我的女人。」

沉默半晌。

「妳就是去見她？」

「對，我找到她了。她還活著。我鬆了一大口氣。重點是，塞巴斯汀，她說一直有人送錢給她。年年都有。一大筆錢。」

「哪裡送去的？」

「我不知道。我正想問你跟這件事有沒有關係？」

「我？」

聽到他嗤笑中透露的嘲諷，芬妮立刻明白不會是他。

「算了沒事。」她說：「只是個傻念頭。」

「抱歉。」

「那就這樣。」

「等一下。」

「什麼事？」

「芬妮？」

「怎麼？」

「妳很快會回家嗎？」

她按著心口。

「我還要再旅行一陣子。」

一段長長的沉默。

「我以為妳打來是要告訴我，妳找到我弟弟了。」

「你為什麼會這樣想？」

「不知道，當我沒說。」

「再見，塞巴斯汀。」

「妳還會再打來嗎？」

「會，我會的。」

「什麼時候？」

她搓了搓額頭。「我會再打給你。」

她掛上電話。

∞

當天下午，芬妮回過神時，發現自己走在多瑙河畔。夏日涼風強勁，吹開她肩頭烏黑的鬈髮。她一直擔心來到這裡可能會勾動痛苦的回憶，但在敞亮的天光下，又經過了二十年，周圍沒有半點熟悉的感覺。只有雄渾的河流切穿這座城市，經過歐陸，流入黑海。

芬妮望向布達佩斯宏偉的國會大廈，哥德式建築立面的正中央是個巨大圓頂。她放眼眺望沿河的一座座教堂。不知道二十年前，這些建築物裡的人都在做些什麼，當猶太人在夜裡遭受槍決、被推入河中的時候。

長久以來，她禁止自己去想那件事的許多細節。這無非是她的作法。塞巴斯汀苦苦糾結於每一個記憶片段，芬妮則是在腦中築起一道牆，保護自己不受黑暗記憶的侵擾。這一天下午，她很可能繼續待在牆安全的這一側，只是正好她在陽光高掛的中午，選擇在多瑙河畔的一張長椅上坐下來。

沒過多久，一名老人踽踽走來，懷中揣著一本經書。他走到河岸邊，開始前後搖晃。芬妮聽出他的禱詞，他用的是希伯來語。

禱告過後，老人掏出手帕擦了擦臉，從她面前經過。

「您哀悼的是誰？」芬妮問。

老人停下腳步，詫異不已。

「妳聽出是卡迪什禱詞？」

她點點頭。

「是我的女兒。」老人說。

「她什麼時候去世的？」

「二十三年前。他們在這裡殺了她。」他望向奔騰的河水。「連一座墳墓也沒有，只有流水。」

「我很遺憾。」

老人端詳她的臉。

「妳不是匈牙利人吧？妳的口音不像。」

「希臘人。但我曾經在這裡。這條河邊。夜裡，雙手被反綁。」

她別開視線。「我只是比您的女兒幸運。」

老人看著她，淚水濡濕了眼眶。他坐下來，輕拍芬妮的肩膀。他看見她也在哭。

「天可憐見。」老人用希伯來語輕聲說了這句話。「我從沒遇到活下來的人。告訴我，是誰救了妳？」

「我不知道。」芬妮不假思索地說：「過了這些年，我還是不知道。我聽說是位女演員，但我從來沒見到她。天色很黑，我們被帶到一間地下室，在那裡待了幾個星期。」

老人向後靠，像是聽見了震驚之事。

「卡塔琳．卡拉迪。」他低聲呢喃。

「誰？」

「那位女演員。我只聽過傳言。」

「您知道她？」

「每個匈牙利人都知道她。她非常受歡迎。後來她挺身反對政府，他們就毀了她。毒打她，重毆她漂亮的臉蛋，我聽說還打斷了她的下巴。

「民間流傳著許多故事，都是傳聞，說她拿珠寶與箭十字黨交換，救下許多猶太兒童。

而妳現在告訴我這是真的？妳真的是其中一個？」

「是的！」芬妮說：「她現在人在哪裡？求您了！我必須找到她！」

老人搖搖頭。「他們很久之前就把她逐出匈牙利。他們毀了她的名聲。她在這裡已經沒有出路。

「我好像在哪裡看過，說她現居紐約市，沒記錯的話，在那裡開了間店。好像是一間帽子店。」

芬妮喪氣地垂下頭。**紐約市**？她哭了起來。

「怎麼了？」老人問。

「沒事。我只是……很希望找到她。我想當面謝謝她。而且我必須向她打聽一個人，我認識的一個男孩，那天晚上我看到他了。我猜他替她工作。」

她抬頭看向老人的臉。「我覺得是他救了我。」

風勢強勁。老人用手帕按了按眼角。

「《塔木德經》有一段關於救人的話，妳聽過嗎？」

芬妮點頭。「救人一命，如同拯救世間。」

「沒錯。」他交握雙手。「妳幾歲了？」

「三十八歲。」

「我女兒的年紀。」他露出悲戚的笑容。「要是她還活著。」

「對不起。這些話您聽了一定很難受。」

「不，不會的，親愛的。妳帶給我的喜悅超乎妳的想像。妳活下來了。妳擊敗了他們。一條生命獲救，如同世間與妳一同獲救。」

老人伸手按住她的手。「妳有孩子嗎？」

「有一個女兒。」

「這是最好的復仇。」他咧嘴笑說。

老人看向河水，又抬頭望向太陽，接著收起手帕，從長椅上起身。

「妳能不能陪我去一趟我的辦公室？」他問：「離這裡不遠。」

「為什麼？」芬妮問。

「我想幫妳找到妳在找的人。」

∞

芬妮去了老人的辦公室，位在一間地毯工廠的二樓。他向自己的幾位員工介紹她，並給她看了女兒小時候的照片。芬妮臨走前，老人走向衣櫥打開保險箱，在一個信封裡裝進足夠買飛往紐約機票的錢。我說過，這個故事有許多偶然幸運的轉折，現在肯定是其中之一。

芬妮起初婉拒他的好意，但老人笑著堅持要她收下，說他存著這些錢，為的就是這樣的時刻。做這件事，讓他覺得是在幫助自己的孩子，而他的女兒死時還沒來得及實現夢想。

芬妮走之前擁抱這位老人，他在她耳邊念誦一段祝福。最後又輕聲補上令她渾身打哆嗦的一句話：「把這裡發生的事告訴世人。」

她在恍惚間離開了那棟樓房。三個星期後，她走在紐約市街上，手中捏著一張紙條，尋找一個地址。

The Little Liar

5

她笑了，她說謊

《聖經》裡有一段關於亞伯拉罕與撒拉的故事。兩人都高齡九十以後，有一天，三名陌生人來訪，他們其實是上帝所派的天使。撒拉在帳篷內做飯，而帳外，天使之一為亞伯拉罕捎上令人驚愕的消息。

「明年約當此時，我還會回來看望你們。」天使說：「你的妻子將有個兒子。」

撒拉在帳篷內聽見不禁失笑，自言自語道：「我已經人老珠黃，丈夫也年事已高——我還能有這樣的喜幸？」

當然，在全能的上帝之下，自言自語從來不會只有自己聽到。天使立刻問亞伯拉罕：「撒拉剛才為什麼笑？她為什麼問：『我真的還能有孩子嗎？』上帝選擇做的事，豈有做不到的嗎？」

亞伯拉罕喚妻子出來。她受到質問，心生恐懼便說了謊。

「我沒有笑。」撒拉說。

「妳笑了。」天使回答。

好了。從這段軼事，你可能會推論出上帝不允許欺騙，哪怕是再小的謊。

話說回來，天使向亞伯拉罕重述撒拉說的話時，你應該發現天使略去亞伯拉罕年事已高這一部分，直接跳過這段話，沒有羞辱這名丈夫並在夫妻之間種下嫌隙。所以你可能會推論，天使也會說謊。

我對這個故事卻有不同的看法。為了維持和諧，有些事你即使知道真確無誤，也可能不會說出口。嚴格說來，這是隱瞞的行為，但也是愛的舉動。隱瞞與愛之間的關聯，比你所想的更多。

我們很快就會看到。

來自過去的明信片

芬妮走進位於東二十三街的這間店。掛鉤上、層架上、模特人偶的頭上，帽子擺滿每一個角落。店裡沒有其他客人。小擴音喇叭播送著輕柔的古典樂。

「午安。」人聲傳來，是帶有口音的英語。

芬妮看見一名中年女子從店鋪後方走出來。就是她，那位女演員。絕對是。她看上去有五十多歲了，但保有一種懾人的美豔。她的臉上畫了濃妝，深藍色的眼影，葡萄酒紅色的唇膏。烏黑的秀髮高高梳成時下流行的髮型。

「幸會。」芬妮用匈牙利語說。

女人的目光直直射向芬妮的眼睛，洞穿似的令她打了個哆嗦。

「妳是什麼人？」

「求求妳，我有些事必須請教妳。」

「妳要買帽子嗎？」

「不。」

「那恕我幫不了忙。」

女人轉身就要走回裡間。

「等等！」芬妮衝口而出：「一九四四年在多瑙河畔，有一群猶太人即將被處決。他們說妳在那裡。還有一個男孩，裝扮像德國軍官。拜託。妳知道他是誰嗎？」

女人緩緩轉身。

「妳跟誰一夥的？」

「我沒跟誰一夥。」

「我問妳**跟誰一夥**？」

芬妮搖頭，覺得一陣暈眩，趕緊抓住檯子穩住自己。

「沒有。我沒有跟誰一夥。我沒……我誰都沒了。」

女人沉默看著她。見芬妮哭了起來，她把雙手在胸前交叉。

「妳說的男孩叫什麼名字？」

「尼可。他叫尼可。」

「我沒聽過這個名字。」

「他是希臘人。」

女人搖頭。

「抱歉，我不知道是誰。」

「我能坐下嗎？我覺得不太舒服。」

女演員比了比鏡子旁的一張椅子。芬妮坐下後，女人在她身後踱步。兩人的身影填滿整面鏡子。

「一九四四年，妳幾歲？」女演員問。

「十四歲。」

「妳在多瑙河邊做什麼？」

「我和其他人被綁在一起，即將被箭十字黨處決。有人救了我們。有人不惜冒著危險，但我也因此活下來。」

她揩了揩眼睛。「不只是活下來。因為獲救，我才能長大，才能結婚，才能生下我的孩子，給她我沒能擁有的一切。」

女人沒有說話，但芬妮看到她的下唇顫抖起來。

「是妳，對嗎？救我的就是妳。」

芬妮抓起她的手。

「是**妳**。」

「不是我。」女人抽開手回答：「是我的錢。凡事都有代價。你付出代價讓某人挽回一命，你也要為挽回他人性命付出代價。」

她撫著下巴。

「我聽說他們對妳很殘酷。」芬妮說。

「比不上他們對其他人的殘酷。」

「當天晚上不是只有我，我們至少有二十人。」

「二十三人。」女人柔聲說。

她走到櫃台後方，打開桌底下的小保險箱一陣翻找，然後抽出一紙信封。裡頭是一張紙，她攤開來放在芬妮面前。

紙張很舊，邊角泛黃，但手寫的字跡依然清晰。紙上寫著一串名單和出生日期。總共二十三人。

「裡面有妳嗎？」女人問。

芬妮逐行掃視，看到第十九號時倒抽了一口氣，手指撫向那一行字。

芬妮．納米亞斯，一九三〇年二月二日

「那是妳？」

芬妮點頭。

「那我很抱歉方才對妳那麼冷淡。」女人伸手按住芬妮的肩膀。「我很高興妳仍然活著。」

「其他人呢？」芬妮說：「他們怎麼樣了？」

「年紀小的都活下來了。年紀較長的被安置在猶太貧民區。之後發生的事，我就不知道了。」

「我知道。」芬妮說。

女人坐下來。

「妳說。」

「他們押著我們徒步前往奧地利。沒日沒夜地一直走。天氣很冷，沒有食物，沒有飲水。我們睡在地上。行進中一停下來就會被射殺。死了很多人。女人、小孩。他們不在乎，任憑死者留在泥堆裡。」

女人嘆了口氣，指著那張紙。

「名單中有十四人目前還活著，算上妳就是十五人了。布達佩斯有個女人追蹤他們。有的人還留在匈牙利，有的人在以色列，也有人來到美國。他們有了丈夫，有了妻子，有了孩子。他們吃了非常多的苦，但聽說後來都獲得悉心的照顧，我真的鬆了一口氣。」

芬妮抬起頭。「什麼意思？」

「他們每一年都會收到錢。沒人知道是哪裡來的，從戰爭結束後一直持續至今。」

女演員察覺芬妮臉上的表情。

「妳也收到錢了？」

「不，但我認識的一個人收到了。每年都在同一天——」

「八月十日。」女人說。

「八月十日。」芬妮複誦。

女演員噘起嘴唇，拿起那張紙對折收回信封，之後看著芬妮良久。

「妳在這裡等著。」她說。

她走進裡間，過了一會兒才又走出來，手裡拿著一疊明信片，全用一條橡皮筋捆著。

她坐下來拆掉橡皮筋，在芬妮面前的桌子攤開所有明信片。全部起碼有二十來張，每一張都宣告一部新電影上映。

「我多年來一直收到這些。」女演員說：「沒有寫字，沒有簽名，就只有明信片。妳要找的那個男孩，是不是金色頭髮？笑起來很好看？」

芬妮立刻點頭。「對，對，沒錯！」

「如果是他，那是我見過最聰明的男孩，會說多種語言，人見人愛。他把我的一些珠寶和毛皮藏起來，不被納粹搜刮。要不是這樣，我也不會有財產可以跟箭十字黨交易。但他的名字不是……妳說他叫什麼？」

「尼可？」

「不。他的名字是艾利克・亞曼。至少在我認識他的時候。我有一次告訴他，他應該去演電影。」

她指向那些明信片。「我猜他真的去了。」

她把明信片整齊疊好，重新用橡皮筋捆起來，然後整疊交給芬妮。

「找到拍這些電影的人，」她說：「就能找到妳想找的那個男孩。」

維也納，一九七八年

故事來到這裡，你會發現我們的四名主角有三人來到了美國。第四人也會前往美國，目睹他以為再也不會見到的事物。為了說明這件事，我必須把時間快轉到一九七八年，芬妮找到卡塔琳．卡拉迪的十年後。

塞巴斯汀．克里斯佩已經成為納粹獵人手下的頭號幹部。他在機構全職工作，這些年間機構走了不少人員，雖然仍有幾位大金主的贊助，外界對戰爭犯的興趣與日消退，資金也愈來愈難湊。

塞巴斯汀一個人住在三房的公寓裡，他讓自己全心投入這項事業。他一早就進辦公室，一直待到天色暗去。有些時候，他深夜在辦公室裡啃著乳酪芥末三明治，會想到他僅有的也只有事業了。

他在床邊留著芬妮和譚亞的照片。家人不在身邊令他揪心，但他有時也好幾個星期沒和她們聯絡。他不知道能說什麼。每一次試圖解釋自己的想法，只是讓他愈來愈沮喪。向這些納粹惡魔討回公道，是他能想到的最高使命，也是他唯一覺得值得的事。他不明白她們為什麼沒有相同的感受。心底深處，他一方面為自己執著於受過的恐怖駭行感到鬱悶，但一方面，又對施暴者仍未付出代價，感到滿心憤怒。

到頭來，他把錯亂的人生怪到自己身上。不該是這樣的。他的心思不受他的掌控。即使結束許久，戰爭依然挾持著許多人。

∞

把塞巴斯汀帶往美國的是一則令人驚詫的新聞，新納粹黨計畫在伊利諾州的郊區小鎮斯科基發起遊行。在這座小鎮，有特別多來到美國安身立命的猶太大屠殺生還者，單單在斯科基就有近七千人。

所以納粹才鎖定這裡。他們計畫在遊行時穿上褐綠色軍服，揮舞旗幟、掛出卐字臂章，平舉右手行納粹敬禮。

塞巴斯汀讀到這條新聞，頓生反感。在美國？這怎麼可能！但邪惡的散播就像蒲公英種子被風吹越邊境，在忿恨的心靈扎根。

孤狼在一九三〇年代煽動追隨者之所以能夠奏效，不是因為德國人天生仇恨猶太人，而是因為凡是人類都容易仇恨他人，只要人們認定自己的不幸是他人所造成的。訣竅只在於說服眾人。

這並不難。只要找到自覺委屈，而且把自己悲慘的矛頭指向他人的一群人。原始的納粹黨把矛頭指向猶太人。而今崛起的新納粹黨，雖不具備孤狼對德意志的狂熱效忠，但他們高唱相同的種族淨化之歌，宣揚必須誅除不淨，以免值得活著的人的生活遭受破壞。仇恨是一首古老的旋律，咎責又更加古老。

塞巴斯汀說服納粹獵人，伊利諾州這起活動很可能是剷除前親衛隊軍官的好機會。他們之中說不定有人會參加？或是遠遠觀望？現場可以拍到照片，也可以搜集到情報。

獵人同意了。塞巴斯汀很快便啟程前往美國，公開的理由是打算觀察仇恨團體的興起，私下其實想藉機打探烏多・葛拉夫和尼可・克里斯佩的線索。

只有在搭上飛機的那一刻，他才向自己承認，他也希望見到芬妮。

烏多也注意到這起遊行

他住在華盛頓特區郊外，很清楚知道納粹主義正在萌發新芽。他為此深感驕傲，也燃起了希望。

從他沿著鼠道、自義大利逃亡阿根廷，再來到美國，至今過了三十多年。他的身分依然隱蔽得很好。因為替參議員暗中行了不少勾當，烏多一路升上「特別顧問」的職位，有自己的辦公室，坐領優渥的薪水。同時私底下繼續為美國情報機關效力；眼見反共戰爭白熱化，機關也替他升了職等。他負責竊聽電話，翻譯盜來的文件。他們有一次甚至派他去歐洲，聯繫他口中的情報人脈。

烏多本來希望能順道回家鄉看看，但他們說太危險了，可能有人還記得他。他很氣明明近在咫尺，卻不能踏進他深愛的德意志祖國，儘管德國此刻被一刀劃開，分成東德和西德，他兒時成長的柏林也被一堵高牆隔成兩半。不過，他還是很高興聽說德國境內也逐漸出現反彈聲浪，認為不應再為戰爭道歉。甚至有人反對在自己的城市興建大屠殺紀念碑。

「也夠了吧。」他們說：「過去就該放下。」

開頭都是這樣的。烏多告訴自己。**時間會過去，人們會遺忘，而我們就能再度崛起**。

∞

烏多現在年逾六十歲，但他每天堅持做晨操維持體態，從不間斷：每天兩小時，他天亮前起床，督促自己做完仰臥起坐、伏地挺身、舉重和慢跑。他拒吃垃圾食物——雖然他的美國妻子帕美拉在櫥櫃裡塞了滿滿的垃圾食物。他悉心照顧牙齒，仔細注意防曬，也把頭髮染棕，隱藏白髮。因此，每當望著鏡子，他看到的不是一個老人，而是一名懷舊的軍人，隨時接到號召就能復職。在他心目中，自己始終是名戰士，隱身在樹叢中待命。

烏多參與伊利諾州遊行的風險太大了。只是一座小鎮，又都是猶太人。他們之中有些人肯定待過奧許維茲集中營，難保不會有哪個人還記得他。他聽過有個躲藏在巴爾的摩的納粹同伴只是上超市購物，有個生還者正巧撞見他，當場就用意第緒語大喊：「Der Katsef！Der Katsef！」（「屠夫！屠夫！」）。那個女人把場面鬧開了，警察前來將男人逮捕，之後因為維也納那個老猶太人提供的文書資料，他的過去曝光，被引渡回德國受審，最後遭法庭判決有罪。

烏多可不想有此下場。他在筆記本中詳記其他親衛隊軍官犯的錯，也寫下避免的方法。但後來小鎮斯科基的遊行取消，改在芝加哥集會，他不禁又考慮起來。像那樣的大城市？他也許可以躲進人群，隱沒於圍觀群眾當中，看納粹再度崛起在這個國家是否已經時機成熟。他太懷念為信念獻身的感覺了。集會的吸引力難以抗拒。

他假意說要拜訪帕美拉的娘家，排定了前往芝加哥的行程。為了計策執行而撒個小謊，在烏多看來合情合理。飛往芝加哥的途中，他想像他將看見壯盛的軍容，年輕健壯的納粹青年齊步前進，沒有千人也有百人，個個衣裝筆挺，紀律嚴整，展現優越種族的力量，向全世界傳達訊息。

∞

他當天所見完全不是這麼一回事。週日上午他抵達公園時，現場已經圍有許多高喊口號的反納粹團體，也有年輕激進的黑人手舉標語。上百名警察頭戴鋼盔、揮著棍棒在周邊巡邏。留長髮的青少年群聚在旁抽菸找樂子。按照烏多的推算，現場至少聚集了幾千人，沒有一個是納粹。

終於，一黑一白兩輛廂型車駛入公園，一群男人四散下車，算算大概二十多人。他們身穿納粹軍服，但在烏多看來絲毫稱不上體格健壯、紀律嚴明，甚至連一點秩序條理也沒有。

周圍人群大喊：「納粹，滾回家！」他們在喊叫聲中，七手八腳爬上廂型車頂。但這些人想說的話大多被喧鬧淹沒。圍觀民眾朝他們扔擲雜物。警察開始把抗議者往後推，有些人被上了手銬逮捕。烏多看到有人捧腹大笑，有人顧著抽菸，有人進進出出看熱鬧。

這整個場景令他厭惡至極。這哪裡叫作動員，根本是馬戲團。一群莽夫玷辱他祖國的軍服，嘴裡喊的不是孤狼的種族優越原則，只是嚷嚷著要黑人搬出白人社區。**看看這些粗人**，烏多心想。為首的那人高喊：「我相信大屠殺沒發生過！」底下一名抗議者同時衝著他回嘴：「下地獄啦，馬汀！」

烏多身旁一名男子湊過來指著前面說：「你知道嗎？他爸就是猶太人。」

「什麼？」烏多說。

「車頂那個矮子，當頭的那個，他爸是猶太人。他到底上去幹什麼？」

烏多氣炸了。這是最大的侮辱。猶太人的兒子？穿著納粹軍服？他走向廂型車，擠開與嘶吼的黑人青年吵成一團的警察。他靠上前去，和那個假冒的矮子對上眼，甚至嘴型都已經擺出來要喊：「給我下來！你這丟臉的傢伙！」

但他沒有機會喊。他的憤怒被五個字打斷，他多少年沒聽到這五個字了，這串字來得出乎意料，他忍不住回頭去看是誰發出來的。

「烏多．葛拉夫！」

就在那裡，公園對面，站著一名高瘦的男子，神情近乎狂暴。烏多認得那張臉，比從前老了許多，不再是個青少年。是那個哥哥。塞巴斯汀。**但我明明射殺他了！他怎麼還活著！**

「烏多．葛拉夫！」

烏多兩手插進口袋，迅速往反方向移動。我為什麼要來這裡？太胡來了。他聽見自己的名字一遍又一遍響起，但他努力充耳不聞，周圍盡是抗議民眾發出的噪音，廂型車頂的矮子還在喊道：「你們想要大屠殺，我們就給你們一個！」烏多的頭陣陣抽痛。**動動腦，快想想**。他經過一名員警面前，便湊過去。

「警察先生，後面那邊有個一直大喊『烏多．葛拉夫』的瘋子。他手上有槍，我剛才看到了。」

員警抓了個同伴快步跑去。烏多沒有駐足，他低頭加快腳步，但沒有跑，他告訴自己：**不要看，不要抬頭**，正如三十三年前，他從俄軍士兵旁邊經過時對自己說的話。當時他沒能按捺住脾氣，那個好勝的猶太人鬥倒了他。他不會重蹈覆轍。

他一路前進，走出公園，橫越一條熙攘的街道。他看到公車駛近，招手攔下後便跳上車，遞給司機一張一元紙鈔，然後迅速走向後頭的座位，避開車窗。直到坐下來，他才發現他的上衣、襪子和內褲全被汗水浸溼了。

∞

塞巴斯汀彎腰喘著氣。他的喉嚨嘶喊得又腫又痛。他向街道左右張望，但已經看不到那名老人。不過，那一定是他，他很確定。他的猜測是對的。從前的**預防拘留營長**怎麼可能抗拒得了納粹崛起的念頭。蛇被引誘出洞了。

塞巴斯汀思緒飛馳：三十多年來縈繞的惡夢、午夜的尖叫、復仇的憧憬，同時始終不確定這個人是否還活著，是不是還能面對懲罰。**但是他活著！我看到他了！**同一個突出的下巴。同一對冷酷的眼睛，曾經隔著集中營操場，冷冷瞪著塞巴斯汀。就連他的頭髮也還是同樣的顏色。

他追著烏多穿過公園，但警察將他抓住，抗議民眾又擋住他的視線。想到畢生難逢的機會就這樣從指尖溜走，他的心中大感洩氣。

但同時，他也實際感覺到自己的指尖。他的手指如鷹爪般牢牢抓住的東西，為他帶來一絲安慰，帶來一線希望，正義終究還是有機會伸張。

他的手裡是一台相機。

塞巴斯汀拍下了至少二十張照片。

他的第一通電話打給獵人

他幾乎克制不住興奮的情緒。「我找到他了！」塞巴斯汀劈頭就說，接著才詳細敘述來龍去脈。獵人聽了很高興，但回答得很謹慎。他提醒塞巴斯汀，看見惡魔與實際逮到惡魔是兩回事。

不過獵人也說，有了這些照片，加上塞巴斯汀親眼為證——鑒於他本人受了烏多．葛拉夫近兩年的折磨，應該足夠和美國當局交涉了。但他還是提醒塞巴斯汀要記住，要求美國人協助追緝前納粹，也相當於逼迫他們承認自己包庇了這個人。

「小心行事。」他告誡：「仔細判斷誰能信任。」

塞巴斯汀掛上電話，兩手向後梳過頭髮，搔了搔額頭，又揉了揉太陽穴。他等待已久的證據終於到手，現在獵人卻吩咐他「小心行事」？

他喝下飯店房間冰箱裡的迷你瓶伏特加，然後撥電話到櫃台，請他們接線到加州。他念出抄在通訊簿上的一串數字。那是他妻子最後一次打給他的號碼，現在應該稱作前妻了。

好萊塢，一九八〇年

「請開始播放。」

膠捲影片上下顛倒、推送進投影機，一道強光穿過透鏡把影像投射於銀幕。過程中，影像又會奇妙地回正。每秒投放二十四幀，每幀閃爍三次，但從銀幕上看，影像播放得很流暢，彷彿演員就在你面前。看電影的每個環節都是某種矇騙。但這是對我而言，對放映室裡這個困乏的男人來說，不完全是。

「關燈。」尼可說。

「先生，好的，抱歉。」放映師說。

放映室暗下來。電影跑了起來。這是尼可這三週之內第三次自己看這部電影。電影尚未上映，劇情描述二戰期間，德國一名小丑因為酒後鬧事被關進拘留營。他在營內為被關押的猶太孩童表演。納粹見他有辦法逗大家笑，便利用這名小丑說服孩子們搭上前往滅絕營的火車。他被迫違背本意，做了一遍又一遍。終於，小丑對於自己行使欺騙感到愧疚，故事最後，他自己也前往奧許維茲，牽著一個孩子的手，並肩走進毒氣室。

獲尼可投資的這部電影是虛構作品，但每一次播到結局，他總會感覺渾身顫慄。

「先生，再看一次嗎？」放映師在播畢後問。

「不用，這樣就夠了。」

「看得心都碎了，您說是嗎？」

尼可起身望向明亮的放映室。

「你說什麼？」

「抱歉，先生。」放映師咕噥著：「恕我多嘴。」燈光隨即熄滅，緊接著傳來一陣膠捲盒掉落的笨拙聲響。

尼可搖搖頭，重新坐下。新來的放映師，顯然還不知道規矩：放映過程不可以說話，除非他主動問話。

尼可在好萊塢後來多了個稱號，叫「金主」（Financier），用法語發音為「費南西葉」。他現在是業界最有權勢的一號人物。演員和導演或許光鮮亮麗，推動好萊塢的是錢，而金主的錢比誰都多。但他和影業界的許多人不同，他迴避鎂光燈，只想在電影殺青後私下觀賞，不出席首映，也不走訪片場。他挑中的電影大多進帳豐厚，他就再用這些錢投資新的案子，賺進更多的錢。

即使年過四十，尼可深邃的藍眼睛、金色鬈髮、高瘦的身形，在這個看重外貌的產業仍吸引無數的目光。但大家很少看到他。他在奇怪的時間出現，經常熬至深夜。他沒有助理，洽公多半透過電話。他從不接受採訪。他認為這樣一來工作相對簡單。挑出人們想聽的故事，確定預算合理，拍完就往下一部前進。

在這之間，他不時會一連消失數天，打電話給他往往無人接聽。等他終於接起電話，他會拿出編造的說詞：腳踝扭傷、臨時得去紐約、車子拋錨。人們為了見他一面，必須等上幾個月，萬一他取消了，又得再等好幾個月。

此刻，他呆望著空白銀幕，回想方才電影的最後一幕——小丑走進了毒氣室。他揉了揉太陽穴，然後用手掌輕拍三下座椅扶手。

「我想了想，」他對放映師宣告：「再播一次吧。」

很好，我聽到你的疑問了：芬妮有沒有找到尼可？

答案就在你眼前。只是用了十二年才揭曉。以下是這一路上重要的推展：

一九六八年

見過卡塔琳．卡拉迪之後，芬妮回到歐洲。受機票的規定、護照文件的限制，加上後續經費不足，她很難從紐約再去其他地方。

她把那疊電影明信片一直帶在身邊。

一九六九年

芬妮再度前往匈牙利村莊探望吉澤菈，並留下來陪她度過夏天。她在日曆上圈起八月十日這一天。

當天，一個氣色紅潤、胸膛厚實的紅髮男子提著一袋錢來。芬妮當面質問他。

「你是誰？是誰派你來的？這些錢從哪裡來的？」

面對每個問題，他只是搖頭。見芬妮再三追問，他逕自坐進他的小車駛離。

一九七〇年

芬妮前往以色列，她女兒目前住在那裡。母女倆團聚了幾個月，經常待在海邊，譚亞很喜歡海。她們聊了譚亞畢業後的打算，也聊到她認識的一個男生即將從軍。有時候，她們會聊起塞巴斯汀。一天晚上在海灘散步的時候，譚亞問：「妳還會回去找他嗎？」芬妮說她不知道，譚亞接著問：「你們之間怎麼了？」芬妮嘆了口氣說：「我們先是朋友，後來成了難民，再來當上父母，而現在我們就像陌生人。」

一九七一年

芬妮回到匈牙利陪伴吉澤菈，協助她打理家務，推著她的輪椅在村裡散步。八月十日當天上午，紅髮男子前來時，芬妮已有所準備。她又問了一遍錢是哪裡來的，見對方仍不肯回答，她奔向他的車，坐進前座大喊：「你不告訴我，我就不下車。」

男人望著她一會兒，留下車子就走了。

一九七二年

芬妮回到以色列，她女兒和新婚丈夫迎來第一個孩子，是個男孩。夫妻倆給他起名叫西蒙，以紀念芬妮的父親。芬妮為此感到既開心又感傷。

一九七三年

芬妮在女兒的慫恿下，前往參觀為猶太人「大屠殺」受難者興建的紀念館。大屠殺「Holocaust」一詞現在逐漸常見，專指納粹統治下的殺戮行為。這個單字源於希臘語「holocauston」，意思是燒獻祭品。芬妮說這個單字不合適。譚亞問，那她會用哪個單字，芬妮說沒有這樣一個詞，也永遠不應該有。

紀念館建於耶路撒冷西側的山邊，取名為「Yad Vashem」，意思是「紀念姓名」。芬妮在館內看到清晰的集中營照片。她看到生病的人、挨餓的人、消瘦的人、死去的人。部分相片旁邊印出生還者的證詞，詳述他們的經歷。

她讀到一名母親的記述。她失去七歲的兒子尤希，納粹士兵把他從她懷裡拉走。不知為什麼，這讓芬妮想起從布達佩斯出發的死亡行軍中，那個背著背包、死在雪中的男孩。萬一那就是尤希呢？萬一芬妮知道那個孩子的命運，他可憐的母親卻不知道呢？

她哭了出來，起先只是緩緩抽泣，不久便控制不住。「媽媽，怎麼了？」譚亞問：「怎麼回事？」但芬妮只能搖頭。火車上那個蓄鬍子的男人說：「把這裡發生的事告訴世人。」但她還沒有辦法講述真相。她不想談論真正發生的事，跟誰都不想談，即使是親生女兒。

一九七四年

芬妮回到匈牙利。吉澤菈現在已近七十歲，健康日漸衰弱。她很多事都忘了。冬天的夜裡，她會坐在爐火邊握著芬妮的手，有時候她會去其他房間，對著去世多年的丈夫說話，叮嚀他：「多拿些柴火進屋，我們女兒會冷。」

一九七五年

有一天早上，吉澤菈躺在床上，要芬妮替她摘下眼罩。

「為什麼？」

「因為我要見天主了。」

「拜託別扔下我，時間還沒到。」

吉澤菈握起她的手。「我們分開過那麼久，但我從來沒扔下妳。我現在又怎麼會扔下妳呢？」

秋日的陽光照進窗戶。

「噢，吉澤菈。」芬妮說，她的聲音沙啞。「我一直覺得要是我沒闖進妳的生活，妳會過得比較好。」

老婦人幾乎沒力氣搖頭。

「要是沒有妳，我老早就形同死去。」

她捏了捏芬妮的手指。

「可以嗎？我的眼睛？」

芬妮輕輕摘下她的眼罩。傷疤不忍卒睹，但她沒有別過頭。吉澤菈向後仰起頭，像在凝望她們頭頂上方的什麼。

「他在等你。」她柔聲說。

「誰？」芬妮說。

吉澤菈嚥下最後一口氣，面帶著微笑辭世。

一九七六年

八月，當紅髮男子再度現身，芬妮就坐在門廊外。他提著袋子走近時，她掀開腿上的毯子露出手槍，槍口正對著他。

「我要知道錢是誰送來的。快說。」

紅髮男子扔下錢袋，舉起雙手，向後退了一步。

「我不知道。」他說：「真的。我就跟其他人一樣，有人付錢讓我辦事，每年一次。他警告說，只要我透露半個字，就不再給錢。」

「誰警告你？」

「是個吉普賽人。」

「這是他的錢嗎？」

「我看不是。看他的衣著不像。」

「那是誰的？」

「要我猜的話，我覺得這些是我父親賠上小命的錢。」

「你父親？」

「他被納粹射殺了。他們藏了一些木箱在他家附近的教堂。我一直不知道箱子裡有什麼。但一年後，有兩個男人回來找箱子。其中一個就是殺死我父親的人。」

「他現在人呢？」

「被我開槍打死了。」

「那另一個人呢？」

「我再也沒見過他。」

「箱子他帶走了？」

「對。」

「他為什麼要把箱子裡的東西送出去？」

「我不知道。」

「你還記得他的樣子嗎？」

男人搖頭。「很久以前的事了。他看起來就像個納粹。年紀很輕，不比我大多少。」

芬妮回想她在多瑙河畔看到尼可的那一夜。**他看起來就像個納粹。年紀很輕，不比我大多少**。

「我本來也可以殺了他。」男人說：「但是我沒有。可能是因為這樣，我後來也收到了錢吧。」

一九七七年

芬妮搭上飛機，皮包裡塞著卡塔琳．卡拉迪交給她的明信片。她即將飛往美國，期盼能找到答案。

抵達洛杉磯以後，芬妮在一間平房汽車旅館租了個房間，停車場長著一棵棕櫚樹。入住第一天，她把明信片拿給櫃台的人看，問他知不知道這些電影是誰拍的，他說不知道。她又問了清掃走廊的女人，她也不知道。芬妮於是橫越馬路去問對街餐館的老闆。對方半點也不懂電影，但一聽見她的口音就用希臘語問：「妳是希臘人？」她用希臘語回答「是」。等到他們話完家常，芬妮已經多了份煮咖啡、煎蛋和做鬆餅的工作。她利用這份工作練習英語，再用學會的英語認識電影產業的運作。

一九七八年

她終於查出這些電影的製作人是誰——聽說是個神祕男子，姓吉帝利，很少人見過他。她去了一趟據說是他工作的製片公司。她穿上她最好的洋裝，走進那棟建築，詢問大廳的接待員，這裡有沒有工作機會。

她一連八個月每個星期都去問，對方總是回答「沒有」。

一九七九年

某個春日，又是芬妮每週到訪的日子，製片公司的接待小姐這時已經對她頗有好感，一聽芬妮開口問有沒有職缺，她就笑了。

「妳很幸運。」她說。有個見習的職缺剛開出來，起薪不高，但也算一腳踏進門。她問芬妮有沒有興趣。

芬妮隔天開始上班。她原本希望會在走廊或大廳遇到那個她相信就是尼可的男子，但很快就發現誰也接觸不到他。他都從私人入口進出，從不跟員工打照面。芬妮不禁懷疑費了這麼大的工夫，會不會全在浪費時間。

一九八〇年

見習工作做了一年，負責訓練芬妮的人叫羅德里戈，他跟芬妮說，他礙於健康的關係要退休了。他稱讚她資質聰慧，恭喜她馬上就能升遷。

「什麼意思？」

「妳會接替我的工作。」

芬妮不由得屏氣。她知道這代表什麼。

「只要記住，」羅德里戈提醒她：「絕對要準時。凡事遵照他的吩咐。除非他對妳開口，否則不要跟他說話。」

她點點頭。到了十一月，她正式接任。

金主的私人放映師。

四次面對面

人愈是面對真相，愈有可能感到沮喪。但若是你相信「真相使人自由」這句古老的諺語，那你悄悄盼望的不正是我嗎？

我們的四名主角，在西元一九八〇這一年，終於面對長久以來尾隨他們的事實真相。他們的反應為我們的故事鋪下結局。

塞巴斯汀面對仇人

再次見到烏多．葛拉夫後，他無心再想其他事。他拍到的照片洗出來清晰又銳利，和獵人過去取得的舊照一比對，符合之處歷歷可見。雖然過了這麼多年，預防拘留營長的改變並不大。

但獵人說得沒錯。見到惡魔與逮到惡魔是兩回事。他聯絡多名美國政界人士，但似乎沒人打算相信竟有納粹高層軍官在美國尋得庇護。塞巴斯汀空手回到了維也納。

他花了幾個月把資料整理成案，利用獵人過往搜集的文件，調查任何關於葛拉夫的事。他多次飛回紐約，和許多猶太團體見面，他們聽了也同樣震驚，竟然有前親衛隊軍官躲藏在他們的國家。**他們是怎麼來的**？**是誰在接應他們**？

終於，在一九八〇年的年初，塞巴斯汀結識一名女子，她的姊夫是美國參議員，而且正好是猶太人。這位參議員答應在首府的辦公室與塞巴斯汀見面。

塞巴斯汀大為振奮。要是他能夠說服某個美國高層政治人物追緝葛拉夫，美國政府勢必能找到他。

會面前一晚，在華府一間飯店的房間，塞巴斯汀吃完用客房服務點的雞肉三明治，再次撥了芬妮在加州的電話號碼。他之前試過很多次，始終無人接聽。這一次響了幾聲後，她接了起來。

「是我。」塞巴斯汀說。

芬妮似乎有些驚訝。「你在哪裡？聲音聽起來很近。」

「我在華盛頓特區。」

「為什麼？」

「葛拉夫。奧許維茲營長。我有進展了。」

他聽見她嘆口氣。

「我們會找到他，芬妮，我發誓。」

「我希望你能找到，塞巴斯汀。」

「我們會的。」

「但是拜託。」

「什麼？」

「務必小心。」

聽到她說出關心的話語，總令他覺得她還愛著他，儘管他們五年前就簽下離婚協議書。他的語調溫柔了些。

「妳最近好嗎？」他問。

「我很好。」

「還在餐館工作？」

「我找到新的工作。」

「在哪裡？」

「一間電影製片公司。」

「哇，還順利嗎？」

「嗯。你有沒有跟譚亞通電話？」

「到這裡之後還沒。很貴，長途電話。又有時差。」

「你該打給她，跟她報個平安。」

「我會的。」

「謝謝你。」

「芬妮，聽我說。這件事結束以後，我去看看妳如何？我從沒去過加州。下一次距離這麼近，不知道會是什麼時候。」

「華府離加州不近。」

「對，我知道。只是，妳也知道。」

「嗯。」

「所以是好囉？」

一陣沉默。

「不是。」

烏多面對過去

現在否認也沒用，他們盯上他了。他雖然順利回到華盛頓特區，繼續扮演他的假身分——在後院烤牛排，與妻子和鄰居喝啤酒，但有些事起了變化。他以為他的過去已經入土為安，結果並沒有。那個哥哥，跟他那張鬼吼鬼叫的猶太人大嘴巴證實了這一點。

烏多現在草木皆兵。他心中的軍人已被喚醒。

芝加哥集會過後的那幾週，他偷偷打電話給兩個也生活在美國的前親衛隊軍官，一人在馬里蘭州，一人在佛羅里達州。他問他們認不認識這個叫塞巴斯汀．克里斯佩的猶太人，兩人都說不認識。但他們有辦法調查他。不過兩人也表示訝異，烏多當初怎麼會去參加集會。

「你是怎麼想的？」其中一人問。

「我想看看他們準備好了沒有。」

「烏多，他們不是我們。他們想要效仿，但沒有堅定的信念。」

「他們需要我們帶領。」

「同意。但是得按照我們的規矩。不是為了給記者報導，搞些鬧劇似的遊行。我們做事不是這樣子。」

「同意。」

「烏多？」

「你說。」

「也許我們不該用電話聊。」

「為什麼？」

「線路呀。說不定現在就有人在聽，下次還是用我們的老管道吧。」

「對，說得也是。」

烏多掛上電話，氣惱自己謹慎多年，怎麼就來了個魯莽的舉動？他很可能會毀掉一切。他的同事說得沒錯。小心方為上策。

不過，美國是個大國家，想找到一個人並不容易。他為此感到安慰。何況獵人的勢力已經不如從前。烏多聽說他的資金正逐漸耗盡。

幾個月過去，沒人找上他。烏多利用這段時間，探查了納粹獵人的運作。他得知那個猶太人克里斯佩目前是老人手下的頭號大將。烏多在奧地利的人脈告訴他，克里斯佩獨居在維也納的一間公寓裡。真教人失望。他如果有家人，想攻擊他就有把柄了——有人可以威脅或當作人質。

一九八〇年初，烏多接到奧地利傳來的通知，克里斯佩離開維也納，前往美國了。沒人知道他準備去哪裡或者做什麼。不久之後，一天上午，烏多開車來到參議員卡特的辦公室。大樓圓廳站著保全警衛，他向警衛出示證件時，朝等待接受安檢的訪客隊伍瞥了一眼，血液瞬間凍結。

他在那裡。**那個猶太人**。**又是他！**他身穿灰色西裝走向安檢台，正好轉頭往烏多的方向看，兩人有一瞬間四目相對，烏多隨即轉身快步通過大廳，在門關上的前一刻，擠進站滿人的電梯。他手忙腳亂找到樓層按鈕，連續按了三下，旋即低下頭，迴避周圍人的視線。

他在這裡想幹什麼？**他知道些什麼**？

芬妮面對她的情感

得知自己即將升職的那一天，她工作到很晚，錯過平常回家的公車。等待下一班車的時候，她看見一部舊車從停車場側面離開，接著停在路口等紅燈，她見了忽然喉頭一緊。

是他。駕駛座上那個男人，看起來是**他**。是的，是長大後的版本，但就是尼可。那個學校裡坐在她前面的男孩。克萊蘇拉街儲藏間的那個男孩。多瑙河畔，在她昏倒前喊了她名字的少年。

她很想衝上前去，敲打車窗大喊：「是我，芬妮！你在做什麼？你為什麼用了化名？」

但她沒這麼做。她必須確定是他。她隔天晚上又來到原處，這一次跟之前工作的餐館老闆借了車。當那部舊車再度駛出停車場，她尾隨在後，來到機場附近的一棟公寓大樓。舊車駕駛停車後，走進了大樓。天色很黑，芬妮看不清楚。她隔天一早回來查看，那部車還在原處。第二天也在，再隔一天也還在。

這沒道理呀。一個有權有勢的企業家怎麼會住在這個破陋的區域？她開始覺得是她搞錯了，是她的臆想驅策她做出這些瘋狂的事，是她與塞巴斯汀的不快樂，莫名其妙讓她把尼可、她第一次動心的對象，想成是她的救命恩人，想成是一切的解答。這是多麼愚蠢的投射。她覺得丟臉、幼稚。

又一次開車去查看那棟公寓大樓的時候，她答應自己這是最後一次了。舊車還在那裡。她握起拳頭捶打方向盤。她想到譚亞，想到塞巴斯汀。她應該回家去，別再追逐這股飄忽不定的風。

她打起方向燈。就在這時，一個身影走出公寓大樓。她抽了口氣。**他就在那裡**。他提著一口老舊的箱子，身穿寬鬆的長褲和白棉衫。天光下，要看清楚他的臉容易多了，他看起來確實就是她記得的那個男孩，只是現在從可愛變成了英俊，眼睛周圍因歲月略顯蒼老。他的體格修長結實，曬成了古銅色，很難想像他就快五十歲了，只比她小一歲。

他坐進他的車子，芬妮開車跟在後面，隨他在彎彎拐拐的巷弄間穿梭，之後開上公路，在車流中走走停停近一個小時後，下交流道來到一處郊區。芬妮再次懷疑是不是自己的想像掩蓋了現實。

但接下來發生的事，消除了所有疑惑。

舊車轉進一座猶太墓園，名為和平紀念公園之家。男人下了車，手上拿著水壺和一袋破布。他慢慢走上山丘，來到比較久遠的墓區，蹲下來擦起墓碑。

這時芬妮就知道了。淚水湧上眼眶。她想起在薩洛尼卡墓園的那個下午，她跟尼可和塞巴斯汀擦著家族墓碑，拉札爾爺爺說這是「無私的仁慈」。當時在他們三人之中，就是尼可起身走向陌生人的墓碑，對她和塞巴斯汀說了聲「來吧」，催促他們加入。那一刻，是她印象中第一次對這個男孩的無私純真感到不可思議，這個人稱白雪的男孩。而她此刻也才明白，領她踏上這條漫長崎嶇之路、不願放棄尋找尼可．克里斯佩的，不是她的頭腦。是她的心。

尼可面對熟悉的笑容

當你每一件事都說謊，也就沒有任何一件事屬於你。而尼可，或奈特，或吉帝利先生，或金主費南西葉，在加州過著沒有人際連結的生活。沒有結婚，沒有孩子，沒有親屬，沒有知心的朋友。他跟來往的人說他偏好正式的關係，對人皆稱「先生」或「小姐」，也請他們這樣對待他。

生活中既然沒有信任的人，他的日子充滿無用的謊言。他對郵差說他會潛水。跟收銀員說他是會計。銀行員問他「今天好嗎？」，他說正要去接孩子放學，甚至還起了名字，叫安娜和伊莉莎貝。

這一切都表現了他的心智狀態，隨年紀漸長似乎愈發嚴重。尼可會走進藝廊，聲稱他是畫商。也曾經去看便宜的房地產，明明財富萬貫，卻說他買不起。有時候，他還會去德國啤酒館，宣稱他是新來的移民。

他從來不說希臘語或拉迪諾語——他童年使用的語言。但每週六上午，尼可會搭公車穿越市區，下車走過三個路口，來到一座東正教猶太會堂。他會在會堂內披巾蓋頭，前後搖晃，用希伯來語禱告一個鐘頭，沒有間斷。他禱告些什麼，請容我留給尼可和上帝知道就好。有些對話不關我們的事。

他依然經常進行偽造，儘管現在已經沒有什麼用處。他用假名申辦信用卡，收到卡片後一次也沒用。他有三張不同姓名的駕照，分別由三個不同的州核發。他持有四個國籍的護照。他在十多間銀行都存放了保險箱。

他在好萊塢富裕的社區擁有一棟豪宅，但平常大多睡在機場附近的破陋公寓。他常常倉促決定旅行海外，艙等機位都是最便宜的，行李從來只有一口舊手提箱，就是他初抵美國時帶在身上的那一個。他都跟陌生人說自己是皮鞋銷售員。

像這樣的病態說謊持續了數十年，但尼可從未尋求協助。求助代表要回顧過往，而他一點也不想回頭看。相反地，他在往事和現在之間堆起愈來愈多沙袋，高高築起一道堤防，再浩大的回憶洪流也阻擋得住。

然後他遇見他新來的放映師。

∞

訓練她的人是羅德里戈，一個墨西哥裔的老人，做這份工作很多年了。尼可喜歡羅德里戈，因為他聰明又守時，很少要求什麼，在放映室也從來不會對電影發表評論。當羅德里戈宣布，因為糖尿病必須退休，尼可安排洛杉磯最優秀的內分泌科醫生每個月固定到他家診療，並承諾會支付他的長期照護費用。

尼可第一次見到新來的放映師，是在放映德國小丑那部電影的時候。那天看過第二遍之後，他走上階梯來到放映室，看到一個黑色長鬈髮女人的背影，她彎著腰在收拾膠捲盒。

「小姐？」

女人停下動作，但沒有轉身。

「妳為什麼說這部電影看了心碎？」

女人緩緩直起腰，轉過身露出微笑。尼可一看到她的臉，頓時感到一陣劇烈的心痛，就算他用謊言也無法形容的痛。

「因為就是這樣，不是嗎？」她說。

尼可知道是芬妮嗎？

從他的反應很難判斷。若是健康的心智，絕對會不假思索喊出她的名字，衝上前去抱住她，但尼可的心智不健康已久。否認是他的預設反應，哪怕是對最美善的事物。

「不過是一部電影。」他別過頭說。

「真實故事嗎？」芬妮問。

「不是。」

「感覺很真實。」

「那就是電影的效果。」

芬妮咬起下唇，他允許自己快速瞥了她一眼。所有特徵都熟悉得令人心痛。曲線優美的臉龐、地中海的膚色、眨著睫毛的大眼睛，還有她的鬈髮，烏黑豐盈，披散在肩頭。從她成年後的風姿，可一眼看出少女時期的芬妮。

「老實說，」她坦承：「我看過的電影不多。」

「那為什麼來這裡工作？」

「我可能覺得，對我有好處吧。」

「喔。」

他低頭看著地板，又抬頭看向層架。

「好吧，謝謝妳，小姐。下星期見。」

他轉身要走。

「先生？」

「什麼事？」

「您不想知道我的名字嗎？」

他和她四目相對。

「沒那個必要。」他說。

The Little Liar

6

結束的開端

誠如卡塔琳・卡拉迪這位女演員說的，生命中發生的每件事都有代價。我們現在將目睹四位主角付出的代價——為他們所說的實話，也為他們承受過的謊言。他們的帳在同一天到期，就在這個故事開頭的同一個地方。

讓他們全體到齊的，是一九八三年初、刊登在薩洛尼卡最大報《馬其頓報》的一篇文章：

希臘猶太人戰爭遇難者紀念活動，將於三月十五日舉行

今日宣布一場特別紀念遊行將於三月十五日星期二舉行，下午兩點從自由廣場出發，行進至舊火車站。儀式目的是爲了紀念開往奧許維茲納粹滅絕營的首班火車，從薩洛尼卡發車至今已四十週年。薩洛尼卡市長與眾政要名人預計皆會到場。

換作其他情況，這只會是日曆上的一個註記，世界各地舉辦過無數類似的活動，紀念一場逐漸從記憶中淡出的戰爭。

但在我們的故事裡，這是一步誘敵的險棋。

希臘這場遊行是塞巴斯汀發想的

他推動了好幾年。為納粹獵人效力的塞巴斯汀，不斷感嘆世人鮮少關心孤狼爪下的希臘受害者。波蘭和德國發生的故事家喻戶曉——有人寫書，有人拍成電影，但很多人似乎不知道納粹曾經入侵希臘，也不知道薩洛尼卡的猶太人口曾經有五萬多人，戰後生還的卻只有兩千人不到。

獵人與希臘政府官員交涉，向他們施壓承認歷史上發生的駭行，其中有多起事件因為有特定的希臘官員共謀，而更加悲慘。

但各國清點過去歷史的進展緩慢。好不容易在獵人承諾會親自到場之後，總算說服當局允許舉辦遊行，從薩洛尼卡市中心出發、行進至舊火車站。當年許多希臘家庭就在這裡，看著親緣從此斷絕。

塞巴斯汀也是在這裡，最後一次看見弟弟。

∞

說到這裡，你可能會納悶，塞巴斯汀為什麼始終糾結於弟弟尼可。畢竟從他們最後一次見面，至今都過了數十年。塞巴斯汀五十五歲，有了孫子，住在維也納。而且坦白來說（我還能不坦白嗎？），誠實的冠冕曾經被尼可獨占，但現在是塞巴斯汀戴上了。他日日夜夜都虔心奉獻於追探事實。

但不是所有的傷都能被時間治癒，有些傷只會愈磨愈深。塞巴斯汀一直都嫉妒尼可，從小時候就是，包括他的容貌、家人因他開心的樣子、拉札爾爺爺對他顯露的偏愛——**「多漂亮的男孩。」**

兄弟間互相嫉妒是家常便飯，總有一人覺得另一人集寵愛於一身。但真正令塞巴斯汀煩悶的是，尼可就算後來行跡敗露，大家對他的愛也不曾稍減。

不。在開往奧許維茲的擁擠車廂內，沒有食物、沒有水，空氣瀰漫著死亡，塞巴斯汀的爸爸媽媽卻不斷為失散的兒子流淚。

「他之後怎麼辦？」譚娜悲嘆道。

他之後怎麼辦？塞巴斯汀心想。**怎麼不說我們現在怎麼辦**？

「他會有辦法的。」列夫安慰妻子：「這個孩子很機靈。」

機靈？**他是個騙子！一個小騙子！**

就連雙胞胎妹妹，也為尼可哥哥低聲哭泣。只有芬妮，或芬妮代表的意象，帶給塞巴斯汀安慰。不管他們將被載去哪裡，至少她會在，他可以盡力保全她。他可以成為她重要的人，就像尼可對每個人都似乎是那麼的重要。

然後，那名彪形大漢扯下了車窗的鐵條，塞巴斯汀一瞬間做出令自己心碎多年的決定。

他把唯一帶給他希望的人推出車外，他推走她是因為他愛她。

多年後，她也會將他推開，因為她不愛他。

塞巴斯汀有一陣子沒跟前妻說話了。最近幾通電話裡，她聽起來好疏遠，他不想再讓自己經承受那種痛楚。她在加州，他在奧地利。事實就是這樣。

他有時會好奇她有沒有找到新的愛人。塞巴斯汀沒有。他是遇過一些他感到有魅力的女性，也有幾個似乎對他有意思，但他始終專心於事業。什麼事都不比追緝他的仇人更急迫。一個從小感覺受到輕視的男孩，長成一個索求正義的男人，我想這大概不教人意外。

不過，對於這場他在薩洛尼卡協辦的活動，塞巴斯汀有理由感到自豪，這是官方第一次承認過去在那裡發生的事。既然芬妮不願在她的新家和他見面，在他們的故鄉，她說不定會願意。

他寄給她那篇剪報和一封信，問她願不願意考慮參加遊行，就算不為別的，也算紀念她的父親。譚亞或許也能一起去？

他把信寄出，暗自希望芬妮的地址沒變。

芬妮私下讀了信

她已經二十幾年不曾踏上希臘的土地。她打電話給女兒，女兒說：「妳去，我就去。」芬妮想了想，他們一家人團聚或許也不賴。她對塞巴斯汀的怨恨在這五年來緩和許多，部分原因是彼此之間不再有多少瓜葛，部分原因是她對他弟弟重新燃起愛慕，她現在每個星期都會在放映室見到他一次。

每週三，尼可會在下午兩點抵達，觀賞芬妮播放的電影。她會趁他觀影時觀察他。他還是一樣俊美，多了成熟的韻味。但他很少說話，只會在放映結束後走向放映室禮貌寒暄。他一貫友善，問她工作是否還習慣，有沒有什麼需求。他的語氣柔和，透著一股令她傾心的脆弱無助。而且可想而知，她在心底深處強烈感覺與他相連，這是我們對年少時所愛之人常有的感受，即便數十年睽違不見，即便他們早已有了極大的改變。

他們聊過往事嗎？

沒有。芬妮等了一週又一週，等待一絲認得的火光，某個她感覺可以開口說出「可以聊一聊我們迴避的事嗎？」的瞬間。但這一刻始終沒出現。他們反而陷於一種心照不宣的共謀關係。他不承認她的身分，因為那代表他得面對往事的痛。而她也沒逼他，因為他的神智很明顯不太對。層層的隱瞞。無意義的謊言。這些一定有個原因，芬妮心想。她怕自己的實話可能會趕跑他。她想知道的那些事——**他去了哪裡？他經歷過什麼？是他每年分送大筆的金**

錢嗎？這些太難開口直說。她必須有耐心。她提醒自己，這麼久以來都不知道他是否活著了，現在她可以等。

因此有一段時間，他們交換一種罕有的善意：善意的沉默。他們在此刻並肩合作，不去驚擾沉睡的往事。

而後，在合作了將近一年，難得有一次晚間放映，芬妮帶了吃的給尼可。

「這是什麼？」他驚訝地看著盤子裡的雞肉薄餅和高麗菜捲。

「我只是想說，時間這麼晚了，放映後你大概沒機會吃晚餐。」她說：「希望味道還可以。」

他向她道謝，她便回到放映室。放映後，她注意到他吃得一乾二淨。

「味道很好。」

「謝謝。」

「妳從哪裡學到這一手廚藝的？」

「有個匈牙利太太教我的。」

他沉默一會兒。

「所以妳是匈牙利人？」

「不是。我只是跟她住了一陣子。」

「什麼時候？」

「戰爭期間。」她謹慎挑選接下來的用字。「我當時在躲。躲德國人。那位匈牙利太太保我安全，直到我被箭十字黨抓走。」

她仔細看著他的表情，尋找一絲反應。

「我上過巴黎的廚藝學校。」他說。

他從座位起身。

「就這樣吧。小姐，晚安。」

∞

心有許多條路能通往愛，慈悲也是其中之一。芬妮利用每週見面之間的空檔，努力理解尼可的苦惱。雖然這麼做令她不安，她有時會趁他離開公司大樓尾隨在後，觀察他在廉價餐館獨自用餐、在書店東摸西找，或者消失在機場附近的公寓，一連幾天不見蹤影。

每週五早上，尼可會開車到郊外的墓園清掃墓碑，芬妮悄悄跟在後頭。看見他彎腰撫拭墓碑的樣子，令她深受觸動。不管尼可遭遇過怎樣的痛苦，顯然都讓他寧可與死者作伴，也比和生人相處自在。

芬妮追尋尼可，雖然是為了尋覓他們的過去，但時日久了，她漸漸覺得自己不必倚仗過去也依然在乎他。跟塞巴斯汀在一起，凡事都跟戰爭有關，他們永遠逃不出戰爭的陰影。跟尼可在一起，戰爭的恐怖被鎖了起來。芬妮其實更情願這樣。也許他不認她，是因為不想掘出她在戰爭中經歷的事。她把這看作善意。

他們在放映後相處的時間慢慢增加，一邊喝芬妮煮的咖啡，一邊閒聊。尼可聊過他對電影的喜愛，聊過他認為好的故事有哪些要素。芬妮聊到她女兒住在以色列，她深深以女兒為榮。她從沒提到女兒的爸爸，尼可也從未過問。

之後，一九八三年初的某天晚上，外頭颳風下雨，尼可撐起雨傘送芬妮走向她的車子。大雨如注，風從側邊呼呼吹來。芬妮一腳的鞋子忽然滑脫，尼可還來不及抓住她，她已經跌進一個大水窪，一身洋裝全溼透了。芬妮笑了出來。

「有沒有受傷？」尼可說。

「噢，沒有，我沒事。」她說。

「妳笑什麼？」

「全身溼透之後，下雨又有什麼差？就跟我們小時候的夏天一樣，記得嗎？假如下起雨來，我們乾脆衣服也不脫就跑進海裡？」

「是啊，衣服也不脫。」尼可咧嘴笑說。

芬妮眨了眨眼。「你還記得？」

尼可的表情又繃緊起來。

「哪個小孩不做這種事。」他說。

芬妮揩掉臉頰上的雨珠，伸手扶住尼可的肩膀維持平衡，另一手想把鞋子穿上，但一個重心不穩栽向他。她抬起頭，和他的臉距離不到幾公分，而他露出她從未見過的表情，像個困惑、迷惘的小男孩。

下一秒，這是她人生中第二次，她吻了他。兒時出於青春期的衝動，只是尷尬的匆匆一啄，但這一次吻得溫柔纏綿。她閉上眼睛，任自己懸止在那一刻。彷彿過了比實際更久，她睜開眼睛，看到他呆望著她。

「沒事的。」她輕聲說。

他用力嚥下口水，把雨傘塞給她，獨自奔進雨中。

尼可在會議中得知希臘的遊行活動

和芬妮發生雨中插曲的幾天後，一名導演來到他的辦公室，希望籌錢拍一部關於那位著名納粹獵人的紀錄片。尼可說他很瞭解獵人的工作，他讀過那些高階軍官被捕的報導。

「他會是很好的題材。」導演強調：「想像有個男人誓不退休，除非把所有在逃的納粹抓回來，接受公平的審判——還有那些協助納粹的人。」

「協助納粹的人？」尼可說。

「對。那些配合德國人的人同樣有罪，您不覺得嗎？」

尼可挪了挪坐姿。

「納粹獵人同意參與你的電影嗎？」

「我們來往過幾封信。他正在考慮。我希望下個月去希臘拍他。三月十五日，他會出席一場紀念活動。」

尼可抬起頭。

「三月十五日？」

「是的。」

「在哪裡？」

「塞薩洛尼基。」

「薩洛尼卡？」

導演笑了笑。「其實希臘人都說塞薩洛尼基。總之，他會到場率領遊行，紀念所有在戰爭中遇害的希臘猶太人。遊行終點是舊火車站，當初火車把猶太人載往集中營的地方。那是絕佳的採訪地點，您不覺得嗎？」

尼可感覺腹部一陣顫慄，肌肉繃緊，額頭滲出了汗珠。

他飛快起身。

「先生？」導演問：「我說錯了什麼嗎？」

「我會想一想。先告辭。」

他快步走出門，把導演一個人留在他的辦公室。

∞

尼可當晚徹夜沒睡。他在黑夜中漫無目的地走在住宅區的巷弄間，之後坐進車子後座直到太陽升起。他開車到猶太會堂，獨自祈禱兩個鐘頭，接著來到芬妮住的公寓門階外，等她出門下樓上班。她一見到他就綻開了笑容。

「我有件事要告訴妳。」他劈頭就說。

「你怎麼知道我住哪裡？」

「坐。」

她坐下來。「什麼事？」

「我有事要離開。」

「什麼時候？」

「不久。」

「你要去哪裡？」

「很遠的地方。」

「為什麼？」

「我不能說。」

芬妮看到他胸口劇烈起伏，額頭冒汗。她相信這是驚慌的表現。她自己也感受過很多次，有時是半夜，有時是獨自坐在車裡。她握起他的雙手。

「深吸一口氣，吐完氣，再深吸一次。」她鼓勵他。

你可能以為尼可是因為導演的話而心煩。但他對納粹獵人的工作瞭若指掌。事實上，他就是獵人最大的贊助者，多年來不斷匿名寄去支票，維持機構的運作。

他心煩的也不是獵人在追查納粹共犯。獵人做的事，他一清二楚，包括已逮到的人和正在追緝的人。

不，尼可煩惱的是聽聞希臘將舉辦遊行的那一刻、他忽然驚覺的一件事，危險且令人擔心的一件事，芬妮不該知道的事。

「看著我。」她柔聲說：「你不會有事的。」

尼可的故事眼看即將浮出水面，他的眼淚不由自主滾落臉頰。他伸手輕輕放在芬妮頸後。他們人生中的第三次，由尼可主動的第一次，兩人的唇貼在了一起，溫柔，充滿了愛。

下一秒，就在那裡，在公寓的門階上，當著加州清晨萬里無雲的天空，芬妮脫口說出在紅燈路口初次認出他的那一晚至今，她一直藏在心底的話。

「尼可，是我，芬妮。跟我說話吧。我知道是你。」

烏多在月曆上圈起這一天

三月十五日在薩洛尼卡。他會需要喬裝，還得帶一把槍。

他仰起白蘭地酒瓶豪飲一口，然後扭緊瓶蓋放回架上。他父親晚年淪為酒鬼，烏多決意不要步上後塵。近年來，他連玻璃杯都不准自己使用。想喝的時候，只能就著瓶子嘗一口，但這幾天嘗一口的次數愈來愈多。

他一屁股坐上棉被未折的床鋪，望向公寓窗外、北義大利白雪皚皚的山巒。天花板很低，油漆斑駁剝落。角落結了張蜘蛛網，烏多伸手將它掐碎。

他近三年來都住在這裡，因為他在美國建立的生活一夕破滅。烏多被叫進卡特的辦公室。參議員告訴他，維也納那個老猶太人的機構，有人對外散布烏多現身在芝加哥納粹集會的照片，同時附上另一張他在戰爭期間身穿親衛隊制服的照片。已經有個認出長相的記者，打來辦公室探問了。

「我們當然一概否認。」卡特說：「跟他說照片說明不了什麼。都是訛傳的身分，之類的說詞。」

「那就好。」烏多說。

「但是，」卡特壓低聲音。「你不能繼續待在這裡。」

「什麼意思？」

「我的意思是，他們追來了。我的意思是，來龍去脈可能全部炸開。」

「你要我離開華盛頓？」

卡特搖頭。

「不是華盛頓，是離開美國。」

「**你說什麼**？什麼時候？」

「明天一早。」

∞

於是，人生中第二次，烏多再度逃亡。只提著一口提箱，裝著他一夜間能整理的所有貴重財物，他搭上日出時分的班機飛往紐約，再轉機前往羅馬。他來不及收辦公室的文件，也沒機會跟妻子道別。他成了幽靈。當局來到卡特辦公室時，參議員說他們一星期前就因為個人因素解雇喬治．梅克倫這個人了。關於他的過去，他們只知道他是比利時移民，在職期間工作表現可圈可點，但不清楚他目前的去向。

烏多在羅馬郊區一間青年旅館躲藏了四個月，等待他在義大利的人脈替他張羅新身分。戰後引渡他出境的同一個地下管道，至今在這個國家仍留有一些根基，只是勢力不如以往。烏多後來總算花錢取得一本義大利護照，但也把他匆忙間從保險箱帶出來的錢用掉大半。他的「喬裝」是在提洛邦附近的一間肉品包裝廠工作，這份工作不必說義大利語。他負責掃地和記錄進出貨。這份卑微的工作，啃噬著烏多的心志。

逃亡生活每多過一天，他就覺得又枉費了一天。在華盛頓，他有努力的目標。他有錢，有影響力。他利用他替卡特代勞的骯髒事，把卡特拿捏於指掌；他一直打算在適當的時機，兌現這個籌碼。

現在那全沒了，被維也納的猶太老頭和那個哥哥給毀了。那個哥哥像隻老鼠，把他追進下水道孔洞。誰知道？一隻老鼠竟然也會追逐敵人，甚至趁著天時地利也能咬死人。班機從華盛頓起飛的那一刻起，烏多就一直在盤算怎麼除掉這兩個人。

他又看了一眼月曆上圈起的日期。三月十五日。他前些天收到一封信，裡頭是一張希臘報紙的剪報，說明薩洛尼卡將舉行這場猶太死者的紀念活動，預期將有誰出席。納粹獵人和那個哥哥的名字都用紅筆圈了起來，一旁有幾個手寫的德文字，想必是還在躲藏的某個納粹同伴寄來的。

那幾個字寫的是Beende es。

「了結這事。」

他走向儲物架，又抓起白蘭地酒瓶。薩洛尼卡？多合適。這座城市曾是他豐功偉業的舞台，現在這個活動說不定可以成為他的加冕儀式。幹掉納粹獵人，其他躲藏的人就安全多了。他們將能東山再起，得意地站在陽光底下。

烏多扭開瓶蓋，又灌了一口酒。他會需要喬裝，還需要一把槍。兩者他都已經齊備。

我來數數有多少方法

如果說，相關詞彙量表現出人有多重視某樣事物，那你們想必極度重視我。想想你們與真實相關的片語有多少。

人們會說「告訴你實話」、「我能說句實話嗎？」，或是「說真的」、「說實在的」、「不騙你」、「事實是」，還有「傷心的真相」、「事實無可置喙」、「事情的真相是……」。

這些還只是英語。法語有Je dis la verité（我說的是實話），西班牙語有la verdad amarga（苦澀的事實）。德國人會說Sag mir die wahrheit（跟我說實話），雖然這句話在戰爭那幾年成了孤兒。希臘語表示真相的單字是Aletheia，字面意思是「不遺忘」，這也承認了我經常受到掩蓋。

不管重不重要，在我喜歡的眾多詞語當中，我特別偏好「實話實說」。你可以想像國王號令臣下，母親要求孩子，全能之神誡命子民。

實話實說。

這就把我們帶回到故事的開頭，在薩洛尼卡市內的自由廣場，四十年前，納粹挑在安息日的早晨羞辱了九千名猶太人，在烈日下如牲畜般驅趕他們，逼迫他們不停做操，誰倒下就毆打誰，誰反抗就殺了誰。

這一次在同個地方，三月十五日的午後，市民群眾在廣場大量聚集，彰顯過去時代的屈辱。許多人佩帶紅色康乃馨紀念死者。也有人拿白色汽球，上面用希臘語寫著兩個大字。

Poté Xaná。

「不再重來。」

塞巴斯汀拿著稿子站上講台

風揚起他前額的頭髮，他對著麥克風熱切講述薩洛尼卡的猶太人在一九四〇年代遭受的苦難。他述說那些毆打、那些羞辱、那些任意開槍射殺。他述說他們被迫佩帶的黃星星。還有赫胥男爵貧民區、牆頭的鐵絲網，以及嘗試逃跑，便將面臨的死亡命運。

他述說納粹怎樣把他父親的事業交給兩名陌生人，然後把他趕出自己的店。他一邊說一邊想，不知那兩名陌生人的孩子會不會也在群眾當中，他們會不會感受到一絲絲的慚愧。

「我們的歷史被摧毀，我們的社區被覆滅，我們的家庭被殘害。」塞巴斯汀大聲宣告：「但我們的信仰沒有。今日我們在此緬懷，但明天起，正義會繼續……」

台下紛紛點頭，也有人鼓掌。塞巴斯汀說完就站到一旁，讓獵人上前講話。當獵人最後說出總結：「我們永不安息，我們永不遺忘。」群眾隨即邁開步伐，齊步向前，往舊火車站的方向行進。

塞巴斯汀在領頭的位置。他深吸一口氣，瞇眼看向天上的雲。以三月來說，今天天氣很冷，而且感覺會下雨。他把雙手伸進口袋。這場活動能如期舉行，他很高興，但揮不去一種異樣的感覺。這些遊行的人身體健康、衣食豐足，很多是年輕人，甚至有些不是猶太人。他們身穿時髦的服飾和慢跑鞋。周圍的建築也和塞巴斯汀記憶中不同，有嶄新龐大的立體停車場、新的法院大樓，而舊拉達狄卡橄欖油市場也翻新成遊憩區，鋪石子街道兩旁，咖啡館和酒吧林立。

在塞巴斯汀看來，一切是這麼現代而明亮，與活動的肅穆格格不入，彷彿他努力想把大人的腳塞進一隻小孩的鞋。但話說回來，紀念一件事本就跟實際經歷過不一樣。

他想到那些本該到場的人。他想起他的媽媽和雙胞胎妹妹，和她們一起的生活結束得那麼突然。他想起他爸爸和爺爺，他們多麼努力想在奧許維茲的恐怖中保護他。拉札爾爺爺又是如何堅持每天晚上，每個人都要感謝一件上帝當天賜予的事。不知道他們現在是不是都與上帝同在，他們會不會在記憶中看著這場遊行。他真想知道對於現場的團結，這遲來四十年的團結，他們會怎麼想。

他回頭往後看，隊伍大約有一千人——與薩洛尼卡現今的猶太人口總數相同。一千人。過去曾經有五萬人在這裡繁榮興旺。

塞巴斯汀伸長脖子。他知道芬妮和譚亞也在隊伍裡，但他看不見她們。他方才的演講不知能不能讓她們多少明瞭自己這一生所做的事，明瞭這些年來他為什麼不在她們身邊。

芬妮握著女兒的手

她們踏著與遊行者一致的步伐。接近大半依然荒涼的赫胥男爵區時，芬妮感覺心跳加速。她想起自己少女時，被兩名婦人抓著手肘拖來這裡。她父親當街遭到槍殺的畫面在她腦中依然如新，他在藥房門口中槍，手還握著門把。

「媽，怎麼了？」譚亞看到芬妮的臉色，於是問。

「沒什麼，只是回憶。」芬妮說。她揚起嘴角擠出微笑，思緒卻飄向從前，飄向那一天，她穿的雨衣、她躲藏的儲藏間。飄向尼可。

自從在公寓門階上的那個早晨，她就沒再見過他。她當時對他說：「我知道是你。」他的雙眼盈滿淚水，她確信他會潰堤，會敞開心房坦露一切。但他沒有，反而站起身咕噥著：「妳可以不用再來上班，我還是會付妳薪水。」隨即匆匆走向他的車。

之後，到處都找不到他人。往後三個星期，芬妮還是天天去上班。她去過他的豪宅，也去過他的公寓。沒有半點蹤跡。

動身來希臘的前一晚，她又去了一趟製片公司，盼望他深夜說不定在。然而，放映室空空蕩蕩。他的私人辦公室也一片漆黑。她試了試門把，門沒鎖。她遲疑片刻，還是說服自己走進去。

這是她第一次在他不在的時候進到這裡。她走向他的辦公桌。桌面大抵很乾淨，只有幾頁腳本整齊堆成一疊。她拉開一格抽屜。沒東西。另一格抽屜。也空的。

她走向檔案櫃，拉開最上層的手把，看到六個檔案夾，各寫著她透過放映認得的電影名字。下一層抽屜也一樣只有零星的檔案夾。她不禁納悶紙本文件這麼少，難道尼可把一切都記在腦中。這麼多資訊，他是怎麼做到的？

她原本打算略過最下層的抽屜，但轉念一想，還是彎腰去拉手把。抽屜卡住不動。她更用力拉，最後蹲下來用力一拽，抽屜才鬆開來。她立刻發現抽屜這麼難拉開的原因。

抽屜裡塞滿幾十個檔案夾，分別標註年份，從一九四六年起一直到現在。她抽出其中一個打開看，頓時止住了呼吸。

檔案夾裡是一張又一張猶太人的名單，姓名後面寫有年齡與住址——在法國、以色列、巴西、澳洲，再旁邊有數字標記和打勾符號。名單後面有相片和證明文件、出生和死亡證明的影本。

她抽出第二個檔案夾。是更多的名單。再下一個檔案夾，也是一樣。這些檔案夾似乎逐年增厚。最後標註一九八三年的那一個，厚到芬妮必須用雙手才抽得動。她拿起來以後，發現有東西塞在最後面。是一個大公文信封，用藍色麥克筆寫了「芬妮」。她兩手顫抖，解開信封扣。

十分鐘後，她衝出辦公室。一跑到自己的車子旁，便撲倒在車蓋上放聲哭泣。她哭自己生命中失去的所有人事物，也為自己剛剛又失去某樣東西的感覺而哭。她望著信封，心中明白尼可不會回來了。在她堅持區分實話與謊言之際，她也註定使自己面對第三個選項：永遠不知道哪些是真、哪些是假。

烏多摸索他的槍托

槍藏在他的外套口袋，遊行隊伍接近火車站時，他伸手摩娑槍柄。他想過在自由廣場就對納粹獵人動手，但他距離太遠，瞄不準目標。何況火車站是更合適的場景。他在這裡達到的最高成就，就是清掃這座城市的猶太髒汙。**去除了五萬人。很快會再多加兩個**。

薩洛尼卡從他離開至今已大幅改變，但也不是沒有舊日的回憶。烏多裝作參與者，手裡拿著白氣球，隨群眾走近鐵軌時，他想起他在這裡善用過的一個人才。尼可．克里斯佩。從不說謊的男孩。

烏多常常會想他後來怎麼樣了。他饒了那孩子的性命。往後多年，每當他殺了人，他總會提醒自己他也行過這一件善舉，並且稱許自己的仁慈。他們同住在克萊蘇拉街那間屋子的時光，是烏多最像個父親的時候。他還記得他念德文書給尼可聽的那個晚上，還有尼可在他頭痛時拿來的熱毛巾。現在看到鐵路月台，他才想起，他對那男孩最後說的幾個字好像是：「**你這個蠢猶太人！**」他差點為此感到悔憾。

烏多的美國妻子帕美拉與他討論過一、兩次生兒育女，但烏多從沒想過要和她生孩子。

她的父親是黎巴嫩人，外婆是塞爾維亞人，他才不會和不純的血統生個雜種在這世上。

他伸手摸了摸遮住頭頂的白髮假髮和戴在假髮上的帽子。很癢、很不舒服，但有必要，他勸慰自己。他被那個哥哥認出兩次了，只有笨蛋會再三犯同樣的錯誤。

到達火車站後，遊行群眾沿著月台散開，等待儀式展開。烏多驚訝地看到四十多公尺外的鐵軌上，停著一節原版的牲畜貨運車廂，正是納粹用來把猶太人載往集中營的同一型。車廂側面現在多了解說牌，像一件博物館的收藏品。烏多望著車廂，便想起它的體積、長度、寬度，以及他估計可容納幾名猶太人。八十七人，沒記錯的話，但他很得意自己後來塞進了一百多人。

現場已經架設好講台和麥克風，一名活動策畫人指揮猶太受難者遺族一次一人到台前來，念誦失去的親友名字，再放一支康乃馨到鐵軌上。

身穿灰外套的老婦人第一個上前。

「四十年前在這座月台上，我失去我丈夫，亞弗朗・迪賈洪。」她說：「他為了保護我，事發前一週送我前往雅典。後來納粹逮住他。我再也沒見過他。願上帝看顧他的靈魂。」

她往鐵軌扔下一朵康乃馨，再慢慢退下講台。下一位是個瘦瘦的中年男子，鬍子修剪得很整齊。

「我在這座月台失去了我的父母，伊利亞胡和露嘉・胡利……」

烏多呼了口氣。真是肥皂劇的情節。顫抖的嗓音，哽咽的淚水。他們知不知道安排這些火車需要多少計畫和調度？用到多少文書和人力？

「我在月台失去我的曾祖父……」

「我在月台失去三個姑姑、阿姨……」

烏多搖搖頭。這些人看到的是悲喪，他看見的是榮耀。他們看見悲劇，他看見成就。他手裡的氣球上面寫著「不再重來」。多可笑。他打的主意可正好相反。

追思的隊伍已經成形，烏多看到獵人和那個哥哥排在隊伍最後頭。他對自己說，等他們一上講台，他就會對準腦袋開槍殺第一個，再幹掉幾步外的另一個。

「我在月台失去我舅舅莫里斯……」

「我在月台失去我妹妹薇妲……」

繼續哭吧，猶太人，烏多自言自語。他的手指在外套口袋裡勾住手槍。摸著鋼鐵，感覺真好。能夠反擊，感覺真好。為了躲避這一幫猶太鼠輩逃亡了三年，現在換他當鬼抓人，感覺真好。

鐵軌記得

這個世界有東西南北四個方位、春夏秋冬四季。數學有加減乘除四則運算，地球有水圈、大氣圈、岩石圈、生物圈四個系統。《聖經》記載伊甸園有四條河流，天堂有四風。撲克牌有四組花色。車有四個輪子。桌子有四支腳。

四是基礎，四是平衡。四構成棒球場完整的一圈，從本壘出發再回到本壘，回到家。我們現在也該回家了。

因此接下來，是我們這個四角故事的終局。

塞巴斯汀握著一束康乃馨

每一朵花各獻給他的父母、祖父母、雙胞胎妹妹、姑姑和姑丈。隊伍快排到盡頭時，他感覺有人拍了一下他的肩膀。他回頭看到芬妮和譚亞。芬妮輕輕擁抱他，並拭去眼角的淚。

「策畫這個活動，」她說：「我以你為榮。」

「我也是。」譚亞說。

塞巴斯汀一時哽咽。

「謝謝妳們。」他悄聲說。

芬妮遞出一支康乃馨。「給你弟弟。」

塞巴斯汀猶豫一會兒，還是接了過去。

「該你了，爸爸。」譚亞說。

風勢轉強，周圍的白氣球隨風獵獵飄動。塞巴斯汀穿過月台，停在麥克風前。他望向天空，看到一個不尋常的景象：雪花在空中隨風飄落。雪花？在三月？他仰起頭，像是感到不解，這時一片雪花正好落在他的鼻尖上，冷冷的、小小的、溼溼的。

十二公尺外，烏多的手伸進外套

終於，目標清晰可見。他可以一發了結這個毀了他人生的猶太渣滓。先是那個哥哥，再換那個老頭。他的手臂幾乎不用移動位置。

塞巴斯汀張嘴準備說話，他打算依照其他人的方式起頭。那幾個字迴盪在人群上空。

「我在這個月台……」

烏多抬起頭。塞巴斯汀也抬起頭，因為說話的並不是他的聲音，而是別人，一個男人的聲音，透過納粹過去用來宣布火車出發的擴音喇叭，轟然響起。

「我在這個月台……向各位的家人說了可怕的謊言！」聲音隆隆迴盪。「我跟他們說這班車很安全！我說他們會去到一個好地方！我說到那裡會有工作，家人都能再度團聚！

「對不起。這些話從未成真。」

人群靜默下來。許多人扭頭張望。塞巴斯汀、芬妮、烏多，人生中第一次同時想著同一個念頭：

是尼可。

「我在這個月台，欺騙了我的族人。我認識的每個人、我所愛的每個人，我看著他們一個個被帶走，始終相信我說的話。

「但我也同樣受騙。我以為我說的這些話是真的。我以為我的家人能獲得安全。」

一陣停頓。

「結果並沒有。」

塞巴斯汀前後左右張望，急著判斷聲音是哪裡來的。聽到那個聲音繼續說，他的心中升起一股惱火。

「發生在這裡的駭行，很多人應該負責，但有一個人比誰的責任都大。他叫烏多．葛拉夫。納粹的預防拘留營長。這全都是他策畫的。」

烏多僵在人群中，他的手仍在外套裡握著槍。

「他把我們的家人送進貧民區。他把大家送往奧許維茲。進了集中營，他像宰殺動物一樣屠殺他們。槍斃、毒氣。他們的遺體從未獲得安葬，只草草燒成骨灰。」

烏多感覺汗珠在假髮底下凝聚。

「但希望各位知道，正義獲得了伸張。烏多．葛拉夫死了。他死在一個勇敢的猶太人手中。他滿心邪惡的美夢，死時全數落空。Er starb als Feigling。Er starb allein。他死得像個懦夫。他孤獨一人死去。」

烏多聽不下去了。他扯下帽子和假髮，放掉氣球，猛然掏出他的槍。

「胡扯！」他厲聲大喊：「你這個騙子！你說謊！」

∞

接著，事情發生的過程不到九秒，卻漫長得像一場夢。塞巴斯汀看到一只白氣球冉冉飄起，在氣球下方，烏多．葛拉夫揮著手槍。塞巴斯汀聽見芬妮高喊他的名字。他看見獵人往地上撲倒。下一個瞬間，在槍聲驟然響起之前，有個人飛身壓過來將他撞翻，康乃馨花束飛散空中。

他砰的一聲倒在地上，撞擊力道讓他眼冒金星。他仰躺在地上，慌忙吸氣、調整呼吸，感覺冰冷的混凝土抵在他的肩膀下方。他睜開眼睛，看見一個金髮男子倒臥在他身上，那張臉他四十年前認得，四十年後也認得。

「是你！」塞巴斯汀倒抽一口氣。

「抱歉，哥。」尼可細聲說：「我知道他會來。我得把他引出來。」

「葛拉夫？」

「他現在是你的了。你可以將他繩之以法。」

人群中的三名男子把烏多壓制在地上，另一個男人踩住他的手臂把槍踢開，一名員警推開人群，上前撿起槍枝。譚亞跪在地上，抓著芬妮大聲尖叫，芬妮則掙扎著想衝向交疊在月台上的兩人身邊。

塞巴斯汀感覺著弟弟的體重，震驚得幾乎說不出話。烏多．葛拉夫和尼可？他成年後，窮盡一生苦苦執著的兩個人？終於，兩個人他都找到了，但場面和他想像的不一樣。

「所以真的是你？」

「是我。」尼可忍著痛說。

塞巴斯汀努力習慣這個聲音。他最後一次聽到尼可說話，他還是個孩子。

「尼可，我一直恨你。這麼多年來。」

「沒關係，哥哥。」

「有關係。真相很重要。」

「什麼真相？」

「你對我們說謊。尼可，你為什麼要這樣做？為什麼要幫助他們？」

尼可稍稍抬起頭。

「為了救我們家。」

塞巴斯汀用力眨眼。

「什麼？」

「葛拉夫說你們都能夠回家。他答應我們可以團聚。」

「你就這樣信了？我的天，尼可，他們是納粹！」

尼可嘆了口氣。「我只是個孩子。」

塞巴斯汀感覺淚水湧上眼眶，彷彿這幾十年來，錯怪人的憤怒全都在眼底融化。

「你去了哪裡？你怎麼過活的？你這麼長的時間都在哪裡？」

「在贖罪。」尼可的聲音嘶啞。

尼可勉強擠出笑容，但呼吸愈來愈吃力。塞巴斯汀很想鼓起心中的義憤，但是沒用。當下他只想得到父親最後的囑託。**找到你弟弟，告訴他我們原諒他了**。

「你不用再贖罪了。」塞巴斯汀最後輕聲說。

在那短暫的片刻，他們只是彼此互望，直到年歲的皺紋和發白的鬍碴彷彿都消失無蹤，他們又回復成一對小兄弟，一個趴在另一個身上，像是剛剛結束在房間的嬉鬧扭打。

「聽我說。」尼可現在氣若游絲。「我有葛拉夫的納粹證件，上面有指紋。就在我的口袋裡，聽到了嗎？」

「什麼？」

「在我的口袋。你拿出來。」

「你可以晚點再拿給我。」

尼可緊閉起眼睛。「我恐怕沒辦法了。」

塞巴斯汀一挪動姿勢，立刻感覺到胸口溫溫熱熱一片溼糊，他這才發現是血，大量的血。黏黏稠稠，將他們牽繫在一起。

尼可一個翻身，撲通仰躺在地上，眼望著天空。他挨了葛拉夫兩發子彈，胸部下側嚴重出血。他張著嘴似笑非笑，像是看見雲間有什麼逗趣的東西。

忽然間，芬妮來到他身旁。她俯身捧著他的臉大聲哭叫。

「尼可！尼可！」

「尼可！」塞巴斯汀跟著喊。

那一刻，隨著心跳漸慢，尼可忽然想到他們三個人又聚在一起了，真好，就跟他們登上白塔、眺望海灣的時候一樣。他這一生做過的事——所有的謊言、所有為了彌補過錯所做的努力，都化成一團光影掠過眼前。尼可這時想到爺爺說得沒錯，那個囚犯為了洗清自己的罪，一遍又一遍粉刷塔身直到純白。

人為求獲得寬恕，什麼都願意做。

芬妮扶著尼可的頭，塞巴斯汀按著他的傷口，接下來發生的事，就連我也解釋不了。

遠處的舊車廂動了起來。沿著鐵軌吱吱嘎嘎緩緩加速，三公尺、六公尺，像是從漫長的旅途歸來，正要駛入車站。人們用手肘輕推彼此要對方快看，到最後所有人都瞠目結舌看著這一幕。

雪花在寒風中飄零如灰燼，接著車廂停了下來，車門往旁滑開。芬妮感覺尼可的頭從她的手掌上輕輕抬起。他望向車廂，良久以後微微一笑，眼淚滾落臉頰，彷彿看見他愛過也欺騙過的每一個人的臉孔，他們都來接他回家了。

他不久便斷了氣，躺臥在愛慕他的女人懷裡，在寬恕他的哥哥雙手底下。聽來或許不可思議，但這就是實際發生的事。實話實說，實話實說。

且讓我們說說……

薩洛尼卡事件之後，過了許多年。雖然大概再也沒有比那天更曲折的情節可以分享，我理當為這個故事做個完結。

死者不會說謊，可是關於他們的真相應當被發掘。尼可．克里斯佩留下層層待考究的面目。他的真實身分在好萊塢圈內始終不曾曝光，因為知道金主是他的只有芬尼和塞巴斯汀。他的製片公司當初神祕成立，現在也同樣神祕地結束營運，對業內的說法是「隱居的創辦人突然退休」。他留下的指示收在檔案櫃內的一只公文信封，裡面明確交代他的放映師、一個叫芬妮的女人，完成他未竟的事務，付清應付的帳款，然後結束營運，而她也稟照辦理。

搬家公司人員被派往尼可家的那一天，芬妮也跟著過去。她站在他陳設簡陋的臥室，只在衣櫥裡找到一只陳舊的皮革手提袋。不久一名搬家工人問：「地下室的東西怎麼處理？」她跟著走下樓梯，進到昏暗的裡間，她再次因為眼前的景象驚愕萬分。

房間裡是一面灰色布簾，簾幕前以三角架立著一台電影攝影機，放著一把椅子、一組燈具。周圍的層架上是成排的藍色金屬膠捲盒，盒內各存放一卷膠捲，盒身標有編號。

「噢，尼可。」芬妮低喃。

當晚，她去了製片公司放映室，把第一卷膠捲繞上轉軸，打開投影機，隨即看到尼可二十多歲時的臉。他直直望著鏡頭，金髮豐盈，輪廓隱約仍有些孩子氣，他開口說：「我能從戰爭中活下來，是因為……」

芬妮暫停影片，立刻打電話給塞巴斯汀。「你什麼時候能來加州？」她說。

往後幾星期，他們兩人看完每一卷影片，尼可在當中講述了他這一生不可思議的故事。他詳述自己換過的各種身分，包括德國士兵、南斯拉夫學生、匈牙利音樂家、波蘭紅十字會義工。他提到與羅姆人一起生活，學會偽造文件，偷了制服扮作納粹青年。他說明了自己和女演員卡塔琳・卡拉迪的關係，歸功是她鼓勵自己勇敢，且教了他許多關於電影的事。回想在多瑙河畔的那一夜，他說明自己認出了芬妮，看到她還活著有多高興。確定她被箭十字黨釋放後，他透過卡塔琳的人脈打聽到吉澤菈的下落，那個保護他朋友的婦人，然後寄錢給當地一位神父去保釋她。

芬妮聽到這裡，眼淚奪眶而出。

尼可重述了幾百段與人交談的對話。多年來，他對世界說的盡是謊話，但對著攝影機他只說實話，彷彿不與任何人分享，他才能把每件事、每句話一絲不苟地保存下來。

最後幾卷影片裡，他留下財產分配的指示。他擁有的一切——從匈牙利教堂盜來的財寶、靠電影賺的每一分錢，要繼續分送給檔案名單列出的生還者家庭。他多年來搭機往返歐洲，循線盡力找到許多人，先從波蘭札科帕內一間地下室牆上塗寫的孩童姓名開始，繼而到納粹表列、從薩洛尼卡發車的名單上的每一個人。

他堅持這些錢應在每年八月十日送交給受難者的孩子，再到孩子的孩子，直到錢用盡為止。他希望這件事匿名進行，當作是「chesed shel emet」，無私的仁慈。

最後一卷影片是他動身前往希臘之前錄下的。他說明他知道烏多．葛拉夫會去薩洛尼卡，因為他祕密付款給美國的某位參議員，多年來一直在追蹤烏多。他接到通知，這名前納粹預防拘留營長訂了三月從義大利飛往希臘的機票。後來，他聽導演提起塞巴斯汀舉辦的活動，而塞巴斯汀和獵人本人都會到場，他馬上就知道葛拉夫有何盤算，他必須阻止才行。

他感謝芬妮找到了他、做菜給他吃，並且在他心理準備好以前，從未逼他面對往事。他說，若不是她，他不可能有辦法面對。他也謝謝她讓他「感受到什麼是被愛」，哪怕只有短暫一陣子。

他把故事結尾留給他的哥哥。他說，他知道塞巴斯汀認為他背棄家人，但事實是，從他們在鐵軌上別離的那一天起，他每一天都想方設法前往奧許維茲。他解釋，那幾年好不容易過去，他們卻在集中營解放那一天，差了幾分鐘與彼此錯身而過。但他找到躺在醫護室的拉札爾爺爺，他當下沒忍心跟爺爺說實話，但他扮成醫生、回去握著爺爺的手，陪他走完生命的最後幾天。那段時間，這個失明的老人只要開口，總是想找「我勇敢的孫子塞巴斯汀」。

尼可覺得，哥哥會想聽到這件事。

拉札爾過世後，尼可把遺體運出營外，葬在遠方一片田野間，因為他知道爺爺不會想在納粹集中營的泥土中長眠。他找到一小塊石板當作墓碑。一年後，利用新找到的錢，尼可回來買下墳墓所在的那片土地。往後每年夏天，他都會回去用碎布沾水擦拭墓石。他想，塞巴斯汀也許會願意接手繼續。

烏多．葛拉夫後來怎麼了？

這個嘛。按照故事的走向，你可能推測他受到了應有的裁罰。但公理從不可靠，正義的天平往往受人操縱。

烏多不承認殺人的指控，聲稱自己只是對空鳴槍表達抗議。他否認自己與納粹有任何關聯。他亮出義大利護照，說自己信奉國族主義，純粹是不相信「猶太大屠殺的謊言」。

直到一次法庭聽證會上，塞巴斯汀拿出弟弟提供的一張納粹身分證件說：「這是官發的文件，上面有烏多．葛拉夫的指紋。」烏多這才唐突改變說詞，承認自己的真實身分。他始終不知道那張文件，跟尼可人生中的眾多文件一樣，是偽造的。

但烏多對人的操縱並未到此結束。他的律師團堅持審判應回到母國進行。這令人難以置信，但這項要求也竟然獲准。幾名希臘官員收受不具名人士的賄賂，同意德國法院會比希臘法院更有資格懲罰前納粹。烏多私下要脅公布戰爭當年在薩洛尼卡還有誰與他合作，跟他能在希臘獲釋也有很大關係。烏多在日記中記錄詳盡。其中一名法官的父親就在日記所列的名單中，他因此做出對烏多有利的裁決。

預防拘留營長要回家了。

塞巴斯汀和納粹獵人知道後義憤填膺。他們衝進檢察官辦公室，怒吼：「是誰買通了你們？」但無人回答。對方只說：**德國人自己會處理**。

引渡葛拉夫回國，耗了好幾個星期。原定讓他搭機飛往法蘭克福，但他擔心飛機臨時轉向、飛往以色列，要求改搭火車。沒想到他的要求又一次不可思議地獲准。

這一連串過程，惹惱眾多呼籲監禁他的團體。報上社論無數，怨言滿天飛。

但有一個人看夠這個男人對他人的操控，用行動代替抱怨。真相要求獲得清算，不論是在事發當下，還是在久遠以後。以烏多來說，雖然用了一生，但報應終究來到。

他在兩名希臘員警的監控下，搭上火車，臉上寫滿自信。回到他摯愛的德國，代表他能受到尊重的對待。這一點他很有把握。列車在鄉間飛馳，女服務員推來餐車，詢問乘客是否需要飲料，烏多問警察能不能准他喝一杯紅酒。警察聳聳肩表示無妨。烏多默默舉杯頌揚自己的生存能力。他甚至期待受審。他將有機會用母語發言。孤狼的話語將再次被人聽見。**德意志高於一切！**

他一滴不剩喝乾紅酒，然後把玻璃杯還給服務員，始終沒注意到她戴的白手套，或是她脖子上的紅色串珠項鍊，也沒發覺珠子少了兩顆，已經被捏碎溶進他的酒裡。

距離德國邊境還有三公里，烏多．葛拉夫忽然喉嚨噎住，劇烈咳嗽，癱倒在座椅上，然後永遠闔上了眼睛。體內的毒素否決了他長年來回家的想望。

結局正如尼可在火車站所言。他死得像個懦夫，孤獨一人死去。死在一個勇敢的猶太人手裡。

謊言有時只是尚待發生的真實。

阿們

我在開頭跟你說，真實被上帝逐出了天堂。但正如同你盼望能在死後見到所愛之人，我也一樣夢想能回到天堂團聚。回到全知的懷抱。

在那之前，我必須告解一件事。因為在故事開頭，我省略了一個小細節。

我被放逐到世間，因為我說中了人性。人生而殘缺，容易犯下原罪。他們生具探索的心，卻往往選擇探求自己的權力。人善於說謊。這些謊言讓他們自以為是神。

唯一能阻止他們的只有真實。

但，寧靜淹沒不了鼓譟。真實需要聲音說話。為了傳述這個故事，我需要特定一個聲音。這個聲音，要能聆聽尼可吐露自己的漫長漂泊，要切身理解塞巴斯汀的想法，要亦步亦趨經歷過芬妮的苦難，要消化在烏多・葛拉夫死後尋獲的日記中所載的每個字。

這個聲音要能夠告訴你孤狼帶給世間的恐怖，從薩洛尼卡的街頭巷尾，到擁擠車廂的鐵窗，到滅絕營和毒氣室，再到鮮血染紅的多瑙河畔。

這個聲音，要能夠說明希望如何在邪惡中存活下來，借助女裁縫師的善良，借助女演員的勇氣，借助一名父親和祖父的慈愛保護，借助三個孩子溫柔的心，他們三人始終隱約曉得總有一天還能再見。

這個聲音要能警告你，謊話說第一遍很容易揭穿，但如果說上千遍，樣子就再難與事實分辨。而且能夠摧毀世界。

我就是這個聲音。並且就如同寓言的情節，為了傳遞這些話語，我披上了彩衣，確保真相能夠清算。

我在人間兩次受到囑託，要我「把這裡發生的事告訴世人」，這件事成為我終生的包袱，直到現在這最後一刻。我一直盡力做個好人。但我現在老了，即將不久於人世。其他人皆已入土，這個故事只剩下我一人。

所以在這裡，我就用最後幾句話替故事作結吧。

我是芬妮．納米亞斯．克里斯佩。

塞巴斯汀的妻子。

尼可的情人。

烏多．葛拉夫的殺手。

我對你說的全是實話。

因此，蒙主憐見，我總算自由了。

作者後記

這個故事是虛構作品，但建構在很多殘酷的事實之上。因此，我首先必須感謝每一個願意勇敢說出猶太大屠殺期間事件的人，包括我熱切捧讀著作的眾位歷史學者，以及藉由第一手的記述，將外界難以想像的事昭告於世的生還者。

重溫自身遭遇過的悲慘，需要極大的勇氣。沒有活下來的人勇敢敘述，我們永遠不會知道納粹犯下的惡行之深，也沒有辦法趁早計畫，避免類似的事再度發生。

我在這本書中盡力忠於這些記述，盡可能精準刻畫薩洛尼卡的猶太人所遭遇的事。或如希臘人或其他地方的人稱當地為塞薩洛尼基或薩洛尼基——這些不同的稱呼，皆反映這個薈萃之地甚受多元民族的影響。當然，小說並非歷史教科書，但只要情節允許，故事中的事件皆如實反映一九三〇年代末至四〇年代，在這座城市發生過的事。

為什麼挑在這個時間點寫出這本書？怎麼說呢？我在寫作生涯中，一直希望寫一個發生在大屠殺期間的故事。但許多不幸的悲劇大家皆已熟悉，我好像找不到一個可切入的題材。

十多年前，我參觀博物館看到一段影片，生還者口述回憶，當時有些猶太人會向其他同胞隱瞞火車將開往集中營。生死一線間可能就決定於這種事實的扭曲；過了幾個月、甚至幾年後，我依然對此耿耿於懷。《從不說謊的男孩》的故事就萌芽於這個意象。

後來，幾年前，我開始閱讀希臘人受納粹統治的經驗。我大學畢業後在希臘住過一段時間，在克里特島上當音樂人。我在那段時間愛上希臘人與他們的文化。

經過調查研究，我發現在納粹摧毀的所有城市當中，薩洛尼卡（當時非希臘世界對該地的稱呼）擁有最高比例的猶太人口。這時我就知道，我的故事找到家了，故事的幾位主角也隨之浮現在當地歷史悠久的街巷間。

我希望這本書不只能提醒我們，倘若真相不再要緊，世間會發生什麼樣的事，也能啟發更多人探究戰爭期間希臘猶太人的遭遇。一如其他遭受納粹迫害的無數受害者，他們的失落與苦難永遠難以確切衡量。

成書過程中，我受到許多人極大的幫助。首先要感謝辛勤不倦的艾菲・卡蘭普奇度（Efi Kalampoukidou），我的嚮導、翻譯、歷史學者，也是我多年來對薩洛尼卡生活的檢驗顧問。很少有人能用她的方式帶我認識這座城市，我永遠感激她在我的寫作過程中提供的大小細節。與她並肩站在舊火車站、聽她講述月台上發生過的事，我能感覺這個故事也在我腳下隆隆顫動。

也特別感謝安吉羅州立大學長聘研究員德魯・A・科帝斯（Drew A. Curtis）博士，耐心為我講解病態說謊背後的學理，以及像尼可這樣的人可能會受哪些影響。

深深感謝史蒂芬・林德曼（Steven Lindemann）拉比分享寓言、《塔木德經》的引文，以及猶太教對實話與謊言的觀點。他在讀過本書初稿後，提出好幾頁的疑問，而且是在前往海地協助我們的孩童途中，這是他固定會做的義行。說是真摯關愛的善意，亦當之無愧。

眾多參考資料來源闡明滅絕營內發生的事——乃至於貧民窟、自由廣場、多瑙河畔發生的事，以及卡塔琳．卡拉迪大無畏的勇氣，很難在此一一列舉致謝。本書的寫作過程研究了許多個人記述，若有親屬在尼可、芬妮、塞巴斯汀身上發現熟悉的經歷，我誠摯希望我在分享一個必須不斷被重述的故事。

特別感謝澤克曼大屠殺紀念中心（Zekelman Holocaust Center）的館內員工、系列講座的演講者，以及耶路撒冷的大屠殺紀念館珍貴無價的資源。

我的固定班底依然不斷帶給我驚奇：喬－安．巴納斯（Jo-Ann Barnas）不辭辛勞地進行深入而詳盡的研究；凱利．亞歷山大（Kerri Alexander）一手包辦大小任務；安東妮拉．伊安納里歐（Antonella Iannarino）親切地教我理解數位世界；小名「羅西」的馬克．羅森塔（Marc "Rosey" Rosenthal）協助打點我生活上的瑣事，讓我得以專心於寫作。

大衛．布萊克（David Black）當初與我握手展開合作，轉眼已經三十五年，握手已然成為友誼的象徵，不只是公事上的交涉。凱倫．里納帝（Karen Rinaldi）現在是編輯過最多本我的書的人，在我深陷這個故事裡的時候，是她鼓勵我，即使在最艱難的處境下，也別忘了生活中能找到許多簡單的美好。白塔的靈感直接來自於她。

謝謝哈潑柯林斯（HarperCollins）全體出版團隊，包括布萊恩．墨瑞（Brian Murray）、強納森・伯納姆（Jonathan Burnham）、萊斯利・科恩（Leslie Cohen）、提娜・安卓亞帝斯（Tina Andreadis）、道格・瓊斯（Doug Jones）、科比・桑德邁爾（Kirby Sandmeyer），以及又設計出一個靈動封面的米蘭・波吉克（Milan Bozic）。

也深深感謝我的海外出版商，持續相信我的故事在其他的國家和語言出版也有其價值。對此，我尤其得感謝無人可比的蘇珊・萊霍弗（Susan Raihofer）在全球各地為我留下名號。

我從小見過許多長輩，就算大熱天也穿著長袖遮蓋手腕上的刺青編號。我聽過許多耳語和片段的故事，當中透露的駭人事件儼如恐怖電影的情節。值得感謝的人太多，我特別想感謝伊娃（Eva）和索羅門・奈塞（Solomon Nesser）、喬（Joe）和詹娜・瑪根（Chana Magun）、莉塔（Rita）和伊吉・史密羅維茲（Izzy Smilovitz）夫婦用他們的往事教導我，「不再重來」為什麼不該只是一種形容，而是一句誓言。

透過我的新舊讀者，我體會到能說故事是一項特權。透過我或近或遠的家人，我體會到分享的喜悅。透過我們在海地的孩子，以及新生的小寶寶納迪，我見證了新生命治癒舊日傷痛的力量。還有曼德爾依然是個搗蛋鬼。

最後，沒有我寶貝妻子珍寧的愛，我不可能有現在的成就。而我們的一切成就，都要歸於上帝的愛。實話實說，實話實說。

米奇・艾爾邦

二〇二三年七月

國家圖書館出版品預行編目資料

從不說謊的男孩／米奇・艾爾邦（Mitch Albom）著；韓絜光譯. -- 初版. -- 臺北市：大塊文化出版股份有限公司, 2025.01
360面；14.8×20公分. --（mark；202）
譯自：The little liar
ISBN 978-626-7594-33-9（平裝）

874.57　　113018744

LOCUS

LOCUS

LOCUS

LOCUS